方山往事

木卟 ——

著

浙江大学出版社
ZHEJIANG UNIVERSITY PRESS

献给亲爱的爸爸妈妈

弗里达说：我希望离开是愉快的，且永不再来。

有一种过往，叫"曾经"。逝去的岁月，不见了的时间，消失了的人。写作，既是为了记忆，也是为了唤醒。那些存在过的生命，走过的足迹，鲜活过的一切，都是令我继续认真好好活着的最珍贵的理由。总有一天我们都会离开，一切的得到都终会失去。为了离开，要珍惜每一个相聚。为了失去，我们要感恩此刻的拥有。活着，平凡美好，饱满真实。死去，安好平静，欢喜无哀。

目录

方山往事

与方老师对弈

在小时候的记忆里，许多个天色隐隐约约还未完全黑下来的傍晚，正是晚饭时光。那个住得离我们家最远的方老师，就会晃晃悠悠地经由晒场，穿过木桥，再走过我们家门口那道窄窄的小陡坡，晃晃悠悠一直走到我们家的院子里。

"来啦?"爸爸一边把最后一口饭拨拉进嘴里，一边热情地招呼着。继而就快快地站起身来，迎了过去。

"嗯，来啦。"方老师微微地笑着，略带着点腼腆却又轻盈自在的神气，进到院子里。

一副已经很老旧了的象棋，红色蓝色、不再圆润饱满了的棋子，自制的凹凸不平的朴实木头棋盘，很快循例在院子里的那棵长着好看冠状树枝的枇杷树下仔细摆开。楚河汉界一字排开的阵式下，我的爸爸微微皱起眉头眯起眼睛，认认真真地和方老师开始厮杀起来。

他们下得不多，每次最多也只是两到三盘。

天很快就彻底黑透，当院子彻头彻尾地被夜晚吞没的时候，这两个人总是露出一副意犹未尽的样子，万分不舍地从棋盘上抬起头："唉，这天，黑得可真够快……"

"是啊，才这么一会儿……"

那时候的方山村还没有电灯，而蜡烛是稀罕之物，当然不能为了一盘棋局而浪费。煤油灯也不可以，孩子们正在做作业用着呢。妈妈在厨房里洗碗也几乎是摸着黑在洗，就着厅堂延过去的一点点的光，她一边擦碗一边也不忘了扭头看看院子里的人：

"这都看不到了，你们还在下啊。"

于是这两个人就只好彻底停下了：

"那，要不，明天再接着下吧……"

"好吧，那就明天，明天继续下……"

棋盘上还呈摆着未完的厮杀模样，爸爸赶紧去找来一张发黄的旧报纸，他把这局棋小心翼翼地遮盖起来，然后把棋盘稳稳端起，端到堂屋里去。他高高地踮起脚，把棋盘仔细地放在柜子顶上任何人都碰不到的地方。

而方老师这会儿已站起身来了，他掸了掸衣服的下摆。这纯粹是个习惯动作，就好像是刚刚上完一节课，他要把沾在衣服上的粉笔灰掸掉："那，我先走了啊，明天，明天我再来啊……"

"这，屋里已点上灯了呢，要不，喝一杯再走？"爸爸已从堂屋重新走回院子，认真地挽留他。

妈妈在厨房里听到爸爸的话，双手还是湿淋淋的，也走到门口来："你……不进来坐一下？……要不，再坐一下再走吧……"

煤油灯发散出来的橘黄光线，把妈妈的身影一直投射到门外去。

影子摇摇晃晃地，颤动着，好像随时会碎裂消失。方老师的双脚不小心恰巧踩在了我妈妈的影子上。他惊了一下似的赶紧避过身子，并无特别意识地垂下脑袋，猛然想起什么似的说：

　　"啊，不了，不了，明天一早还要到学校去呢，要上课……不坐了，我先走了……我，明天再来……"

　　"今天的天真是黑透了的黑，黑得可真快！你等一下，我找手电筒给你……"爸爸转身去找我们家唯一的那只手电。手电还没有拿来呢，方老师早已走远了。和来的时候一样，很快就晃晃悠悠地消失在黑夜里。

　　这是关于方老师留在我小时候记忆里最为清晰的一幕：他爱下棋，爱远远地走到我们家来，和我的爸爸下棋。

　　除了闷声认真地下棋之外，他通常，下完棋就走，几乎不怎么说话。

　　当然，也有时候不一样。

　　天总是黑得又快又迅速，但是如果遇上恰是水库发电站在发电工作的夜晚，那么他们就不会那么轻易放弃未完的棋局，爸爸就会来征求妈妈的意见：

　　"呃……小优，怎么样，我和方老师，去发电站那儿再厮杀一下？"爸爸的语调中分明带了点讨好的意味。

　　发电站是一栋双层小砖房，红砖方瓦，是整个方山村里最时髦坚固的建筑，四周有高高的墙壁围起，墙头上嵌满了高耸的亮闪闪的碎玻璃，围墙呈半圆形圈成一个小院子，把砖房好好地保护在里面，一扇大铁门把围墙牢牢地连在一起，铁门上拴着一把威武显眼的大挂锁，除了发电站工作人员谁也进不到里面去。这栋美丽的房子，完全脱离开其他丑陋泥土房的范围，远远单独坐落在晒场的东面，离我家院子大约两三百米的距离。只要是工作日，那么水电站门口高高悬挂着的那盏电灯就总是亮着，白天也亮着。当整个村庄以及四周山峦全部都沉入黑暗静寂的时候，唯有它还醒着。足足有四十多瓦的大灯泡，把水电站门口那片不大的水泥地照得亮如白昼。那些我们完全不知道名字的机器，一刻不停地起劲轰鸣着，创造出我们完全不了解的世界。

方山人一向对于问问题缺乏热情，而更善于享受当下拥有的现状。

这发电站为什么要建在我们村？为什么建在我们村占了我们那么多土地之后毫无补偿，然而发出来的电却不能供给我们使用？……这些都太复杂，而且也和方山人无关，方山人只知道能在偶尔的"工作日"时享受到发电站的便利就已经感激不尽了。当然更多的时候，即使是在"工作日"，大铁门不打开也是正常的，这要取决于那里面工作人员的心情。正因为这铁门或开或不开的不确定性，于是开的那些时候就更为珍稀可贵的了。在周遭一片漆黑的夜晚，在那团明晃晃亮如白昼的灯下、不到五平方米的水泥地上，几乎坐满了赶活的方山人：有的在纳鞋底，有的在缝补旧衣服，有的在挑拣豆子。基本上都是妇女，灯光下的活计属于家务活，男人们大部分都早早上床睡觉，好攒够力气对付第二天一大早就要起来的全天的劳累。偶尔有几个不听话的小屁孩，围在母亲们旁边爬来爬去，悄无声息地一边爬一边甩鼻涕。

下棋不是针线活，和那大铁门开不开倒没有多大关系，只要那盏灯亮着，就算隔着铁门在远远的门外，也能蹭到足够的亮光，厮杀起来照样是一点儿难度也没有。所以每逢"工作日"，爸爸和方老师就总是希望能借着灯光继续痛快地多厮杀一会儿。

"是啊，剩不了多少了，就这一盘，很快下完……"方老师总是紧跟着爸爸的话头，急急来帮腔。他有点儿局促地搓着手，担心我妈妈会拒绝。

而那个时候的妈妈，通常大概还在洗碗。或者已经洗完碗了，正在准备着第二天做豆腐的材料，或者在喂猪，在叠衣服什么，总之是在忙碌着：

"这样啊，那，去吧。"妈妈并没有多少犹豫，总是很快就同意，但是通常总会加上一句：

"别太晚，明天还有很多活呢。"

"当然！就这盘！下完就回！"

那两个人一副欢天喜地的样子应承着去了。而至于后来在发电站到底又杀了几盘，那就只有他们自己知道了。

"看你们厮杀得倒是热闹专注，对这下棋真是一副痴迷至极的样子，但却从来没听说过谁输谁赢。连个输赢都分不出的游戏，有那么好玩吗？"妈妈常困惑地说。

"小优，你不懂，呵呵，下棋嘛，图的是个过程，图的是这其中的乐趣，有意思，有味道……至于输赢，我们一向都不计较，讲究的是个你来我往……呃，我们啊，基本上是和棋，都是和棋……"面对妈妈的不解的询问，每次结束后，爸爸总是这样笑呵呵地一笑带过。

小优，是我妈妈的乳名和本名。

一般来说，方山村男子极少这样开门见山地叫自己妻子的名字。我们那里有个风俗，结了婚的女人，通常在进入丈夫家的那一刻，就会把自己的本名完全地丢弃，取而代之的是一个大家都在沿用的通俗的名字：内家。所谓"男主外，女主内"，那些有了家庭的妇女，在成为一个家庭新成员的同时，自然而然就被冠上"内家"的称号。虽然这只是一个很普通的称号，但是这里面却蕴含了极为严肃的使命内容。在你被人称为"内家"的那一分钟开始，你就已经跟你过去的姑娘时代彻底告别，并作为一个家庭主妇去履行各项家庭职责。你不再是你，一个独立的个体消失了，另一个全然崭新的身份从此把你取代。

方山村全村上上下下加在一起，大概有四五十个"内家"。怎么去区分她们呢？很简单，只要在"内家"这两个字前面加上她们丈夫的名字就可以。比如"某某内家"，或者是"某某儿子的内家"，再或者是"某某兄弟的内家"。开门见山叫妻子的名字是极为稀罕的，通常只会发生在那些刚刚成家还不到两个月的新婚夫妇之间。

"都成了'内家'了，还叫名字？这也太肉麻了嘛。"这是方山村男人们一致认同的观点。

然而，我的爸爸，却全然无视方山村的规矩，由始至终都喜欢叫我妈妈的名字：小优。

哪怕现在也是，头发斑白了的爸爸，对已是做外婆了的我的妈妈，也依然是使用着年时的叫法"小优小优"地叫着我的妈妈。

我的爸爸恋着我的妈妈，无条件地深深沉沉地依恋着。

"唉，你们不知道……你们妈妈，当初，并没有想过要嫁给我……"也许一个人年纪大了就特爱回忆的缘故，每当提起当年那段往事，我的爸爸总是带着些许怅然却又流露着真实幸福的满足口吻来说起我的妈妈。

娶了在当时来说极为难得的受过"高等教育"的——我妈妈是那个年代方山村里唯一上过初中的女孩——小优为妻子，爸爸一直认为自己既幸运又意外。

"她初始喜欢的人，是那方老师……"

妈妈嫁给爸爸的时候，还不到十八岁。

"那个，小优，上次借走的伞，我给你拿回来了……搁在这儿，记得收好啊……"方老师手上拎着一把伞，大概是头天傍晚下完棋时因为临时落下的雨而借走的。伞被急匆匆地放在院子里的青石板上，我妈妈还没有从屋里走出来，方老师就转身走了。

方老师叫我的妈妈，也叫小优。几乎算是青梅竹马长大的两个人，习惯了最初的名字，即使最后各自成了家，也依旧改不了口。当然也并非完全没有改，每次在避免不了要讲话时，方老师都会下意识地在"小优"两个字前面加进一个词：那个。

"那个，小优。"

如果不是因为那场洪水，可能我的妈妈就真的和那方老师结婚了。

这要从我的阿婆说起。

阿婆，也就是我的外婆，我的妈妈的妈妈。

为什么要形容得这么复杂拗口呢？那是因为我的妈妈小

优，不是阿婆的亲生女儿。

小时候我不知道"阿婆"和"外婆"有什么不同，只听从大人的吩咐唤她"阿婆"，并不了解其中的原委。一直到成年之后，我才明白"阿婆"这个称呼的缘由来历。

她既不是我的外婆，也不是我的奶奶。若从血缘上算起，我和她，几乎毫无关系。

阿婆领养了我的妈妈，却不肯让我妈妈叫她"妈妈"，而是说：你叫我"阿妈"就可以。

"阿妈"和"妈妈"又有什么区别呢？我更是一点儿也不知道。然而，阿婆自有她的道理：人哪，要知道自己从哪里来，不能忘本，就是这样。

于是，从小到大，从不懂事到懂事，从无意识到有意识，"阿婆"这个称呼就成为我们家自然而然的习惯了。

人哪，要知道自己从哪儿来，不能忘本。这是我亲爱的阿婆说过的话。

只是，我知道我从哪儿来，我却不知道我的阿婆从哪儿来。直到今天，阿婆对于我来说，依然是个谜。

阿婆有一只精巧美丽的首饰木盒。盒子全身被漆成富贵沉稳的朱红色，上下左右的四角都包有完整的镂空包角，盒面上用彩色的金漆描着一大朵栩栩如生的牡丹图案，花朵盛开，一直延伸到盒子的竖立面正面，花蕊中心处，镶着一只不大不小的半弧形精致铜纽，伸手去轻轻一拉一提，盒的盖子就会往上弹起，随即露出里面镶有红色丝绒的内衬。盒子分两层。一层深一层浅。深的在下面，浅的在上面。随着两根灵巧精致的弹簧拉线的启动，一打开里面的东西便会轻盈地滑跳出来，让人一眼就可以对它的整体内置一览无余，又能让人微微地窥见下面还有着更幽深更隐蔽的另外一层。而在盒子的内顶，则镶嵌了一面与盒子的内面积一样大小的镜子，镜面锃亮清晰，可以看得出它的背面刷过又厚又高贵的层层水银，把人的面容很轻易就准确地映照在镜子里。

它的整个设计是如此的精妙雅致，只可惜因年代久远，盒子外面有些红漆脱色了，略微有点儿斑驳，唯有那镶饰在木盒四周的镂空包角，以及那个半圆弧形的提纽，因是上好的熟铜所铸成，所以保持了既往如新的完整，不因岁月的流逝有所消损，恰恰相反，时间的叠积给予了它们更加圆润的质感。那些永久泛着黄灿灿美丽颜色的雕件，仿佛在试图呈现，想要告诉我们，在这个盒子和阿婆之间，也许有着我们所不曾知道的岁月故事。

这只华贵精致、与周围环境格格不入的盒子，一直被摆放在阁楼阿婆与阿公的小房间里。在床的内侧枕头边，阿婆用一块厚厚的粗布把它遮盖好，使它看起来和周围融为协调的一体。

毫无疑问，那盒子是阿婆的心爱之物，可以说是心息相连。因为即便是在那个水库突然坍塌的仓皇黑夜，阿婆也没有把它弄丢。当惊天动地的洪水裹挟着狂风暴雨疯狂地朝方山村劈头盖脸压过来的时候，她"腾"地从床上惊醒，慌乱中用力推醒阿公，忽然又跳下床跑到另外一个房间，一把拉起尚睡眼惺忪的我的妈妈：

"优！快起来！起来！赶紧走！赶紧往门外跑！！！"

阿婆是个小脚女人，根本走不了疾步。她一边把我妈妈往门外推，一边扭头大声催促丈夫：

"都快跑！别管东西了！赶紧往门外跑！！！快跑！！！"

人高体瘦的阿公，手长脚长，一步蹿过来，伸手就把阿婆捞进手臂里。我的妈妈被门外的轰隆隆声音吓傻了，完全挪不开脚步，只知道睁大双眼傻愣愣地盯着外面，其实在漆黑的夜里她什么也看不到。阿爸阿妈，一动也不动地被钉在地上。她听到阿妈在撕心裂肺地喊着：

"快！放下我！你抱起小优！我会跟着你！快！我们一起跑出去！！！"小优在黑暗中被拦腰扛起，整个人腾在了空中。我的阿婆，一只手被阿公紧紧攥住，整个人都几乎被提拎起来。她颠着她的那双小脚，跌跌撞撞跟在阿公身侧，深一脚浅一脚地拼命往屋后的山上爬去。

等到第二天清晨的光一点一点在山岙里亮起来的时候，人们发现整个方山村已经面目全非。该冲走的都冲走了，不该冲走的也都冲走了，什么都没有剩下。

"人都在就好，人都在就好……"阿婆筋疲力尽地瘫坐在半山腰，嘴里喃喃地翻来覆去地只知道说这一句话。阿公在她的身边，两只手并不空着，兀自一边扯着阿婆一边扯着小优，好像害怕一松手这两个人就会消失不见。维持这样一种姿势的时间大概有点儿长了，所以整个人看起来僵硬无比。突然，阿公说话了：

"嗬，你真厉害，居然把它也给带出来……"阿公的声音疲惫里透出讶异，完全不像是他平时的声音。

阿婆顺着阿公的视线扭头看去，赫然发现自己的臂弯里，居然好好地躺着那只首饰盒。阿婆愣了半晌，突然埋下脑袋，哭了起来。

阿婆的美丽妆盒，是我们全家众所周知的秘密。

姐姐们和我，常常会趁阿婆不在的时候，去偷偷打开盒子来看。我们喜欢那盒子上的美丽花纹，以及盒子里那面光光亮亮的镜子。我们脑袋挤着脑袋，叽叽咯咯地笑，你推我我推你，都想把自己的脸蛋完整地端端正正地挤到镜子正中央。对于那个年代的人来说，镜子也是一件稀罕东西，方山村人的家里，基本上都不大会有这种镜子。照镜子？完全没有必要，每天忙得连上厕所的时间都恨不得给取消，哪有什么闲工夫去看自己的脸？纯粹是无用之物。可是不知什么缘故，我们姐妹几个却特别喜欢照镜子，倒也不是说什么"女孩天生爱美"，而是觉得镜子很神奇，你在外面眨眼，镜子里的小孩也跟着眨眼，你一笑，那里面的人也嘻嘻呵呵地跟着你笑，这多好玩。照完镜子，我们通常还不罢休，接下来就会煞有介事地开始检查里面的零星物事。这是一种固定的程序了，有如一种朝拜。正面朝着镜子的这一层已经是空空如也的了，但是如果你把空层轻轻揭开，你就会发现在下面的那一层还摆放着一些东西：几枚或厚或薄看不清楚年代的暗淡钱币、两朵蓝翠色的簪花、一条镶着红红绿绿小石头的细细链子、两枚簪子（一枚银色一枚黑色）、一把大约和手掌同样长度微微圆弧形的光滑木梳（木梳柄上刻着两只交颈喜鹊）、一小股五颜六色被绕成八字形的细丝线，等等。另外还有几张写着一些奇怪符号的发黄陈旧的纸，被叠得方方正正，放在底层最里面的地方。这一些零零碎碎的物事，姐姐们和我，如数家珍。我们屏息静气，并不敢十分放肆地去抚摸它们，而只是轻手轻脚地把它们拎出来，放在掌心默默地"观赏"一番，然后赶紧小心翼翼地——放回去。如此这般。

据说这个首饰盒在洪水之前里面还存有几块珍贵的银圆，也叫"袁大头"，可惜我们一块也没见过。妈妈说幸亏有它们，阿公阿婆才得以在洪灾之后在比较短的时间内又重新建起新的房子。虽说依旧是泥土房，但是里面有桌有椅有灶台，再廉价买回几件床单被褥，经过阿婆的巧手仔细布置，这家也就多少又有点儿家的样子了。

由于阿婆几乎从来不会主动说起她以前的事，而作为她收养的女儿小优，一向对阿妈怀有敬畏的心理，所以一直也不曾对她有过仔细的探问，而只是有时会在阿公的只言片语里听到一点点关于阿婆的往事：

"你阿妈……唉，跟着我，她是受了苦了……她不是我们山里人，她可是从'外洋'来的哪……"

"外洋？什么叫外洋啊？……"小优好奇地问。

"外洋，就是山的外面，有着很多平坦土地，一眼望去望不到边……离这里可远着了……"

"山的外面？很远？离我们方山村有多远呢？"小优又问。

"非常远……远得啊，没法丈量……那里有很多热闹的城镇，人也很多……"

阿公眯缝着眼，坐在傍晚来临的田埂上，做稍事休息。他陶醉在自己对往事的回忆里，对于小优的发问并没有十分认真地回答，而是一味沉浸在他自己的思维里，慢悠悠地不连贯地继续下去：

"那时候，山里的人，极少有走到'外洋'去……一般人不喜欢走太远，我啊，太年轻，贪个新奇，胆子又大……如果换成是现在，哪儿也去不了喽！"

"然后呢？……你在外洋遇到阿婆了？"

"然后？……呵，后来又回到方山村里了呗！……你看这不，阿公现在得赶紧把活忙完，否则你阿妈在家里又要等太久了。快！你也快来帮阿公的忙，天快要黑啦！"阿公急急忙忙地掐住话头，一边吩咐着女儿打下手，一边认真地做起农活来。

而这些，都是很久以前的事了。

好奇心是一件经不起时间消磨的东西。当我母亲对她阿妈的好奇渐渐放下的时候，关于阿婆的故事到最后就只剩下那只陈旧的首饰盒了。后来我的妈妈结了婚，陆续生下我们，而等到我们身上也具备了好奇心去问询的时候，我的妈妈也只能这样含含糊糊地来回答我们：

"你阿婆是外洋哪里人，我真不是很清楚……那时候我小，还会偶然问问，等长大些后就开始大家都各自又忙农活又忙家务，哪有那么多闲时间来想这个问题……况且，这也不是一个非得弄明白的问题对吧。我问过阿妈，她不肯讲，当然我也就不再问。就是这样喽。"

"丫丫，你真想知道，不如直接去问你阿婆好了，她一定会告诉你的。"妈妈知道阿婆最疼我，而我的好奇心又是姐妹几个里面最难打发的，她回答不了我，就只好顺口把问题抛回阿婆身上。

"好吧，我去问阿婆去……"我转身去了阿婆那里。走到半道上，我忽然想到：唉，如果阿公还在世就好了。

不知为何，我明明知道阿婆很疼我，但我也和我妈妈对阿婆的感觉一样，对阿婆的依恋是真实，然而还有另外一种敬畏的心情比重似乎占得更大一些。每次面对阿婆的时候，我的问题往往很快会很轻易就被分散开或者到最后就干脆全然忘记。

"阿婆，你和我讲讲'外洋'的故事好不？你和阿公的故事，好不好嘛？"我一边和阿婆一起挑拣豆子一边央求她。我的阿婆大部分的时间总是在做挑拣豆子的工作，坐在门廊旁边的石阶上，白天晚上都在那里，好像都不需要休息似的。她弯着腰勾着脑袋，专注地埋头在那只大圆箩筐上，挑拣完一筐又有另外一筐，永远都挑不完。她把她那一头已是稀疏了的长长白发拢在脑后，盘绕成一只圆圆的发髻，上面用一支透着幽幽好看光泽的木头簪子仔细别住。她没有用首饰盒里美丽的银簪子来别发髻，她说这木头簪子是阿公给她削制的宝贝，又轻又坚固，可比那银簪好用多了。银的太软。她说：

"外洋？外洋的故事有什么好讲的呀，我和你阿公一直都在这山里，山里的故事才多呢……"阿婆总是一口回绝我的问询，要不就是换一个说法："来，不如我和你讲讲《圣经》上的故事吧，耶稣爱小羊的故事，我上个礼拜去教会听来的，来，我讲给你听……"

阿婆笑眯眯地，转眼就沉浸在主耶稣的美妙氛围里去了，完全不搭理我之前的问话。而我呢？也是一样，只要有故事可听，我就会非常高兴，况且，那时候我也还只是个不曾完全长大的孩子，好奇心固然旺盛，但是缺乏了刨根问底的劲，很容易被分心。每次阿婆都是要不打岔要不假装没有听到，这样一来一往，首饰盒也好外洋也好，就像断了篇的小说，想要拼凑完整就成了一件不可能的事了。反而是多年以后，阿婆去世的时候，我才意外地从一位来参加葬礼的同村婆婆口中，第一次听到大概完整的"阿婆故事"。

"私奔。因为爱，她来到了方山村。你们家阿婆，是个了不起的女人。"这是同村婆婆对阿婆简洁明了的评论。于是，在她平静描述的只言片语里，我的阿婆重新又活了过来。不仅仅是如此，而是更加鲜明饱满的一种存在。她不再是我记忆中那个仿佛生来就是皱纹满面白发苍苍的小脚老人，她也是和我一样，从孩童到少女，再从少女长成大姑娘。她在岁月中一点一点慢慢地老去，经历憧憬，经历激情，经历从富裕到辛苦，再从辛苦到繁华平静。阿婆的美丽、阿婆的睿智勤劳勇敢、阿婆的真挚简单，从生到死，从死又到生，那些漫长又短暂的过往，有如电影画面一样，一帧一帧全部重新涌进我的脑海：

"丫丫，你不用急着听'外洋'的故事，你们这个年代的人，迟早都会走出去，到时候，你们自己去看，去找……日子啊，又多又长……"阿婆曾经说过的话，有如一种预言。

方山人把山的外面的未知世界，一律称为"外洋"。

我的阿婆来自"外洋"，是阿公年轻时闯荡"外洋"带回的"洋媳妇"。

阿公有一手铜艺绝活。他在不到十三岁的时候，就正式拜师跟着一位打铜师傅学技术。这一学就整整学了七年，他挑着那副铜活工具，和师傅一起走村访店，把方山村前后左右方圆几十里的村寨都走了个遍，等到二十岁终于独立出师时，他决定到"外洋"去见见世面。

刚一走，才是踏入"外洋"世界的第二年，他就遇到了阿婆。

那只首饰盒，原本是阿婆的爸爸妈妈给阿婆准备的嫁妆。阿婆从小就被定了娃娃亲，遇到阿公的时候她刚刚满十八岁，再过两个月就要被送到男方家里正式成亲。首饰盒里面整整齐齐放上了全套的出嫁首饰，从头饰到项链到镯子戒指私房荷包等等，一应俱全。阿婆在家里排行老幺，父母亲把最后的宠爱都倾注在阿婆身上了，虽说娃娃亲的对象不尽如人意（男方在十三岁时一不小心跌了一跤，据说跛得有点厉害），但是毕竟门当户对，又是多年的相熟朋友，退亲是不可能的事，所以一等到阿婆成年这两家人就开始着手完成这成亲的事。

整套的嫁妆首饰备齐了，首饰盒也有了。但是左看右看这盒子还不够豪华精致。于是家里就到处央人寻找精巧的手艺人给这盒子镶上全套的铜件包角以及铜锁挂纽。酬金虽可观，但是活却比较挑剔，一般人还不敢直接去应承，而艺高人胆大的年轻阿公，在得知这个难得的消息后，直接毛遂自荐上门去了。

阿公花了不到一天的时间，就把阿婆家一只破了两只耳朵的铜制暖手炉给修理得又新又亮，很快就得到了东家的认可，接下了首饰盒的活。

阿婆家是个大户人家，除了这首饰盒，里里外外被损坏、破旧的铜器具还真不少，既然阿公手艺这么好，索性就在这里住上一个月吧，在制作首饰盒零件的同时也可以一股脑儿把那些零碎物件都一并修理修理。并且，首饰盒的精美挂钩，细打细磨的，也是差不多需要这么一段时间。

转眼，一个月过去了。

阿婆家的铜器无论大大小小，都回复了崭新光亮。阿婆的首饰盒被漂漂亮亮地包裹在制工精美的黄灿灿的铜件里，看上去简直换了个模样。

而在这一个月里，待嫁的阿婆总是三天两头跑到院子里来看阿公做活。两个人岁数相近，一聊起天来就特别投缘，况且都是年轻气盛，在一个院子里你看我我看你看得久了，就渐渐看出"麻烦"来了。为了解决"麻烦"，性格果断大胆的阿婆做出了惊人之举。

"带上我，离开这里，只要跟着你，随便去哪里都成。"阿婆对阿公简简单单地这么说。

"不管去哪里都跟着我去？"阿公问。

"是的。"

"呃，那，好吧。"

这一切，就像一个传说。

那外洋，与这大山相隔着千山万水的距离，而方山村则是在一层又一层数不清层数的大山的包围圈里。一个从未出过远门、连平时走个几百米都摇摇晃晃费半天劲的大家闺秀，我不敢想象她当时是有着怎样的勇气，是在怎样一种不可思议的力量驱使下，挪动着她那双被缠裹过的小脚，义无反顾地走到这大山里面来的。

还记得那天参加阿婆葬礼时的所有情景。阿婆是喜丧，96岁的高龄。那是一个寒冷冬季的早晨，我们把阿婆穿戴一新，由于阿婆生前是个虔诚的基督徒，所以葬礼也就遵循教会的传统，没有太多复杂的仪式，越简单越神圣。许许多多阿婆的耶稣兄弟姐妹从四邻三乡赶来，除了耶稣姐妹之外还有很多其他受过我家阿婆恩惠的本村的或是其他村的村民（阿婆生性善良，见不得人受苦，不管是谁，只要求上门，立马就会有多少给出多少，从粮食到衣物，宁可自己没有或者不够，也会把最好的、仅有的毫不犹豫救助出去）。我从来不知道阿婆竟然有这么多的朋友：老老小小，男男女女。这些人都是自发赶来，他们围着阿婆的遗体，嘴里唠唠叨叨地说着一些感谢的话。而耶稣兄弟姐妹则在阿婆身后围成一个大半圆，静穆站定，齐声祷告颂唱《耶稣歌》，歌声低沉。送葬的队伍从我家院子一直延续到晒场上。我们把阿婆送至阿公的墓旁举行合葬，没有哀伤，除了"闺蜜"同村婆婆之外，没有其他任何人了解我家阿婆的过去。而同村婆婆所转述给我的，也仅仅只是这样一个简单得不能再简单的"私奔"故事。

没有人在意这些故事，也没有人会去探寻故事的缘由因果，一切仿佛自然天成。那些掌握自我命运的勇气和年轻，在阿婆看来是不值一提的。阿婆似乎生来就属于方山村，她的眼里只有阿公，她心甘情愿心平气和地在这个小山村里一点一滴建造起他们的生活，没有大起大落的悲喜，也没有激情四射的荣耀。她只是安静地度日，把每一个日子过得简单而温暖、清贫里透着坚定不移的真实。

阿婆的一生，曾有过整整九次的生育记录。一次女孩，八次男孩。

但是不知什么缘故，除了头一胎生下的女孩——我后来称她为大姨之外，其余的男孩总是不能健康顺利地养起，竟是接二连三地早早夭折。

死一两个孩子本来没有什么，婴幼儿死亡在那个贫困穷苦的年代是一件极为正常的事，几乎每个家庭都会遇到这样的事情：有时死于疾病，有时死于意外。

对于那些夺走孩子性命的叫不出名字的疾病，村人们一律把它们归结为：命。

不是疾病的缘故，不是我们照顾不周，而是命不好。由于命不好，这些孩子们，才养不起。对于那些不可统计的各式无故死亡的婴儿的数字，那时乡下的人们一贯以命不好这样的结论来进行自我安慰。

阿婆的男孩们也是一样，出生时候一个个看起来都正常健康，但过了三四个月或是五六个月的时候就会骤然犯病，等不及人有所反应，他们总是离开得既果断又迅速，没有一丝的犹豫。

时间一年又一年过去，在阿公阿婆几乎已经绝望了的时候，他们迎来了第八个男孩的出生。

"不仅仅是孩子们的命不好，而是你们的命太硬！所以才把他们一个个都克死了！你如果想把这个男孩养起，除非是换养，否则也一定是过不了一年的关！"隔壁村的徐半仙在收受了阿公满满一大筐玉米之后如此这般地授计。

换养，在我们那里的乡下蔚然成风，是为了抗命，不知从什么时候莫名其妙流行起来的一种方法：男女互换抚养。男娃的命一般来说比女娃的命金贵，所以互换的条件是送出男娃的家庭每个月都必须付给女娃家庭一定数目的粮食或者金钱，而女娃家庭则不负担送出女娃的供养，所谓无偿供养。换养时间的长短，由双方家庭互相协商来约定，或是三年或是五年，总之是养到看起来大约不会突然死去的时候再换回来就是了。换养期间发生的各种意外，也包括死亡，则都由双方各自自主负责，不管发生什么，都约好绝不找另一方的麻烦。

徐半仙说了：换养就是换命，换命就是保命。唯有在打破原始命数的基础上，才能从命不好的指定结局里起死回生，彻底扭转回到成功养起的道路上来。

对于神神道道的说法，阿婆一向不肯认同，但是一连七个男娃都不能留住的事实使阿婆也不得不变得犹犹豫豫，况且一打听周边邻村，还真有好几个换养之后就顺利长大的孩子存在（那些换养后继续死亡的不在这案例之内），在一番斟酌权衡之后，阿婆最终认同了阿公的计划，就照着徐半仙精心计算出来的换养方向，往方山村外面去找，在隔了四个村庄之远的另一个小村里，找到了一户最佳家庭。以男换女，在顺利生产的两个月之后，换回来我的妈妈：小优，一个还不足两个月的看上去几乎是奄奄一息的瘦小女娃。

小优。这个名字是阿公取的。阿公很喜欢这个来自另外家庭的与他的大女儿有着截然不同样貌和脾气的小婴儿，于是乐呵呵地把她捧在手心里，并给我妈妈取了一个不是那些什么花啊梅啊的通俗名字，而是一个书香味十足的名字：方孝优。小名叫小优。

孝顺，优秀。这是阿公所期望的孩子的品质。

孝。又也许是，由于常常想起阿婆不能回到自己父母身边尽孝心的缘故，阿公的心里有着外人无法体会的歉疚感，所以才这样在孩子的名字里，认真地填上这一个字的吧。

孝，小。小女儿。

而我的阿婆，注定了命中无子。那个同样瘦兮兮的男婴，就算换养到了别人家庭里去生活，也依旧是逃不脱夭折的命运。在小优三岁半的时候，那边传过来消息：孩子没有了。说不清是什么具体的病症，在一个寒冷的冬夜，睡前都还好好的，第二天就突然没有醒过来，莫名地窒息在了床上。

那户人家，觉得没有把孩子养好，有点儿不好意思，原本是想着把小优要回去抚养。然而那个时候小优已经和阿公阿婆建立了深厚的感情，年幼稚嫩的她并不懂得大人们之间复杂的换养协议。她拉着阿婆的手，躲在阿婆的身后，死也不肯跟那个所谓的生身母亲走。阿公阿婆则更加舍不得离开小优。

那个生身母亲，在确认了这边不会因为男婴的意外夭折生出事端，当然也是更愿意这样的结局，她暗自在心里一番计算："嗯，不用赔偿也不用欠人情，把这个小女孩彻底给了他们家就可以，这可真是喜事一桩，自己家里还有另外的一堆嗷嗷待哺的孩子呢，这样最好，我可得赶紧回，可不要他们忽然变卦才糟呢。"

生身母亲迫不及待地离开了。阿公阿婆也接受了命中无子的事实，越发对小优尽心尽力地去爱护抚养。就这样，在阿公和阿婆的悉心照顾下，小优健康顺利地成长了起来。

阿公阿婆对这个外来小女儿深厚的情感，不仅仅只是体现在日常的抚养和关爱上。他们所做的另外一件了不起的事是：送小优去上学。

那个时候在乡下，几乎没有女生会去上学。

在洪水来临之前的方山村，有一座颇具规模的小学。一间可容纳足足五十个孩子的大屋，一、二、三、四、五年级全部设在里面，来自三乡五村的学生，清一色的全都是男孩子。

在农村人们的眼里，男孩是传宗接代的唯一代表，男孩是力量和财富的象征。不仅仅男孩终会成长为一家之主，最主要男孩还是未来可依靠养老的期待与保证。

女孩则不一样了。

姑且不去论千古以来的男尊女卑的思想影响下所形成的自然思维，在农村，光是显而易见的明显区别就有两点：女孩软弱，没有多少力气，干不了多少农活；女孩是赔钱货，生得再好再聪明，一旦到了出嫁的年纪，就和父母无关了，嫁出去的女儿泼出去的水，最终成了别人家的人，怎样都是不划算。

由于这种种区别，所以从生下来的第一天开始，男孩和女孩所受的待遇和照顾就完全不同。

在计划生育还不曾完全普及的年代，这些乡下的女孩们，一串接着一串地降生，就像是满山遍野胡乱长在糙地岩石堆里的野葡萄，又瘦又小，既多且烦。谁都不愿意为这些生命付出过多的精力，随便地养，胡乱养，能养起几个便是几个，稍微养大一点就赶紧往外送，早一天嫁出去就早一天省心。总是在几乎还不算是成人的时候，父母就急匆匆地把媒婆请到家里来了，交出生辰八字，急匆匆地用这些女孩换回一些养育补偿：一个银圆、两斗米、三条肉、四匹布、七颗枣、八斤土豆等等，五花八门的聘物，总算也不枉这又生又养的辛苦一场。就算换不到有点儿价值的东西，早一天出嫁那么也就是家里早一天少一个人来吃闲饭。

女孩子不读书，只负责长大，再负责长大后嫁人。读书这种事情，完全不用想，怎么样也不会轮到女孩身上。

"一个女娃子，读书？读什么书？三五年后嫁了人，不都白丢了吗？半点儿用处也无，又要付学费又浪费时间，纯属瞎折腾……"

对于阿公阿婆的举动，村人们百思不得其解。更何况，那时阿公阿婆的大女儿——也就是我的大姨，就是因为认识了几个字的缘故，在父母不同意的前提下，孤身一人远嫁到了北方的一个城市里。

"如果不是因为识几个字，她敢跑那么远？真是奇怪，大女儿跑了才没几年，又想把小女儿也送去学堂里……不知道他们是怎么想的……"

村人们一边当面善意地规劝阿婆，一边背后则抱着又好笑又怜悯的心态来看待阿公阿婆的"浪费举措"。

阿婆大女儿去的远方，是这个小山村的人们有限的想象里无法想象出来的那种远：黑龙江省哈尔滨市。

诚然也可以如村人们所说的那样，一切都由于认识字的缘故。

同样是在极其短的时间里，把一生的事情做出果断的决定，在我大姨身体内流动着的，是和阿婆一模一样的勇敢血液。其离家出走的过程以及决心，亦像极了当年的阿婆。

两个远隔千山万水的年轻人为什么会牵连在一起？那又是另外一个神奇而浪漫的故事了。一切只缘于一次偶然的赶集。

对于方山人来说，和生活命运有关的意外转机，总是体现在那些平凡至极的一次又一次的集市里。比如"谁谁家的木头卖出了一个绝无仅有的好价钱，可以一连两个月都不用担心吃喝了"，再比如"谁谁家的炭火遇到了一个好主顾，居然把整个冬天的供养都给包下，这下可好了，明年孩子们的学费都有着落了"，又比如"谁谁在集市的某个垃圾堆里，居然捡到一双两成新的胶鞋，那么好的鞋子，只有三四个小破洞，随便补补再穿个整夏也是轻轻松松的啊，多么幸运!""谁谁家的小子，在集市上找到一份令人羡慕的临时工的活儿，搬沙运土，包吃包喝还包住，整一个星期下来还有四十块钱可以拿!"等等。

所以，赶集在方山村人的眼里，从来都是一件让人期待又快乐的事。只要抽得出时间，在不耽搁农活的前提下，人们总是热衷于把山里的各种土产往集市上扛，或是沉重的木材，或是体积庞大的柴火，有时候是一些杂粮野果，也有时候则是自制的一些家什小件畚箕扫帚什么的，有什么背什么，能卖什么是什么，沉甸甸地背去集市上，去换来几张薄薄的钞票，好用来购买油盐酱醋纸等生活必需品。

集市通常设在居民密集的城镇上，离方山村都很远，远在大山之外。就算最近的那一处，也得攀越两座半山峰，翻山越岭大概得走二十二公里，才能到达。

赶集，虽说快乐，但是同时也是又疲惫又辛苦。更何况，每一次的赶集不一定都是幸运的，有可能在集市上站了整整一天，带去的东西也未必都能每次都顺利地卖掉。那么卖不掉的时候怎么办呢？那么远的路途当然不可能又辛辛苦苦把它们一一背回来，于是每当卖不掉的时候，村人们就会把物品哼哧哼哧地背到一个叫"外洋房东"的人家里去。先把东西寄存在那里，然后等着下一次的赶集日来临时再背出去又卖。如此反复。

而我大姨正是在外洋房东的家里，偶遇了我的姨父。准确地说，是偶遇到了那个军人的照片：一个满脸正气身着军装微微板着脸却又似乎在含着笑的英俊年轻人。

寄存不需要付钱。外洋房东跟我们方山人一样，是个性格爽朗又善良的慈祥老人。

老人独居，却有着一个很大的四合院。院子空旷，非常适合安放各式各样的待售物品。村人们小心翼翼地把东西放在院子里，而旁边走廊的桌子上，老人早已给大家烧好了一大缸的解乏茶，你只管任意地喝，也是不需要付任何的费用。而作为寄存的交换，村人会约定俗成地在那桌子底下悄悄地放下几样小东西：或是几个玉米或是两包小咸菜又或是一小块野兔肉等等。当然你也可以什么都不放，只管喝了茶之后抹嘴就走，老人也不会有意见，依旧是笑眯眯地招呼你"回去走好，下次集市再见"。

这是一种既不显山露水，也不刻意交换的某种纯粹的人与人之间轻松又惬意的交往，温暖又自然。

那天是非常普通的一天。阿公带着大女儿去赶集。阿公背着一棵大木荷树，我的大姨则挑去两大箩筐的炭火，两个人在集市上整整站了一天，根本无人问津。眼看着天色快要转暗，阿公于是决定不卖了。他带着女儿，两个人一前一后，熟门熟路地走到外洋房东的四合院去寄存。

老人在家，他和以前一样，热情地招呼着阿公喝水。桌子上除了那只大茶缸外，显眼地摆放着一张崭新的照片。

照片上的年轻男子，穿着军装，气宇轩昂，英姿勃发。

老人笑呵呵的，一副欣慰又自豪的样子。

"他？呵呵，他是我的亲侄子，我那个远在北方的老弟，唯一的一个儿子，现在终于也长大成人了……"

"哦，这是你侄子啊，长得可真是一表人才！……呃，他是军人？"阿公趁老人不注意，悄悄地把匀出来的一袋活性炭放进桌子下，半是闲聊半是问询地和老人对起话来。

"是啊，是军人。我弟弟当年就是因为当兵才走到北方去的，而我这侄子，从了他爸的愿，也是当兵。不过他比我弟弟可是强多了，他能认字，他会写信呢，总是三天两头地给我寄信来，呵呵……"老人比画着手里拿着的一个大大的信封，满心自豪溢于言表。

"不错，不错，有福啊……"阿公说。

"福是有福，不过啊，已到了成家的年龄了，却是到现在也还没有对象，家里人都替他着急……"

"这样啊，看他的照片可还年轻得很的，不用着急的吧。他长得这么好，又是军人，早晚不知道多少闺女想要嫁给他的吧……"阿公说。

"可不？也是。他自己倒是不急，可我弟和弟媳急啊。他们说这孩子不知什么缘故，和那些大城市里的人总是合不来，腼腆得很，很怕见姑娘家，叫他去相亲也不肯去。难得去见一两次，又说对不上眼，都遇不到个合意的人。唉，现在啊，他们的意思，是想叫我在老家这边也帮忙看看，有没有合适的闺女……这不，今天刚刚收到的信……"

"北方？离这里那么远，我们这边的闺女，去到那里，会不适应吧……"阿公已喝完了凉茶，正打算着站起身来。

"就是。我也这么想，那么远的地方，谁舍得把闺女嫁过去？"老人也笑呵呵地说，"不过呢，不管怎样，既是弟弟拜托了，我也一定是要给他使使力，这不，这会儿我正想要去找个能写字的人，帮我抄几份我侄儿的生辰八字，到时候找媒婆去到处访一访……我只能认字，却写不了字，惭愧啊……"

"这，能写字的人？我闺女就能写，抄个生辰八字，简单！来，让我家闺女来写……"阿公听了老人的话之后，自然而然地就想帮这个忙，他忙不迭地赶紧招呼女儿过来。

阿公和老人在絮絮谈话的时候，隔着桌子的距离，我的大姨一直在看那张照片。那时候的照片，在乡下人的眼里还算是一件稀罕物事。眼睛是心灵的窗户，在镜头里被定格了的眼睛则更是与众不同，更具有某种说不清道不明的神奇魅力。照片上英气勃勃的男子，一动不动地透过照片凝望着我的大姨。不过是一瞬间的工夫——我不知道在大姨和阿婆之间有没有讨论过关于"一见钟情"这四个字的真实含义——大姨就决定了。她在心里清晰地听到一个坚定的陌生的声音：我要嫁给这个人。

生辰八字抄好了。阿公一点儿也不知道，自己的闺女在抄写的过程里，悄悄地给自己也留下了一份那个照片上英俊男子的通信地址。

时间匆匆，忽忽三个月过去，还没有等到高中的录取通知书，大姨就在某个早上忽然宣布了这个惊人决定：我要去北方了，我要去和那个人结婚。

关于大姨的出嫁详细始末，几乎和阿婆的离家远嫁一样，其间也有着种种绝不可能的阻碍，还有着一般人难以做到的勇气和艰难：

"你大姨非常有主见……阿婆完全不同意这门亲事，一个南方的姑娘，去那么远而且是完全不认识的地方，怎么舍得。不过你大姨的性格真是和阿婆完全一样，她决定了的事，谁也阻挡不了。谁也想不到，一个没有出过远门的姑娘家，拎着个包裹，就凭着一个地址，就这样走出去了……只给阿婆留下一封信……

"那时候在这方山村，这还是第一个不需要文姨婆做媒而出嫁的姑娘家，真是轰动了，把你阿婆气得……

"阿婆想方设法地劝她吓她都没用，她最后还是去了……千山万水的，这得多大的勇气……"

我的妈妈说起这些往事的时候，竟然不自觉地流露出既向往又佩服的神情。

唯一的亲生女儿这样断然绝情地远嫁，留给阿婆的是无以言喻的不舍与伤心。尽管大姨去了那边之后一切安好，并且每月一次地准时往家里写信，但是自从大姨离家后阿婆的脸上却常常地不自知地流露出怅然的神色。

她常常一个人愣愣地站在院子里，微微仰了头，去看对面的大山，什么话也不说。有时候她则把脑袋抬得更高一些，抬头去看天空，天空上有慢悠悠的白云在缓缓飘浮着，被群山团团包围住的天空，看起来像一块不规则的圆形青色幕布。那幕布一动不动，阿婆也不言不语，一脸的平静祥和。

即使是在那样的时候，阿婆也绝口不提自己的过往。她依然对生活充满着热情，但是这看似和往常一样的热情，细细去观察你却会发现这里面似乎缺少了点什么。

那是什么呢？

"其实没有什么，这都是命数。"阿婆有时会没头没脑地突然说出这样一句话。

"再不舍，该分离的都得分离。"阿婆又说。

也许阿婆突然回想起来自己离开父母的那些回忆，又或者是想起了自己另外的那几个没有长大的孩子，不管是多么用心尽心，无法留住那八个男婴的事实也使阿婆渐渐明白了关于分离的残忍与必然。人总要面临各式各样的分离。少女离开父母，婴儿离开尘世，今日与昨天分离，明天又迅速抛弃今日。总是这样，周而复始。

然而也正是缘于认知了分离的痛苦，我的阿婆在对待后来我妈妈的婚姻问题上，却又是显露出她那忽然开明忽然又是武断的矛盾性情。

"除非是入赘，否则谁也别想把我们家小优娶走。"阿婆在小优还未成年的时候，就曾斩钉截铁地发誓。

"最起码，也要在我的眼皮底下成家立业，总之，我要看到她的幸福。"阿婆略微松了松口，如此这般地和阿公商量着。

若非洪水，妈妈和方老师的结合想必会是顺理成章。

方老师和我的妈妈，是同班同学。

那时候的乡下小学，并不像现在，有各自分开的每个年级每个班，都有独立教学。由于物质资源和人力资源的缺乏，绝大部分在村里成立的小学，从一年级到五年级，所有的学生从大到小，都是挤在一间教室里一起上课。

在一间大大的空置房屋里，或是某座空置的祠堂里，村人们在屋子两端相反的墙上分别挂起两块大大的黑板，屋子内的空地上则摆满长长短短的木头条凳。孩子们依着年龄和学龄，一至三年级的为一个班一起坐下，齐刷刷地朝着一面黑板。而另一批更大一些的，则为四至五年级，为另外的一个班，背朝着年纪小的，也在是木头条凳上齐刷刷地坐下，齐刷刷地面朝着相反的另一面黑板。

屋子的最中间处，象征性地划个楚河汉界。每次上课前，老师就会站在楚河汉界上，背着手严厉地警告界线两边的学生：不准跨界，不准转身。总之，都是乖乖地坐在属于自己的这一方河岸内，认真听课，不得喧哗。

学生们乖乖地点头了，各自冲着属于自己这方的黑板，认认真真地抬头认字：a、o、e、i、u、ü……

老师则有时两人有时一人，他们轮流在两块黑板前跑来跑去，上完这头上那头，上完那头又赶紧跑回这一头。上课的氛围，是在紧张又有序的节奏中快快地进行着的，这样的一天下来，老师也好学生也好，总是会有着喘不过气来的感觉。

那时候的方老师还不是方老师，而不过是这个宽大教室里被分派在三年级最后一排的一名方小孩而已。而我的妈妈，小优，由于身高比普遍的孩子都略为高些，所以虽说是念一年级，却被莫名其妙地安排到最后面去坐了。刚好与那方小孩坐在"楚河汉界"紧紧挨着的地方。

小优第一次上学，有点儿紧张。那些在上课的学生有很大部分都是来自别的村子的孩子，一堆的陌生小孩。不仅陌生，而且几乎是清一色的男生。男生忌惮女生，怀着莫名其妙的妒意和抵触，那些男生叽叽喳喳夸张地瞪着眼，望着这个穿细花衣服的异类女孩走近，他们悄悄地挥舞拳头，极不友好地对小优做着种种驱赶的手势。

教室的光线黑压压的，当小优怯怯不安地听从老师的安排坐到最后一排之后，突然高兴地发现，身边的男孩居然是个大熟人，还是邻居：方小孩。有认识的人在旁边，紧张的心情一下子就舒缓下来了，黑板上老师写的字母还一个也不认识，方小孩偷偷凑过脑袋来告诉小优：嘘——没关系，我来教你，那是 e……

就这样，相隔两年的小男孩和小女孩，成了大教室里的同班同学。

都说男女之间情感的最初开启是从自己也未知的孩提时候开始的。姑且不管这句话的科学性有多少，真实的情感体验与微妙的情愫滋生却的确往往是源自很小的时候就已有的不自知的心动与体会。

关于跟方老师一起读书的回忆，妈妈极少跟我们提起。如今已是两鬓斑白了的妈妈，每每面对我们笑嘻嘻的问询时却依旧会是讷讷地红了脸，并似乎想要极力否定什么似的对我们说：

"啊，什么啊，没有，怎么会，哪有说什么从小就喜欢他什么的……不过是，我记得当我第一天去上学的时候，在那个光线昏暗的大教室里忽然看到他和我坐在一起，于是感觉有点儿放心罢了……

"呃……我和他，虽说在一起读书，但平时几乎不会在一起说话，又不像你们现在……我们那个时候，如果哪个男孩和女孩说句话，会被大家讥笑，看不起……大家都不说话，后来一起到了初中读书时也还是那样……不过，怎么说呢，每次去上学时，只要看到他，我的心里就好像很踏实，也是奇怪，忽然就觉得一切都很放心了似的，只是这样……"

放心？不害怕？妈妈所想要形容的当时的心情，是不是一种叫"安全感"的东西？

还是方小孩的方老师，他自己也不知道，在孩童时代的某个瞬间里，他曾给过我妈妈一种类似于安全感的放心感觉。

女孩天生需要安全感。

当我在我的记忆长河中搜索着关于妈妈和方老师的过往点滴碎片时，我忽然发现一个秘密。为什么方老师最后和我妈妈没有能结合在一起？那不仅仅只是和那场突发的洪水有关，又或是因为阿婆的干涉阻挠，都不是。而是，是由于在后来的一些极为关键的时刻，方老师的行为举动与选择，令我的妈妈读到了"不放心"的信息。是因为失望加上忧惧，我的妈妈才会最终听从了阿婆和阿公的安排，嫁给了我的爸爸。

洪水到来之前，正是方老师在镇上念高中二年级的时候。我的妈妈则才刚刚升到初三。

并没有过什么约定，但是继续念书是一件自然而然的事，在我妈妈拿到高中录取通知书时，念书却因为一场意外的生病给耽搁了。只是由于淋雨所引起的很普通的着凉感冒，渐渐发展到发烧咳嗽，整整吃了差不多有四个多月的中药才总算调理回来。开学的时间早过去了。阿公阿婆舍不得女儿长途跋涉，从方山村到镇上要走足足四十几公里的山路，那时没有班车，去哪里都是走路，病后的身体孱弱，根本不适合跑那么远。而且，就算再想去念书也得再等来年。不如先把身体养好重要，一来二去，小优在阿公阿婆的劝说下，就暂时休学在家了，平日里帮阿婆打理家务，偶尔也跟着阿公跑到地里做一些轻闲的农活。不能去到镇上继续和方老师一起念书，但是方老师一周一次从学校回到家，依旧时不时地低头不见抬头见，倒是也没有什么变化。

小优和方老师之间，尽管没有过确凿的类似于"处对象"的言谈和对话，但是由于两户人家是相邻而居，关于暗生情愫的少男少女之间的眼神交流，却是一不小心都会写在脸上，就算是不用讲话，那些忽忽闪闪流动的好感与心动，只要稍微细心点去观察，便能一清二楚。细心的阿婆早就发现，隔壁方小孩喜欢上了小优，都已经有老长的一段时间。而更重要的是，自己的女儿对他似乎也不讨厌，每每看到他出现也是突然就会展现出一副特别开心快乐的面孔呢。而另外更加重要的是，阿公阿婆对方小孩也不讨厌，因为那方老师原本就眉清目秀，年满十八岁之后，更是长得个子高挺、英气勃勃的一表人才了。那是一种不论谁看到都会喜欢的长相：俊朗、含蓄，既优雅，又斯文。

他每次从镇上放学回来，总是有意无意地要跑到我们家这边的庭院面前转一转。或是来跟阿婆问个安，或是极为彬彬有礼地来请阿公帮忙，说是帮着他爸爸借个锄头什么的，等等。

他的天庭饱满，眉宇俊朗，他的腰板天生像是那些现在电视里曾经当过模特的男子一样，总是那么闲闲地惬意地挺立着，半点儿也不像是出身乡村的拘谨农民，而显得又潇洒又随意。

他并不爱说话，基本上可以说是显得有点儿沉默寡言。可能由于的确是读过不少书的缘故，于是他的脸上就有了一种那比之一般的乡下男孩很不一样的类似于超然超脱的神色，仿佛总时时刻刻在进行着一些独自特别的思考，就像是神魂游离于身体之外，正忙碌置身于另一个世界般的表情。若用现在的话也许可以这样说：这个年轻人，有着一种特别的气质。

如果说我的妈妈小优，在孩童时期所突然产生的那种"放心感"，只是来自于当身处陌生场合在一堆陌生人之间猛然相遇熟人邻居时所激发出来的心情微动，那么当已长大成人的少女，在面对这样一种全然崭新、异类的书卷气质的绽放时，不知不觉地被吸引也是一件极为理所当然的事。

方小孩来了。

他进到院子里来问候阿婆。他来借锄头。他好像不经意地走过小优正在晾晒衣服的那排晾衣竿，假装才刚刚发现她站在那里似的匆匆地朝小优点头打招呼："呃……小优，你，你在晒衣服啊……"

小优红了脸，赶紧垂下头。

仿佛将要被窥见某个秘密似的，害怕阿公阿婆在院子另一端观看的眼睛，方小孩把借来的锄头胡乱拎在手里，头也不敢抬起，一刻也不敢停留，话一说完就急匆匆离去。

方小孩那时候并不知道，其实他完全不用这么紧张。即使抛开"小优喜欢方小孩"这个可能，光是出于对读书人的喜爱，阿公阿婆对这个邻居男孩，也是一直抱着赞赏和认可的态度。

"爱读书的人，一定有出息。"阿婆常会说这句话。并且一边说一边笑眯眯地望着邻家院子里正抱着一本书在起劲地看到入迷的那个青年缓缓地点了点头。

而小优呢？

凭着女孩天生的细腻心思，她既感觉到了来自于邻家男孩的那双温柔含情的目光，也领会到了自己家里大人们的宽容默许表情。

将来我会不会嫁他？这个只要一和我讲话就变得木讷起来的方小孩？他看那么多的书，不知道他会不会离开方山，也许他会走出这大山去？如果他要到外洋去，我会不会跟着去？

她和他之间，什么都还没有说。但是，似乎什么都已经在那里了。

她开始憧憬，并开始想象，想象着等到真正长大成人——嗯，大约等我也满了十八岁的时候——的那一天，她甚至把细节都想象到了。她想象着文姨婆走进自家的院子里，带着方小孩——哦不，应该是青年小方了——已是青年小方的生辰八字，笑嘻嘻把那写着八字的信封仔细地递过来，交到阿婆的手里。

不，或者根本不需要文姨婆的到来，方婶不是也是三天两头地过来串门的吗？她到时候一定也是知道了，她的这个常常跑到这边来借锄头的小儿子，正在喜欢我，而我也喜欢他，我们，不是正好天生一对吗？等那一天，等到方婶婶看出我也已经长大了的那一天，她一定会直接上门来提亲的。而我，只需等着就可以……

怀了春的小优，就这样在情窦初开的心情牵引下，开始编织着只有自己才能读懂才能听懂的各式各样关于未来的梦想。向往着明天，向往着长大，向往着如同当初大姨向往着北方一样的不一样的未知喜悦，一直到，洪水的到来。

小方有两个哥哥，都还没有结婚。他们家太穷了，是真正的家徒四壁。许多人说，方老师能念书一直念到高二，纯粹是托了两个哥哥的福。他很小就没有了爸爸，是他的妈妈和他的两个哥哥辛辛苦苦把他给抚养拉扯大的。

家里虽穷，但是妈妈给了他足够的温暖和爱，而两个哥哥则对他从小到大都是又宠爱又支持，从来也不需要他下地干活，而且还省吃俭用连自己准备娶媳妇的钱也心甘情愿地都掏了出来，用于这最小的弟弟的学业。他们倒也并没有什么特别伟大的目标，非要把弟弟培养成多少了不起的人物，或者是有很清晰的一条路，要怎样走或是怎样去实现，都没有。他们只是知道，这个弟弟非常爱读书，而且，妈妈说了，希望他们能让弟弟过得舒服一点。那么好吧，只要有能力供给他读，那就让他一直读下去。至于读到最后会怎样，到时候再说。

只缘于身体里流淌着天生农民憨厚的血脉情感，他们无条件地这么做着。

他们的妈妈也是一样，含辛茹苦里里外外地操持着家务，带着两个哥哥上山下地，在贫瘠的土地上一点一滴地刨出全家人的四季口粮。

关于读书，她的脑海里，和她的大儿子二儿子一样，也没有具体的概念。甚至，连与读书最息息相关的对外洋世界的了解和向往也没有。她只是迷迷糊糊下意识地听从自然的脑部发出的声音——多读点书，多懂一些，说不定能不大一样——做农活太辛苦。

如果读书能读到不需要做农活就好了。方婶模模糊糊地这样想。

她隐约记得有一次去镇上高中看儿子的时候，听到一个学校的老师在那里说，他们老师有工资，而且是固定的——想想看，每个月都能领工资，那将会是多么省力！

她打听过了，那和这村里的老师可不一样，那里的老师是固定的，不会像村里这样有一搭没一搭地不停换人，还没多少工资——如果我的儿子也可以像那个镇上的老师一样，将来能当上一个固定的老师，那多好！

她问过了，只要不停地继续读书，就有当老师的可能性，只要当上老师，那就意味着每个月都能领到固定的钱。而如果每月都能领到固定的钱的话，那么那些钱就可以一点一滴地积攒起来。

方婶越想越远了：只要有了钱，那么就有条件可以娶亲。到时候，我的大儿子二儿子就都能把媳妇给一一地领回来。他们也够辛苦了，都是快三十的人了，还打着光棍，为了家，为了弟弟，整天地干活也攒不下钱。现在好了，只要想办法当上老师，这钱就有着落了。

总之还是要再继续读，读书为了有钱，有钱就等于有了媳妇，有了媳妇我就可以让她们给我生孙子，得赶紧生孙子，唉，很多和我一样年纪的同村妇人，都已经当上奶奶了，可是我家的这两口大男丁，却还一个也没有娶上媳妇，连个影都没有。穷，都怪自个儿家里穷，哪个闺女愿意嫁到这么穷的家里来呢？都怪那个死鬼，死得那么早，扔下我一个人，操这么大的心，你倒清闲，在地府里享清福了，只剩我一个人撑着这家，特别是找媳妇这传宗接代的大事累事，没有钱什么都办不成，真是丢人啊，这么多年过去了，还是这么穷，唉，读书也好种地也好，总得能吃得饱饭赚得了钱那才叫实实在在……唉，有钱才会有孙子……

方婶独自一个人唠唠叨叨地，既怨恨着她那早早去世的死鬼丈夫，又盼望着还不知在哪个天空里飘着浮着没影儿的她的孙子们。

两个即将到而立之年的儿子的婚事，一直兜兜转转地困扰折磨着方婶的神经。

在她的眼里，还没有来得及看到其实三儿子也长大了，更不会有时间去观察到，居然就在离她那么近的地方，有一个再合适不过的媳妇，在羞答答地等待着她去提亲。她的脑子里，满头满脑的只是另外两个儿子的婚事。她假装镇定，好像并不把儿子还没有娶到媳妇这回事放在心上，她羞于把她家的穷一次次地公之于众，于是故意做出种种挑剔不满的样子，每当文姨婆拿着那些三乡五寨姑娘们的生辰八字登门时，她总是摆出一副冷面孔，满脸毫不在意拒人千里之外的神情。正是缘于她这种可笑又可气的让人觉得很不诚恳的态度，于是待嫁的姑娘来了去了又来，却没有一个人愿意留下。

方婶又着急又难过，为着这两个儿子的明天和将来。她一点儿也没有意识到正是自己的问题，才使原本简单的问题复杂化。贫穷固然是不可违背的现实，但是不肯面对贫穷这种心境，往往比贫穷本身还要令人绝望。方婶把摆脱贫穷的希望寄托在小儿子身上，却又隐隐约约觉得那很遥远，似乎也并不现实。置身在一天重复一天的农活忙碌里，更多的时候方婶其实根本没有时间去想什么将来，而只是每天麻木地干活，不停地干活。昏天黑暗地劳作，从白昼到夜晚，占据了方婶的全部。

先这样吧，过一天是一天，得耐心等待，什么媳妇也好孙子也好，总有一天会得到解决的，只要继续努力，继续活着。

方婶恍恍惚惚地这么想着。

终于有一天，不知道是不是老天爷也许是看到了方婶的着急和难过，于是在一个晚上就把这个难题给解决了。

当咆哮的洪水呼啦啦冲破方山水库大坝的时候，由于白日里劳作实在太过疲累，方婶的两个儿子睡得死死的，什么也没有听到。在漆黑夜里震天作响的水声中，她迷迷糊糊被骤然惊醒的同住一屋的小儿子一把拖起，只顾着"脚不沾地"跟着他使劲往山上爬，根本来不及回顾四周。她以为，身强力壮人高马大的大儿子和二儿子，一定是早已从隔壁的屋内跑出去了。

"你哥，你哥他们呢？……"总算到了平安地带，她气喘吁吁一屁股瘫坐在湿漉漉腥臭无比的半山腰上，才终于定下神来查看另外的两个儿子。

天刚蒙蒙亮。浑黄的脏兮兮的水正在以缓慢的速度在眼前一层一层地往山下退去。望着这仿佛从天际乍然泼下的泛着难看白沫星子的已然平静下来的水，方婶哆哆嗦嗦地问身边的同样气喘吁吁的小儿子：

"你哥他们呢，他们爬到哪儿去啦……"

"我，我不知道……我，我去拍门了，我还进去推了他们，他们也回应了我……大概是爬到另外一边的山上了吧……"惊魂未定的小儿子昏头昏脑地回答着母亲的问话。

一切都是瞬间的事。异样响起的洪水声音，把尚未入睡还在迷迷糊糊思考着书本里问题的小方惊醒。他惊慌失措地从床上爬起，一边赶紧大声喊"阿妈"，一边冲到隔壁房间使劲推醒了哥哥们。他说他隐约听到床上睡着的人在回答说"知道了"，他以为他的两个哥哥一定也是和他一样快快地夺门而去随便冲着哪个山头跑去了。小方回身一把拖起还在睡梦中的妈妈，一头冲进门外的黑暗里，哪还有工夫去查看哥哥们到底有没有跟着一起跑出来。

水停了。小方的两个哥哥淹死了。

他们没有被冲去很远的地方，而是被水和屋后压过来的大石头钉在了原处。他们的身躯扑倒在地，脸朝下，似乎还在睡梦里，很香甜的模样。身底下没有床，人几乎原封不动，睡的床却很古怪地不见了，可能是木板较轻易浮的缘故，被水冲过时带起来游走了。

这场洪水里，极少有年轻力壮的被淹死。

"大概是睡得太死的缘故。"剩余下来的哆哆嗦嗦的村人们哆哆嗦嗦地说。

望着已是面目全非的死去儿子们的尸体，方婶呆住了。

她的表情里并没有流露出半点儿责怪这个好不容易活下来的小儿子的意思，但是小方却在瞬间忽然产生了愧疚的心情。

也许是他多心，洪水过后的很长一段日子，每当他看到他妈妈面无表情陷入痴呆木然的时候，他就认为那是母亲对自己在进行的一种指责：都怪你，你不是说把哥哥们推醒了的吗？为什么他们还在原地？就差那么一下，你就不能确定你的哥哥们也跑出来时再一起跑出来吗？都怪你……

这些话，不仅仅是他认为他母亲想对他说的话，他自己的心里也无时无刻地不这样想，同样无时无刻地不痛恨着自己。他觉得都是自己的错，他觉得自己对不起自己的妈妈也对不起哥哥，他恨自己没有同时把两个哥哥也从睡眠中拖出来逃到山上去。

"都是我没用。"小方喃喃地不停地责怪自己。

洪水把原本就一贫如洗的家洗劫得更加干干净净。

当残存的村人们开始磕磕碰碰地重新开始张罗搭建新家的时候，方婶却露出了与过往截然不同的样子。

大儿子和二儿子的墓地选在半山腰，两个扁扁的土坟堆。生前人高马大的两个大龄青年，死之后占不了什么地方，方婶找的地方是一块自留地：

"就这里吧。人葬在这里，以后家也安在这里。"她叉开手，像丈量什么似的把一整块自留地比画来比画去地那么比画了一会儿，只说了这么一句话之后，就跌坐到坟前发呆。

在原来家的地方，好歹扒了一些被砖瓦石头压住的没被冲走的残留家什出来，家什没有多少，大概还有一两只破锅，或者一团破得一塌糊涂的蚊帐什么的。由于方婶一直跌坐在坟前没有动，怎么劝也不肯下山，没有办法，方老师只好把这些面目模糊的几样旧东西也给抱到半山腰，又去到山顶上砍了几棵小树下来，就在那自留地上，挨着母亲胡乱搭了个棚子，也算是当成一个暂时安身的地方。幸好那是初夏，灾后的人们基本上都是那样露天而居，见怪不怪。

"就这么办。"整整坐了三个日夜之后，在第四天的清晨，她突然站起来说。

在那三天三夜里，方婶什么活也不做，既不来帮小儿子的忙，也毫不关心白天和黑夜是怎样消失不见。她只是呆坐在那里，得了癔症似的发呆，累了就倒下睡一会儿，一时睡够了再爬起来继续呆坐。她不言不语，再加上基本上不吃不喝。她突然醒过来所开始忙碌的是另外一件与重整家园完全不搭的事：

寻访儿媳妇。

她和过去不一样了，在同样是贫穷背景，甚至于比过去的贫穷背景还要贫穷的情况下，她突然忘却了自己原先小心翼翼躲藏起来的羞耻和自尊，那些过往意识里所有可笑的自艾自怜，在一场洪水之后都重新生长为另外的一股力量。就像过往习惯了被迷迷糊糊的意识深处的思想所指导一样，方婶在洪水后不停听到的从自己脑袋里发出的是这样的一个声音：快给儿子娶亲吧，再不娶亲就来不及了，快点，快点，再不快点可就抱不到孙子了！

她突然变得热情无比也谦卑无比，每天一大早起来就往外面跑，一个村庄接着一个村庄摸索过去，逢人就问："哎我说你家，你家有闺女不？有没有合适年龄的闺女，愿意嫁到我家来？"

她简直像那个文姨婆一样，根本不去观察别人的眼色，只知道到处寻人问人，忙得不亦乐乎。

得快点儿娶亲！一定得快点儿！

脑海中翻来覆去的同一个声音，就像是一根催驴赶磨的鞭子，把这方婶抽得是一颠一颠地往村外跑，半刻也停不下来。

方婶的行为其实没有什么。她并没有发疯，也没有癫痫。她应该可以算得上是再冷静也不过。她认认真真地一村一村地去走去访，带着自己儿子的八字，再仔仔细细地比对着合适姑娘的八字。她不怕苦不怕累。洪水之前就有了的咳嗽病，洪水之后更显得严重了，一天到晚嘿嘿嗬嗬地咳个不停。她一趟趟地离开方山，往村外走，到外面去清晰地寻访，有目的地寻求，不达目的誓不罢休。

"妈，我真的不想那么急结婚，你，你能不能先歇一歇，至少，让我们先把房子搭回去再说娶亲的事好不？"做儿子的看到母亲疯癫又顽强又执拗的样子，有点儿害怕。当然这害怕的背后是因为他知道自己的心里已有了人：邻家温柔纤弱的小优。

可是他不敢告诉妈妈。出于才刚刚从少年长成青年的羞涩——他确定小优可能也对他有着异样的情感。他只能隐晦地在母亲面前做出反对的表情，央求母亲还是先把家搭起来，再去提别的事。

除了对亲事的畏惧之外，另外有一点他羞于承认却又更重要、不得不面对的是：除了拔猪草，其他的农活自己居然什么都不会。在他母亲去往三乡五村寻找访姑娘的时间里，他眼睁睁地看着别人家的草铺子都在一点点慢慢完整地搭了起来，自己的家却两个多月过去了，还只是那个歪歪扭扭的小木棚子。除了勉强在那棚子上不时摆放一些干草之外，他什么也不会搭建，光是割草煮东西什么的，就够他忙乎的了。在头一个星期的时候，他那一双原本白嫩的双手就已经被弄得又是血泡又是有裂开的满手伤痕，现在更是几乎连镰刀也拿不稳了。

"我，我……"当小方发现了自身的无用，他既愧又恼，想母亲来帮忙，却讷讷地说不出话。

方婶沉浸于自己的世界，对儿子的暗示理也不理。她一心一意只埋头琢磨要怎样帮儿子完成娶媳大业，完全没有看到儿子的窘境。

方婶家有个远房亲戚，家境一直挺阔绰，住在隔壁县的另外一个镇上。方婶决定往那里跑一趟。两个多月的走访，使方婶明白这件事若想完成还是非银钱不可。她一方面打算直接拉下脸来向亲戚借一笔大点的钱，一方面也想托那边的亲戚们看看，在那远一点儿的地方有没有更合适的闺女，愿不愿意嫁到山里来。

仿佛是一线生机的出现，方婶想到就要去做到。这不，清晨的曙光都还没有从天边完全透进，她就从干巴巴的泥地上一骨碌地——那时候许多还没有搭好铺子的人就那么和衣睡在泥地里，当然在睡下前通常会先铺上一张破塑料布或是一张破草席子——爬了起来，抖抖衣服，冷静地捋了捋头发后，她就出发了。

方婶的举动，不仅让做儿子的又惊又怕，也让小优感到又羞又急。

"方婶真是的，她怎么老在外面跑来跑去？怎么，怎么也不来找我？……"小优独自偷偷地咕哝着。

小优真想直接找上门去问问他，到底接下来该怎么办。可是现在的方家不比以往，早已经不是和阿公阿婆家相邻而居，他们家在孤零零的半山腰上，离这里可有老长的一段距离呢。如果就这样走去找他，这也太明显了。

"如何让他知道，让他告诉他的妈妈，让他的妈妈来找我？他是怎么想的呢？还是，或者，其实他也根本不曾喜欢我？……"小优抬头远远望着半山腰的方向，想去又不敢去，忐忑不安。

正在纠结焦急的时候，阿公阿婆却为了小优的婚事而主动站了出来。

因为老两口对小方一直有着喜爱之情，眼下又逢灾祸，如果说可以两家合并一家的话，反而可以彼此都有个更好的照应，如果说小优的婚事能够定下，那么两个年轻人在一起，人多力量大，大家齐心齐力地把新家快快建起来，还可以早些抱孙子孙女，不也多好？

阿公阿婆也是和方婶一样，被这场突然的洪水，吓得想起了人生的另外一个急需快快完成的主要任务：传宗接代的生儿育女。

大女儿嫁到北方去已是好几年，但不知什么缘故，一直也不见有生外孙的消息传来。况且即使那边最终生下孩子，那也是别人家的，看不着也摸不到，总不及在身边的来得欢喜开心。所以不如让小优早些结婚，早些成家，就也可以早些抱外孙子。

阿婆喜爱方老师，当然早已看出这两个年轻人之间已然发生着的"那还不叫什么的什么"。在阿婆的心里，其实之前就已悄悄有过计较：

方婶家虽然穷些，但是为人品性是没有说的，大儿子二儿子都是勤快老实的庄稼人，小儿子她则是一路看着他长大，爱读书样貌也好，人也温和有礼貌，跟小优既投契又合得来，两户人家离得近，她家有三个儿子，到时候这小儿子招赘招到这边来，方婶应该不会有意见。两家人，不过隔一道墙，说起来是招女婿，其实还不是跟住在自己家一个样？方婶一定是不会反对的。

阿婆之前就想好了，等两个孩子都再大一点的时候，就把这层纸给捅破，到时再和方婶好好商量定下这门亲事。

可是谁也想不到，会有这该死的洪水会突然发生。现在看来招婿是招不成的了，方婶现在只有这么一个儿子，肯定是舍不得再到别人家倒插户。那怎么办呢？只有一个办法：让小优嫁过去，但是她婚后生下的第一个孩子，户口得落在娘家，让我们老两口后继有人，再生的二胎也好三胎也好，就都是方婶家的，就这么一个条件，方婶应该也会答应。

阿婆想了又想之后，觉得这是最好的方法。更何况其实两个人一旦结了婚，就成了一家人，前后都是在一个村，不也都是姓方吗，又怎会反对？只是户口上写的不同罢了。这么一想之后，阿婆也就闲不住了，她决定直接找方婶谈，也不管什么姑娘要等着媒人来下帖寻嫁的规矩了，自己就是媒人，把事说开就好。这事既然这样决定，就越早越好，免得生出别的什么事端，万一方婶突然真的在外面定下别的姑娘那可就不好办了。

抱着以为事情必成的想法，阿婆先还不告诉小优这个喜事。

方婶去了外镇，整整四天之后才回到方山村。阿婆一得到她回来的消息，就赶紧寻上门去。

那天是下午，将近黄昏。阿婆兴冲冲地放下手中的活计，搬动她那双并不是特别灵活的小脚，从自家的草铺子里钻出来，颤巍巍地走过小桥穿过晒场，沿着上山的小坡，一路颤巍巍地往半山腰爬去。

那天方老师不在，据说是为了学校读书的事去了镇上，要过两天才回来。那个夏日傍晚，正好下过一场急骤而痛快的阵雨，雨后的空气平静温和，清新又凉爽，正是最适合谈婚论嫁的好时光。

"什么?! 不！不行！绝对不行！……"

方婶初始听说小优愿意嫁给自己小儿子的时候，露出满心欢喜的笑容，可是一听到要把生下来的第一个孩子——阿婆在与方婶商谈的过程里已经是做了让步，她说不一定要男婴，女孩也可以——过继到阿公阿婆的名下，不是按着众所周知的说法叫阿公阿婆为"外公外婆"，而得照着过继的规矩喊他们为"爷爷奶奶"，方婶立马就拉下脸来。

"不，不同意，当然不同意！"

不知什么缘故，虽说互为邻居，但是一直以来方婶并不是特别喜欢我的阿公阿婆。除却那些有需要的——借个针线或是借个雨伞什么的——串门，方婶几乎不曾为了其他的原因而踏进过阿公阿婆的院子。

来自外洋的阿婆并不十分了解山里人的性格，特别是山里的女人。人和人之间的关系有时很微妙，阿婆并不知道也不认为原来方婶一直都不喜欢她。

是的，方婶不喜欢我的阿婆。

也许是女人之间的天生的敌对，她看不惯阿公对我阿婆既温柔又呵护的行为，长年累月的寡居，使这种不喜欢慢慢升级为连她自己也控制不了的妒忌。又也许，是两个不同——一个经济实在窘迫，而另一个则经济较为宽松——家庭的对比产生的落差，所渐渐不经意地产生的敌对情绪。不管怎样，那些说不清道不明的各式各样的心理活动，一直长久地在方婶的心里存在着盘踞着，致使在听到长子过继这样的在那时乡下来说并不奇怪的建议，她也立马就做出不快的反应：

"不行！当然不行！我们又不是自己养不起，为什么要把小孩子过继给别人？绝对不行！……况且，我们自己家都分不过来呢……"

"分不过来？"阿婆对于这样的回答感到困惑不解。

"是的。我有我自己的道理，我也不想和你解释。总之，我们家的孩子，是不可能过继给别人的，况且……总之，你就死了这条心吧。"方婶最后加上一句。她高傲地仰着头，瘦削的身子直挺挺地坐在泥地里，歪扭着脑袋，看也不看阿婆一眼，就这样下了逐客令。

"况且"之后那长长省略号省略下的内容，并不重要，重要的是方婶说的最后一句话以及她说那句话时的表情使阿婆感到灰心。那是毫无商量余地的冷淡和冷漠，以及拒人于千里之外的自满。

过继的事情达不成共识是其中一个原因，阿婆还知道了方婶自满的根基所在：她的外镇之行大有收获，她现在的处境一点儿也不坏，恰恰相反，还好得不得了，远房亲戚给予她的不仅仅是经济上的支持，而且还搜罗了好几个合适的愿意嫁到山里来的姑娘给她选择。

"我们家小方，想要找个媳妇还是很简单的，有好条件的姑娘有的是……"类似这样的话语，在不到半小时的时间里，方婶见缝插针地就说了起码有四五次，把阿婆想与方婶成为亲家的热情，是一遍又一遍直至彻底地浇灭。

亲事商谈宣告失败，我的阿婆只好垂头丧气地从山坡上走下来。

在回来的第一个晚上，阿婆就找小优谈话了，她用前所未有的严肃口吻，告诫小优：

"从现在开始。不准你再想着小方。也不准你去看他。我已尽了我的力，我现在只告诉你，我不会同意你们在一起。还有，从明天开始，我要给你寻婆家了。"阿婆说完前面的话之后，最后加了这样一句。

　　阿婆去找方婶商量婚事了？那，那是怎么一回事？方婶是怎样回复的？

　　小优乍一听这些话，只知道讷讷地红了脸，想问又不敢问，又不知该怎样应答，一时脑袋里空空的，什么话也说不出来。

　　阿婆的行动力丝毫也不比方婶差，她第二天就让阿公去把文姨婆请到家里，在把小优的八字郑重托付出去的同时，她把对男方的要求也仔仔细细地说给文姨婆听：

　　"可以不要聘金，但是要容貌端正、品格良好、身体健康、勤劳稳重……以及，最主要的，男方要愿意入赘，同意嫁进方山村来。"

　　如果有合适的亲事能说成，许以玉米面十斤。

　　十斤玉米面，可抵得上四口之家将近一个月的口粮了，这可是笔大买卖。文姨婆连声答应着，喜滋滋地把八字拿走了。不到一个月的时间里，在文姨婆的各方奔走之下，那些称得上条件合适的男子，隔三岔五地开始出入阿公阿婆家的院子。

　　阿婆在对小优专制的同时，也流露出一如既往的委婉：

　　"小方你是不用想了。不过我们给你找的对象，也不瞒着你，都会让你先看过人，毛毛躁躁不可靠的，我们不会选。就算我们看上了，最好你也中意，那才是好……"

　　"小优，阿爸最近也仔细观察过了，那个小方，确实不适合……"对于阿婆的举动，阿公没有表示明确的支持，但是看到这一个多月来女儿失魂落魄的模样，他终于也开口了：

"阿爸不是说要你立马就成亲，但是，你得先把这念头转回来。你和他，很多方面不合适，阿爸以前没有注意到，那小方，竟是一点儿农活也不会。在乡下的孩子，不会做农活那可怎么行？以前他有两个哥哥护着，一心只是读书，倒也不需要急，可现在不一样了，他都已经是退学了，还是不做农活那怎么行？

"自从他哥们不在之后，他家的地就再也没有人去动过。那新长起来的玉米，去锄锄草总是简单的活儿吧。那天我还故意去叫他一起下地，你猜他说什么来着？他说这太阳太猛，还是等太阳偏西再出门。这就不对了，这可不是不会做农活，他这是懒，他压根不想学。

"不是我说他，这样不行，真的不行啊小优。农活他不做，而家务活你是知道的，从小到大他们从来都是他的妈妈在操持，我看他给自己煮个饭都是问题。而且你也看到了，方婶的脾气有点儿古怪，我怕你不入她的眼，到时会相处不来。

"两个人在一起，并不是喜欢了就够了，没有那么简单。人长大了，就得学会过日子。小优，阿爸不是说他不好，而是不想你嫁过去之后受苦，你知道吗？日子很长，不是一天两天，光有喜欢是不够的，你的身子骨弱，到时你们一个不爱做活，一个做不了什么活，你说这日子怎么过？"

这一番长篇大论，阿公是以他作为男人的不一样的独特眼光，在认真仔细地观察过小方之后，才对小优说出的分量极重的心平气和的告诫。

如果说之前小优还在为自己的犹犹豫豫感到无所适从的话，那么在听了阿公的这一番劝导之后反而生出了新的勇气：我要去找小方去！既然事情已经是这样子，该面对的总得面对，我要去问问他，到底他有没有想与我在一起的决心，如果有，那么大人们再反对我也不怕，我不怕吃苦……再这么拖下去不是办法，总有一天阿爸阿妈会催婚的……

迫使小优不能不尽快采取行动的另外一个原因是：虽然文姨婆目前所介绍来的人里面阿爸阿妈也是没有一个中意，但是他们近日来渐渐所谈到的却是另外一个突然出现的合适人选，洪水后放弃工作从上海回到方山的新邻居：庆堂。

"真是远在天边近在眼前，我看我们的新邻居，就是个最合适的人选……"

"听说他以前在机械厂工作，难怪心灵手巧。你看他搭建屋棚的麻利劲，又和泥又砌墙的，真是干活的好手……"

"不仅家什活计样样拿得起放得下，他还特别谦和，又有礼貌，一点儿也不像大城市回来的人，没有架子，稳重、踏实……"

"人也热心，三天两头还来帮我们的忙，地里的农活也是，每一处庄稼都收拾得有模有样……"

"长得浓眉大眼腰板壮实，一看就是有使不完的力气，要想在这农村里能扎得住根，就得有像他这样的身板……"

"更关键的是，他很孝顺。如果不是因为被洪水冲坏了身子的半瘫父亲，谁愿意放弃大城市的安生工作回到这山沟沟里来？你看他，床前屋后端屎端尿地侍候着，从不见他抱怨过，总是温声细气的样子，这性子，是得多好。别说是在我们方山村了，就是三乡五邻的，要这样满心满意对待老人的后生，可真是不多……"

不知从什么时候起，这样的关于"庆堂后生"的各种评论，几乎每一天，都在小优的阿爸阿妈之间悄悄地进行着。有一种看不清摸不着的压力，正在更加直观地在小优的眼前展开，她觉得如果再不去找方老师谈谈的话，那么一切很快就会都来不及了。

小优对这个新邻居的看法，还在没有任何看法的阶段，她只是对于阿爸阿妈那样常常提到"庆堂"感到不安，以及，出于一种无法解析的直觉，她知道那个"庆堂"对自己有好感。

他太热情了，热情得让人无法推辞：

"你是小优吧！来！我来帮你，这萝卜很重，我帮你挑回家吧！"那是一个小优独自从地里回来的傍晚，她挑着两大筐萝卜正一步一挪地往家走时，被同样从地里刚刚忙完大踏步回村的庆堂给追上了。根本没有给人拒绝的余地，他一伸手就从小优肩上移开那沉重的挑担，轻轻松松放到自己的肩头，二话不说就走在头里。

与庆堂第一次的近距离接触，小优就意识到了"危机"。

庆堂很能干，是属于心灵手巧的那种青年男子。如若不是洪水的缘故，他原本不会回到方山村。洪水带走了他的妈妈，他的爸爸当时幸好被冲到一棵大树旁边，紧紧抱住树身才保住了性命。命虽保住了，但是爸爸的神智却被洪水给冲得个一干二净，又磕断了腿，最后只能半瘫在床上等吃等喝要人侍候。为了照顾父亲，年轻的庆堂无奈只好辞掉本有着大好前途的机械厂工作，一心一意地回到方山来。洪水后的方山村，重建家园选址随心所欲，原来的邻居都拆散了，阿婆家与庆堂成为新邻居纯属偶然，在短短的时间内，由于紧紧相邻自然而然发生的各种接触，使我的阿公阿婆一下子对这个新后生产生了极大的好感。

"我看他啊，也对我们家小优有意思，我能看得出来……"阿婆用那过来人的敏锐观察力给出了肯定的结论，似乎只需要再增加一点点等待的时间，就一切都水到渠成。

小方那边，却由始至终都没有任何的动静。自从搬到那半山腰上居住之后，他就几乎再没有踏步到阿公阿婆这边来。方婶在为了找媳妇而忙碌，他则为了下一步的生活而跑进跑出，不能继续上学了，他决定去乡里的小学找代课老师的工作，做不了农活，也得想办法活下去。他没有多余的心思注意到小优这边的变化，只着急于他自己那边急于解决的生存问题。

时间悄然消逝，转眼到了炎热的夏天。

那些日子，小方总是早出晚归，总也碰不到，小优去山腰上找过两三次，都没有遇到他。盛夏的某个夜晚，在又一次接受了庆堂顺便好意的担水之后，阿爸阿妈终于郑重地在小优面前提起庆堂后生来：

"我看就是他了。阿爸阿妈已经从各方面都认真考察过，他确实是个好后生，我们探过他的口风，他对你也是有意思。更何况，他的思想非常开明，对于招赘啊过继啊这些说法也不反感，这是最好的。这样吧，从现在开始你自己也主动跟他好好接触一下，如果各方面都合适的话，在年底之前，我们就把这门亲事给办了。"

这是最后通牒。小优再不能等了。她急急忙忙躲到自己的房间里，连夜写了一张纸条："从明天开始的每个中午，我都会在晒场上碾豆子，如果你看到纸条，请到那里来找我，有事和你谈，务必等到你，不见不散。"

第二天清晨，眼看着方婶离村不在窝棚的时候，她再一次跑到了山腰上，把纸条认认真真地贴到了他们家的门框上。幸好方婶不认识字，也不会知道上面写了什么，小方不在，只好用这个办法才有可能通知到他。

贴上纸条的第三天中午，小方来了。

他把纸条歪歪扭扭地捏在手里，从那半山坡上迟迟疑疑地走下来。

正午的太阳明晃晃的，灼热而霸道。水银似的阳光从无垠空洞的天际照射下来，把方山的整个山谷都浇上了一层黏糊糊的蜡，干巴巴，抽干水分，一览无遗。

晒谷场上灰尘满天，被太阳烤得干枯了的豆荚豆梗在灰蒙蒙的空气中发出"吱吱咯咯"的奇怪脆响。小方——哦不，这会儿应该正式称呼他为方老师了，据说也是在这一天，他拿到了来自乡里小学聘他为"代课老师"的通知——来到晒场上，半是犹豫半是羞愧地站在小优的面前。双方隔开一米远，他一声不响傻乎乎地站了足足五分钟之后，突然开始干巴巴地说起话来：

"小优……我，我知道你想和我说什么，我们是不可能的了，是的，我妈妈不会同意……她说了，一切都得听她的，她现在只有我这么一个儿子了，她绝对不会同意我去你们家入赘……她说她都给我安排好了，不管我和谁结婚，我生下来的孩子，首先得归我哥哥他们，必须得生男婴，给我的大哥二哥都要重新立起门户，过继到他们名下……得找个既得干活又能生养的……

"她说你身子太弱又娇气……小优，我，我妈妈还说……说你，呃，说你……说是光从你的身材骨架看，你都不是属于那种会生男婴的……我妈说了，必须得生男婴……我不能违抗她，我对不起我的两个哥哥……

"小优，我，我也对不起你……我同意我妈的安排，她说很快就会带合适的女人回来……对我来说，只要完成我妈的心愿就可以了，其他没有要求了，没有了……"

方老师像是在背诵一篇极为生疏的作文似的，颠颠倒倒，磕磕碰碰，把该说的都反复说了好几遍。

没有了。

空气中透着令人窒息的静寂，热浪滚滚中谁也看不清谁的脸。晒场上干巴巴站着的两个人，最后只剩下了没有任何实质内容的两道摇摇晃晃的影子。

我的妈妈，小优，什么话都没有再问，也没有再说。在那之后，剩下的是大片的沉默。

没有了。

关于这一天我妈妈与方老师的见面始末，简单到近乎直白。说到底很快就成了漫长岁月里已然消失的断篇记忆：

"真没有特别伤心，我知道他的想法了，也就能理解了，他不能不听他妈妈的话。而我，我也是一样啊，我知道我是没有那种勇气的，不会不管不顾自己想怎样就怎样……况且，那时还小，其实并不是很清楚到底什么是情啊爱啊喜欢啊什么的，充其量，只是知道彼此有好感，只是这样……"我的妈妈认认真真地回忆着：

"还有，万一被他妈妈说中了，我不会生男婴，那可怎么办？过去可不比现在，重男轻女的思想可严重了，我怕被人戳脊梁骨，他既然认同他妈妈的观点，我一个姑娘家，又能做什么保证？这都是没法讲的事……那一天啊，好像什么都变了，男人遇大事时总是比女人冷静，他把该想的都想到了……也只能那样了，我不想当罪人……"

每次回想往事，我的妈妈依旧是会露出不自知的怅然的样子，但怅然的神情往往也都是停留短暂的一瞬，很快便会被开心的情绪所取代：

"这都是上天注定了的事，最后嫁给了你爸爸。你爸是真的什么都好，脾气好品性好心肠好思想也好，生养了你们姐姐妹妹一堆女娃，这么多年来你爸是半点儿责备都没有，还常安慰我'男女都一样，生儿生女都是自己的骨肉宝贝'，从来不会因为女婴男婴的事和我发生争吵，这在我们乡下，可是很难得的，你阿公阿婆的眼光看得很准……那方老师，媳妇刚娶进门的头几年，就因为没有生出男婴，方婶让她受了多少罪？这重男轻女的思想，方老师算是读书读得多了的吧，也是难逃这方面的观念，在儿子出世之前，他对媳妇，也真不能算是好……做女人，难啊。"

"唉，方老师也不容易，她妈妈病在床上那么久，脾气当然不会好。他媳妇性子又刚，他夹在中间，也很难做人……那么多年，好不容易撑下来，日子才刚好了一点，偏偏自己也落下了病，年纪轻轻就走了。说起来，我最怀念的，还是那段与他常常在一起对弈的时光，他啊，他是个把自己的心思藏得很深的人，这样的人，活得总是累的……"每每提起方老师，我的爸爸就止不住叹气。

时间匆匆忙忙地流逝，当我们再一次围坐在方山院子里欢度新年的时候，许多人都已经故去了：我的阿公阿婆、方婶，乃至，方老师。

我还清晰地记得多年之前的那个周末，那时候我的大姐刚刚生下第一个孩子。当我和大姐一起回到方山的时候，看到妈妈那样突兀地愣怔坐着发呆，眼睛又红又肿，看到我们也不理不睬，一副失神的模样，把我们吓一大跳。

爸爸把我们轻轻地拉到一边，告诉我们方老师去世的消息：

"唉，也是肺病，和他妈妈方婶一样，一咳起来就停不住了……太快了，人不能遇上病，这一遇上病，原本健健康康的一个人，一下子，就没了……"

方婶也是咳嗽致死的。

她那次出行极其成功，不仅从远房亲戚那里借回救生活的一大笔款子，可以令方老师很快地造起一间扎实的屋子，她还给儿子说回了一门亲事。一个和我妈妈样貌绝不一样的结实健壮的姑娘，人高马大，臀部圆圆脸儿圆圆。除了性情略微有点儿暴躁之外，她什么都好，对方老师也很好，还很善于持家，一嫁过来就把里里外外的活基本包下了。农活家务活，生养孩子，跑进跑出，令方老师由始至终都身处于"老师"的生活状态里——方老师先从代课老师，慢慢地转升到民办老师，再慢慢地成为方婶一直以来念叨向往的有着每月固定可观数字可领的国家正式老师——方老师命中注定不需要下地做农活，难得的几次跟着媳妇下地去，他也只管背背锄头捡点儿柴火什么的，基本上都不做累活重活，他的教学工作也不轻松，每天都要来回走十几里山路，岁月艰辛，但是他的脸上却始终不曾流露出半分的厌烦和不耐，只有对万物都无所求似的淡泊。他有板有眼地读书教书，教书读书，其间偶尔到我家来下象棋，再或者像是忽然想起了什么似的抱起自己那个唯一的儿子，晃悠晃悠地一直抱到学校去。

"呵呵是的，这是我的儿子……"他笑呵呵地对学校里围过来的脏兮兮的学生们说。

方老师的儿子，方婶的孙子。

他和媳妇一共有过四次生养经历，头三胎都是女儿，第四个总算盼到了儿子。

方婶虽说不曾亲眼看到孙儿的降生——她的咳嗽病发作得太快了——但是可以说是在孙儿雄壮的哭泣声中心满意足地离去的。她在合眼的那一刻一边轻轻地抚摸着在床边上站着的媳妇那挺着的大大肚子，一边费力地扭过头去笑眯眯地对自己的儿子说："……咳咳，青松，你过来，过来摸摸，相信妈妈，咱媳妇这次怀着的胎，一定是个儿子了，咳咳，我能看得出来，这次的肚皮是尖的，不是圆的，来，你来摸摸……听听！快听听！我都能听到他又亮又响的哭声了啊……咳咳，你哥哥，你哥哥他们，这下好了，咳咳，咱家，咱家有后了……咳咳，孙子，我有孙子了啊，咳咳……"

方婶叨叨喃喃地说着咳着，嘴角含着笑，不知什么时候悄无声息地停住了呼吸。

方青松，是方老师的名字。

母亲死的那一刻，令垂着双手站在床边的方老师，也不知不觉地哭了。也许是母亲的死亡令他想起了一些往事，又也许是母亲嘴里不停念叨的"男婴孙子"令他想起了那张很久以前贴在门柱上的纸条。他想起了自己又是紧张又是忐忑地把纸条从柱子上揭下来那一时刻的激动心情，他很想飞快地朝晒场跑去。但是出于血液里流动着的方婶因子的作祟，更出于一刹那屈服于现实的种种理由的进和退。这种进与退相互产生的类似于撕扯的力量，把他的脚步给拖得缓慢了起来。不仅仅是缓慢，当他迈着与年龄极其不符的悠然的脚步跨上那晒谷场的时候，他已毫无疑问地明白了自己所踩出的脚步以及速度所带出来的类似的质的内容的沉重感了——以后的他无数次地用这样的相同的步子，缓缓地悠然地走到我们家，让我的爸爸和他一起下棋——他已清晰地知道了那是什么，所以在那细尘满天的晒场上，在那耳边响着的同样不停歇地在烈日下迟缓绽裂破开豆荚的吱吱咯咯的声音里，就那么吞吞吐吐却是坚定万分地对我的妈妈小优说出了"我们不可能"的那样一番话来。

　　幸或不幸？

　　对我来说无论如何当然是要感到幸运的。因为如果当初我的妈妈嫁给了方青松老师的话，那么就没有现在的我存在了。也同时没有了我们此时的姐妹围绕欢笑满溢的家的存在。我的此时的爸爸，也就不是我的爸爸了，而不知会成为哪些幸运孩子的慈祥又风趣的父亲。如若不是阿公阿婆坚持要我的妈妈嫁给我的爸爸，那么我的妈妈便也永远不会知道，原来不是起始于爱情的爱情，却是世上最若固金汤的爱情。和我的爸爸自始至终对我妈妈都是温柔体贴一样，我的妈妈回报给我爸爸的，也是从年轻到慢慢苍老的全部的爱。所谓欢喜爱恋，浪漫温情，难道还有比陪伴一生的爱情来得更神圣的吗？没有了。

满头白发了的爸爸，和两鬓斑白的妈妈。

总在说自己年轻时候由于太过忙碌而不曾谈过恋爱的爸爸妈妈，现在在方山村里散起步的时候，也会学着电视中金婚夫妇的模样，一边慢悠悠地相视而笑，一边会悄悄地牵起手来。

方山往事

方山一号

我把秀才叔的家，称为"方山一号"。

那栋房子，就在我爸爸妈妈刚结婚时候不小心被大火烧掉的那座老房的后面。一堵只剩了半截黑黑泥墙的废墟背后，高高筑成的堤岸上方，那排低低的二层楼结构的木瓦房，就是秀才叔的家。

除了是地理位置的原因——他的房子，刚好坐落在方山村头一排的第一号位置——之外，最主要的是因为它拥有一个与其他方山人的家所截然不同的外观：这个房子的二楼外墙上，有一个宽敞整洁的阳台。

丈量起来足足有超过十几个平方米的阳台，一眼就能看出并不是当初建房时就有的考虑，而是后来专门加上去的一个意外的建筑。说是阳台，其实就是那只有一层结构的厨房的屋顶，紧挨着主房而立，在简洁齐整的木瓦房的最东边升起，一溜平坦地用水泥浇筑出一个宽大得有点儿离谱的平台，平台四周用栏杆围起。木制的栏杆，一年四季都被白漆涂抹得雪白雪白，与身后那有着黛青色瓦片封顶的主房相辉映，构成一幅极为好看的画面。

那阳台半倚着山，稍稍地堆砌一番，就有了一个别致又简便的楼梯可以直接连通到那阳台上。

想去到这阳台，不仅从外面可以直接走上去，在屋内也可以。紧挨着厨房屋顶的泥墙上，有一个特意挖出来的门洞，屋内的人走过咚咚作响的室内楼梯，穿过门洞，一弓身，就能昂首出现在阳台上，在上面自由自在地走来走去。

由于这个美丽独特的精致阳台，我就给它取了这个特别的名字：方山一号。

第一美丽的房子。房子里住着第一与众不同的人：秀才叔。

这阳台，在方山村其他的歪歪扭扭的泥房衬托下，是这么别致和不同。因为那时候的方山村，几乎还没有人家有过"阳台"这种时髦的东西，更何况，这阳台还是水泥浇砌而成，其成本之贵，一般方山人根本不能做出想象。

更离谱的是，这阳台，完全不做任何的用途，既不用来晾晒谷物豆子，也不能用来做堆放柴火农具杂物之用。用方山人的一句话来说，那完全就是一个：无用之物。

花钱花时间花劳力搞这么个无用之物，到底是用来做什么的呢？

当村人们百思不得其解地去问询的时候，秀才叔是这么有板有眼地告诉大家的："不为什么，只为有时候可以上去坐坐。"

去坐坐。就这么简单。

果然，建成后的绝大部分的时间里，村人们所看到的这阳台的用处，就是用来坐坐的。在傍晚或雨后的晴天，人们看到秀才叔和他那个比他年纪大出八九岁的老婆，两个人在阳台上摆出两把竹椅，悠悠闲闲地在那阳台上坐着，什么事也不干，就那么傻坐着。

在看天？在谈事？就两个人，有什么好谈的?!

只为了去坐坐，就弄这么个东西，坐在院子里不好坐的吗？屋的门前不也有一溜儿的台阶吗？坐哪儿还不是一样！真不怕麻烦，真是怪人怪事多。

村人们背后咕咕哝哝地议论了一回，就也很快地不放在心上了。

在我的眼里，秀才叔一直是一个有点儿神秘感的人。

这个秀才，并非真的就是秀才，而是因为他一向有事没事，只要不是做农活的时候，总喜欢穿着一身体面奇特的长衫马褂，打扮得像是中了举的斯文人似的，"秀才"这个称呼也由此而得名。

缘于某种说不清道不明的"景仰"，方山村的大大小小村人都已故意不去想他的原来的名字，而自然而然地尊称他为"秀才叔"。而他的原来的名字"阿果"，则随着时间的流逝，渐渐地不为人知了。

由于秀才的身世传说以及他的行为穿着举止，和其他的方山人完全不一样，所以围绕着他所衍生想象出来的故事，总是层出不穷：

有人说他是官家的后代，也有人说他是远方被人嫉妒的富裕财主的私生子，由于各种复杂的家族关系，所以才这么孤单远远地被丢弃到这山里；也有人说他的祖上是个大盗，为避仇家才躲到这山沟来，总之有各种版本。他的祖上，还有他的父亲，从来没有人见过，本村人没有见过，十乡八里的人也都说不认识。而其中一个稍微比较靠谱的说法则是：

其实这秀才的家史并没有那么复杂，他们不过是外洋某个镇上一户普通的商家后代。秀才的爸爸妈妈都是很年轻的时候就已因病早逝，而秀才的爷爷，由于在镇上目睹了太多那些"打土豪劣绅打资本主义走狗"的场面后心生害怕，于是在某个月黑风高的夜晚，就悄悄结算完所有的"资本业务"，把多年以来祖上辛辛苦苦积攒下来的微小资财好歹胡乱装进一个罐子里，爷孙俩带着个丫鬟，跌跌撞撞地跑到这小山村来。

诚然，这最后的一种说法，也不过是大家的猜测而已，真实度有多少？却也和他爷爷的身份——晚清最后一批的秀才——一样，亦和那些传说故事中的谜团一样，模糊而不得而知。

不管怎样，有一点倒是可以肯定：秀才，是由他爷爷抚养带大，而他的爷爷在逝世之时，留给他好几件了不得的体面秀才长衫，是当年中举时专门用上等衣料缝制的考究衣服。而这几身衣服，也就是后来秀才赶集或是休闲时所穿的他最热爱的时髦固定装束。

小时候放学回家时，从村口小桥拐过去进入方山，映入眼帘的第一幕景致，常常就是看到那个个头不高的女子——秀才的太太，戴了副挂着一根长长丝线下来——对于那时方山人来说也是一件稀罕物——的眼镜，半弯着背，一个人安安静静地坐在那阳台上，膝上放了一件衫或是半截毛衣，在那儿缝着或是编织着。

每当看到我们这些背着书包拎着叮当作响饭盒的小孩从她

房前跑过，她总会停下手里的活计，朝我们若有所思地望望。她似乎想跟我们打招呼，或是说点儿什么，但从来没有开过口。她的脸上总是一派静寂，似笑着又似没笑，很快又低首回到她自己的活计里。

每每那样的时候，记忆的背景里还有着一些咿咿呀呀的曲调，从她端坐的阳台上流泻出来，如泣如诉，优柔婉转，非常好听。那是秀才叔的秀才爷爷留下来的叫留声机的洋玩意儿里面出来的声音。

那些听起来细腻悠扬的戏曲片段，是那时方山村一道亮丽的音乐风景。

由于山村静寂，峰峦围绕下的细长空间里，总是能把那部小小机器里播放出来的歌声传送得很远很远。戏曲的反复播放，常常会迷醉住爱听戏的村人，也包括我们这些小孩子。由于所播放的曲目样式并不是很多，于是久而久之，连我们这些小小孩童也都能跟着咿咿呀呀地哼上几句。

和个子瘦高的秀才很不一样，秀才太太是个个子小小但是极为壮实的女人，肌肉饱满圆圆鼓鼓结实的四肢，配着一张和她的身材不甚相称的鹅蛋形的脸，乍一看去会感觉有点儿不协调，但是看久了也就习惯了。那张秀气光洁姣好的脸，总是泛着健康的酡红色，其肌肤细腻，总是显示出出奇的柔嫩模样。当她静静望着你的时候，总会给你一种错觉，只觉得如此好看的脸，应该只属于那些戏文中的女子，再配上长袖飘飘的衣裙做出略略低首一动不动的姿势才是合适，而不该为秀才太太这样敦实的身躯所拥有。无论如何，上天造人，很多时候还真不知道用的是怎样的手笔。

　　长一辈的人说，她是个很有手段的女子。

　　手段，差不多就是那样的意思，静静的有着不动声色的一些过人之处。

　　一个病恹恹的老秀才，带着个十多岁的懵懂未知的孙子，家底很不错是可以肯定的。不仅仅是因为他们在短短一个多月的时间里，就能建造起那栋新颖好看的二层木瓦房，更因为一起带来的，还有个丫鬟。这丫鬟年纪轻轻，就能包揽所有家务，还很会侍候人，比那孙子也只略长了个八九岁，最多二十出头。

　　"丫鬟"，村里老一辈的人说，"我们只有在戏里才看到过。"

　　秀才家不仅有丫鬟，而且，他们家是唯一一户好像丝毫不受洪水影响的方山人家。洪水过后，不到半年的时间里，在他们家的原址上，一模一样的二层木瓦房又立马跟着盖起来了。同样的在靠山的那边，一模一样有个白色的阳台，同样的是一模一样的水泥雕成的好看白色栏杆，很快地，连房间里的家什用具也都慢慢一点一点地添加了回去，包括那只"咿咿呀呀"播放着戏曲的老唱机（老唱机倒好像是洪水的那夜秀才利索又快速地抱着往山上跑去而留存下的）。有村人们传言：他们家能在洪水之后那么快地又重新造起房子，原因要归结于他们的爷爷在死之前把一只装满银圆的泥罐藏在壁橱里。不管多大的洪水，什么都不用抢，只需抱着银圆泥罐跑出来便是，这造房当然就要多轻松就有多轻松！

　　村人们半是羡慕半是嫉妒地这么断言。

　　村人们爱猜测爱编故事，却一向缺乏上门询问的勇气，羡慕也好嫉妒也好，洪水后的秀才家的日子，随着长大后的秀才与丫鬟的正式结合，又因为后来发生的诸多事端，也终于在有一天渐渐呈现出其不易的样子。

他的爷爷去世之前，原本给秀才定下了一门门当户对的婚事。女方是外洋镇上有头有脸的人家。秀才爷爷去世举行葬礼的时候，女方家里曾来过不少人，据说原是来商量怎样选个日子把秀才和她的未婚妻子的婚事如何早早办妥。可是不知道是什么缘故，当他们看到那丫鬟——就是后来的秀才太太——女主人一般地站在门口迎着客送着客张罗着的时候，不知为何就取消了商量婚礼的计划，只礼节性地递上了一只丧礼白包之后，就很快地回去了。回去之后，就再也没有新的人来过。

后来，就有很多人都看出来了，丫鬟的肚子有点儿鼓，并不是敦实或是胖的缘故。

于是，再后来，侍候老秀才的丫鬟，就成了秀才的妻子。

这些都是久远之前的事了。来自于大人们之间的对话，在我脑子里像是浮云掠影般地飘过，是一些轻轻悄悄并没有什么恶意的一些传说，也许是真也许是假。

归根结底，秀才太太，是个很勤快又善良的女人。她不大说话，也不大出门，出了门也很少像村里其他的妇人一样热爱扎堆儿聊天。有什么事儿不得不聚在了一处，也总是快快地说完就走。她总是说："我得回去了，秀才在家等着的呢。"是的，就是这么有趣，她也叫她的丈夫"秀才"，一点儿也不迟疑地这样称呼。

她是个非常能干的女人，里里外外都有一手。她的头发永远是梳得溜光水滑地盘在脑后，她卷起袖子挽起衣襟风风火火地上山下地，又做家务又做农活。

光从她照顾打理的菜地里，就能看出她的性格：蔬菜植物总是俊秀肥壮，一年四季都是郁郁葱葱。去过她家的人都说，她的家里也到处井井有条，一尘不染。

她向村里的邻人买去了最好的枇杷苗，在那瓦房的前后左右，沿着那白色阳台两端，各种起两棵笔挺的枇杷树。枝叶繁茂的绿树，把那阳台衬得是更加精致典雅，有如一道风景。

她不仅是秀才的妻子，还是秀才的母亲、管家、姐姐、老师。可以毫不怀疑地这么说：秀才的所有生活习惯劳动习惯以及行为处事喜好爱好，等等，虽说绝大部分是来自于秀才爷爷的教导，但更多的实践与学习，则都是从这个比他年长的"丫鬟妻子"那里培养起来的。特别是做农活这一块，秀才所打理的田地，比他太太还要仔细严格，不管是田垄也好还是旁边的山沿边缘也好，都一律修剪得干干净净，一丝不苟。几乎可以毫不夸张地这么说，只要是秀才整理过的地，株株植物健壮清爽，寸寸土地丰腴肥硕。任何由他经手照料过的干地湿地农田水渠，无一不是既漂亮又清爽，一根杂草也无，一颗硌脚的小石头都没有。不管是什么季节、上面种的是哪一种农作物，人们从田野里远远走过，大老远就能认得出他们家的地，那总是全方山村最赏心悦目的焦点。

得有一颗多么热爱土地的心，才能年复一年绝不厌烦地把所有的土地都打理得如此漂亮精致？这样了不得的劳动习惯、热心对待土地的方式，哪怕在秀才进入八十多高龄的年纪，也没有丝毫改变。倒是后来秀才太太去世了以后，家里居住的环境便不能再维持整洁，秀才主外不主内，不善打理家。后来渐渐凌乱不堪，常使路过他们家门口的村人都会觉得触目惊心，不忍直视。

秀才太太不仅善于劳作，且还颇能认几个字，是方山村少有的能认字的村人之一。一开始大家并不知道，后来是住在村尾的方有根发现的。

有一天下午，方有根在村口遇到邮差。那邮差每半月来一次，来去匆忙。那天他连村里也不进来一下，只递给方有根一捆扎好的信封说：

"这是你们方山村的信，你帮忙带到你们村里去吧。其他都是平信，只有一封是挂号信，请帮我交给一个叫'方有根'的村民。"他从另外的邮包里抽出一封戳盖着"急"字样的信封塞到有根手里，又急匆匆赶往下一个村子去了。

有根不认识字，本来并不着急，但听到邮差说这是一封急信时就有点儿懵了。他赶紧急急忙忙往村里走，想找人帮忙读信。才到村里，劈头就碰到了正从家往外走的秀才叔，有根高兴极了，于是赶紧上前一把抓住：

"……来，秀才，我这有一封急信，你快帮我看看，这信里，写的都是什么？"

"这，我，这，这……"秀才"这"了半天，才忽然说，"我，我不认识字……呃，你跟我到我家去吧，我让我家爱红给你读。"

秀才太太的名字，叫爱红。

"你不认识字？这……"听到秀才的回答，有根感到有些意外。他既对秀才的不识字感到意外，也对秀才太太的能识字感到意外。

"她啊，是的，呃，她能读……不过，只能读，写不了。"秀才吞吞吐吐地说。

去了秀才家之后，秀才太太很快就帮忙把信读了出来：有根嫁在远村的姨妈生病了，要有根去做最后的探望。

"我只能读，不会写，帮不了你回信。"秀才太太看上去有点儿抱歉的样子。

又是一个能识字却不会写字的人。就像我家阿婆。

都说秀才的爷爷是中过举的秀才出身，自己的孙子却为何大字也不识一个呢？其原因也是谁人也不知。

莫非他们家祖上并没有什么中举之说？这是一桩糊涂往事。

不知是出于怎样的原因，秀才爷爷没有教孙子认字，这是个谜。秀才爷爷只把另一种更为简单的热爱生活的方式成功地根植进孙子的心里：认真劳动，享受闲暇。

说是读书出身的秀才爷爷，骨子里却极度崇尚农人的技艺。在他的观念里，一个朴实优秀的能够种出黄澄澄大米的农民，应该无条件地得到人们的尊敬和崇拜。他固执地认定，农民和土地的分量，就像他那件他死了之后传给孙子秀才的秀才长衫一样，具有等同的无可比拟的荣誉和骄傲，这与他文绉绉的装束一点儿也不冲突。

"土地，神奇的土地啊……"那些曾经和秀才爷爷短暂相处过的村人们曾经说，有这样的一幅画面，是村人们永久好奇并难忘的：

身穿那件标志性长衫的秀才爷爷，带着他的丫鬟，站在刚刚收割完稻谷的弯弯田埂上，一边牵着小孙儿的手，一边万分赞叹地把那新鲜泛着香味的谷子小心翼翼地捧在手心里，就像捧着一件什么宝贝似地喃喃："土地啊，神奇的土地……"

只要埋进种子，那么当然就会有果穗从地里长起来，犯得着那么惊讶吗？果然是城里来的人，真是少见多怪！村人们对于秀才爷爷的举动感到既困惑又好笑。

后来成为秀才太太的丫鬟，也正是缘于置身在这热爱劳动热爱土地的氛围里，才渐渐成为一名十足优秀里里外外一把手的能干女人。

秀才家的农活，如果按百分比来计算的话，平时秀才最多占了其中的百分之三十。而其他的百分之七十，则都是由秀才太太风风火火利索而干脆地完成。

倒并非是秀才偷懒或是不愿帮忙什么的，而是，可能是由于过去所谓主仆关系的习惯所造成。秀才太太习惯了勤快做事，喜欢抢在秀才之前，总是在秀才还没有动手的时候，就能赶紧利索地把要做的事都快快地做好。而秀才呢，也并没有意识到自己的妻子比自己累很多，或是意识到那些完成的活计里原来自己只占了百分之三十。

虽说和秀才太太相比，他的速度可能是属于太过缓慢，或是完成得不够多，但是他所完成的那些部分的质量，却比秀才太太也要高出许多。只是因为他天性中有一种慢悠悠的什么都不放在眼里的与世无争的态度，才导致他的缓慢。正所谓"慢工出细活"，他所追求的劳动成果，在某种意义上来说早已经远远超出劳动这两个字本身，这也正是任何一个别的方山村人永远也弄不懂的专属于秀才的魅力部分。

以及，除了秀才对于土地劳动的过分精致不解之外，方山人弄不懂的，还有秀才那与别人绝不一样的赶集。

秀才太太很少出门，哪怕是赶集这样充满乐趣的事，她也并不十分热衷。她把大把的时间都花在家里家外的事情上，难得有一点空闲时间，她喜欢把它们消磨在她的阳台上。听着戏曲，做着活计，打着瞌睡，以及，和秀才一起在阳台上，两个人无所事事地对坐着。这是她最大的爱好。还有很多时候，她还得照顾她和秀才的孩子，她是典型的宅家型女人。赶集的事，基本上都交给秀才办理。秀才喜欢赶集。买油买盐买肥皂买各种生活用品，全部由秀才一一去采购办理。

秀才最爱的，就是赶集。秀才的赶集密度几乎可与方山村"赶集狂人"阿娇有得一比。每一次的集市他都几乎不放过。有事他去，没事他也去。他所享受的，并不是赶集的目的，而是过程。因为，秀才的赶集和村里其他人的赶集完全不同。

别的村人去赶集，通常是因为要带些什么山里的货物去出售，想去换回一些钱，顺便带些日常用品回来。或是为了去市集上交流一些信息，哪里的货物好卖一些、哪里的货物便宜一些等等，是为了生活所需而去赶集。

秀才不一样，他是专门为了赶集而去赶集。他的赶集，是一种享受。

用他自己的话——那可真是彻头彻尾的美妙享受呢，你们不懂——来说，他的赶集，是延年益寿的方式，是绝对的休闲与自在，是另一种活法，是换了个人。

总之，光是从他赶集回来后的脸色就能知道了，总是红扑扑的极其快活的模样。

他去赶集，与其说是为了看集市、感受集市的气氛而去，不如说是为了让集市来看他，是为了增加集市的气氛而去。每一次的赶集，他都是集市上最优雅特别、不可比拟、不可缺少的一道风景，为什么这么说呢？先来看看他的赶集穿着装扮你就会明白了：

一身或是藏青色或是淡灰色的秀才长衫，一顶黑礼帽，一副黑边圆眼镜，一根敲在马路上咚咚响的文明手杖。除此之外，他还配有一块色泽明亮的四方手帕，有时白色，有时略带着粉色，专门用来擦汗之用。

当其他的村人背着树挑着柴、步履匆匆在天还未全亮的时候就往集市急行的时候，他总是等着天全亮透了才出发。伴着他那身整齐的穿戴，一手挂着文明杖，一手捏着帕，他慢悠悠地不疾不徐地走。一边走一边偶尔用那方帕轻轻地抹一下额头，虽说走得那么缓慢根本不可能出汗，可他就喜欢做这个动作。他慢悠悠地文绉绉地抹着。走着走着有时在路上遇到熟人了，他就赶紧停下脚步，他伸手熟稔地摘下礼帽，礼帽下可看见他的头发也已经被发蜡抹得一丝不苟，他把帽子微微压到胸前，微一颔首，唱着喏，跟眼前的人算是打过招呼，然后礼帽移回脑袋上，他迈着方步继续往前走。走过方山村，走过坎口村，走过上白村，走过下白村，走过槐花村，慢悠悠地走过乡政府大门口，一直走进那闹腾腾仿佛云遮雾起地喧嚣着的集市里。在一派灰暗贫瘠的山沟沟里，在同为乡下人的补丁配补丁粗麻布衣的穿着衬托下，秀才洁静高雅的长衫礼帽，他的行为举止，是何等的与众不同！

每一次的赶集，这一路上所收获的回头数，数不胜数。他一概不放在心上。他旁若无人有滋有味自由自在地奉行着他所热爱的活法：认真劳动，专心享受。凭着他这种绝无仅有的独特与神奇，秀才叔可说是轻而易举就成了我们那里三乡五寨的知名人物，既令熟识的人惊叹不已，也令初识的人又是崇拜又是惭愧。当然，崇拜归崇拜惭愧归惭愧，却没有人去模仿他或是学习他，也没有人去靠近他。秀才叔到哪儿都是独来独往，从不与人为伴。

秀才家的富贵悠闲生活，最初的打破是由于孩子的降临。

秀才爷爷去世没有多久，秀才太太就给秀才生下了第一个孩子，是个女娃，取名叫"灵秀"。

和她的好听名字一样，灵秀是个相貌眉清目秀的漂亮姑娘。她的身上可说是集中了父亲母亲所有最好的优点：精致秀气的五官，挺拔修长的身材。长得好看，脑子又聪明，据说才学会说话没多久，就能把乘法口诀学得是倒背如流。农村人不喜欢识字，但对于数字计算这一块却非常重视，因为时不时要去赶集卖这卖那，称斤算两的事儿挺不少，得学会基本的加加减减，这也是为人父母所教给孩子的最起码的本领之一。方山村里许多其他的孩子常是怎么教也学不会记不牢，常把父母气得是又急又跳，不像灵秀，加减乘除一教就会。村里妇人们有时候带着孩子们在晒场上齐聚，灵秀每次总能给秀才太太争到许多的光彩，随便报给她两个数字，不管加减乘除她眼睛眨也不眨瞬间就能准确无误地给算出，每次都会赢得村人们一片喝彩。

如此聪慧出挑的孩子，可惜竟不能活过六岁，因为一次看似再平常不过的发热，就被夺去了性命。发热病有个大家都熟识的名字：急性脑膜炎。只可惜当时秀才与秀才太太判断错误没有放在心上，初始以为只是普通的头疼耳热，待到躺了三天后没有好转再送去医院时，人已经不行了。

长女的骤然病逝给秀才太太留下了巨大的阴影，于是在对待后来生下的第二个女娃时她就露出了与常人极不一样的惊慌模样。孩子一点点风吹草动、打个喷嚏眼神发个呆，她都要不辞辛苦长途跋涉三十几个公里直接送去镇上医院各种查看，又是吃药又是打针，一趟又一趟，乐此不疲。

越珍惜越娇贵，第二个女娃"灵芝"，果然就慢慢长成了一个弱不禁风的"病小孩"。在漫长的成长过程里，她是三天两头地给父母添乱，一时头晕一时咳嗽，一忽儿着了凉一忽儿又中了暑，磕磕碰碰处在一种仿佛随时会出事的状态，真可谓是让秀才和秀才太太操碎了心。

长女之丧加上次女的体弱多病，接下来还经历了两次胎死腹中的失败孕期，等到终于好不容易生下一个能传宗接代的男孩"崇文"时，秀才太太的身子骨就没有以前那么好了。

花费了许多心思总算养大成人的灵芝，除了体弱多病之外，基本上没有什么故事。她在头脑上既不具备她早夭姐姐的聪慧（背乘法口诀的速度和村里其他小孩没有任何区别），样貌身高也普通平常。她普普通通地长大，长大后由媒人文姨婆牵线，挑挑拣拣好几年后，普普通通地嫁了个隔壁乡的普通人，然后生了两个普普通通的孩子。出嫁之前还学过一段时间的绣花，不过没有绣出什么名堂，所挣的工资连每个月自己的伙食费都不够开支，只好草草了事。最后总算挨到非嫁人不可的岁月嫁了人去。出嫁之后，也就如那些普通的一出嫁就以夫家为全部的普通媳妇一样，基本上就不怎么回到方山。再后来，就没有后来了。

在怀着男孩"崇文"的时候，秀才太太听从了镇上老中医——养胎才是生育健壮孩子最主要的根本——的建议，整整在床上躺了有大半年，每天除了吃好喝好睡好之外，什么也不做。吃的都是补药，鸡鸭鱼一应俱全，不仅如此，在最后的那个月里，秀才还给她请个了专门有照顾孕妇经验的老婆子来侍候，为了生养一个健康的儿子，秀才几乎把最后的家底都给折腾空了，总算老天不负有心人，十月怀胎之后生下了一个结结实实的胖小子：崇文。

在母胎时就已经吸收了足够的营养，生下来之后家里更是但凡有一点好的东西总是先给他吃，绝对充足的营养，使小崇文拥有了一副可谓健壮之极的身板。为了使他能吃好喝好，有一段时间连她的姐姐灵芝都不敢生病，因为没有多余的银钱，她不仅不生病，还帮着父母来照顾这个来之不易的弟弟，一家人尽心尽力，可说是平平安安地度过了蛮长的一段幸福日子。

从小到大，小崇文几乎没有生过病，且见风就长，还不到十二岁的时候，他的身高体重就已经远远超过了同龄的孩子，远远乍一眼看去，不明底细的人还以为看到的是一个已经成年了的扎实小伙子，而其实那是他刚刚才小学毕业的时节。

健壮敦实的崇文，虽说做父母的费尽心思给他的名字里占了一个文绉绉的"文"字，可实际上他却是个不折不扣的野蛮小子。他既没有继承下来自父亲慢条斯理的气质，母亲内敛安静的性格在他身上也没有半点儿显现。与之相反，他性格粗鲁，暴躁好动，天生爱惹是生非。

自从会走路起，他就到处惹事。村里没有一个小孩是他对手，连他们隔壁邻居，那同样以打架为荣极善欺侮弱小孩子的四兄弟，都拿他没办法，和他打过一次架之后就不自觉地躲着他走了。同样是打架，他和那四兄弟最大的不同是在于，他根本不挑对手。不管面对的是比他壮的或是比他年长的，他都一律不惧。架势一拉开他就是一副要把对方往死里磕的劲头，光是这不怕死专爱往死里整的模样，就足够他扬威方山了。

只爱打架，不爱读书。在学校里他也可说是一刻也不安分，不是把同桌的眼角给打破就是把邻座小女孩的辫子给扯下半截。课间休息时拿小刀去割断那些正在跳绳的女孩们的绳子，用橡皮筋绑在铁丝上做成弹弓在教室里捡了粉笔头来当子弹射正在睡午觉的同学们。他把老师新发下来的书本，一页页撕扯下来做成厚厚的纸叠板，把裤兜塞得满满的走来走去，看到哪个同学不顺眼，他就掏出那四四方方的纸板，当作暗器嗖嗖地朝某个同学飞去。五年小学读下来，大字不识几个，积起来的"仇家"却比他认识的字还多，如果排成队伍的话大概都可以从学校一直排到他家门口。

按理说这么爱打架热衷找茬的孩子，给父母添的麻烦肯定不会少的了，但是神奇的是，那些争斗基本上没有给秀才和秀才太太带来许多实质性的影响，理由很简单：除了极少数的几次对质之外，几乎没有人投诉上门。

"没，没有……我们没有打架……"不知道崇文用了什么方法，那些受了欺负的孩子明明之前还淌着眼泪，但是当大人或老师上前问询原委的时候，他们就个个赶紧露出没被欺侮、风平浪静的表情，好像什么都没有发生过。所以可以这么说，尽管崇文在学校在家外着实是有了一个不大好的名声，但是风波却好像从未牵涉到家里。

"哪里有的事，嘿嘿，我跟他们闹着玩呢，你知道的，我一向只是喜欢练武，不过是找他们比比武罢了……"难得有实在阻挡不了的投诉发生时，当秀才太太送走来谈话的老师而质问崇文，崇文总是这样轻描淡写地把事情一带而过。

不知道是从什么时候升起的念头，他曾和母亲说过，说他长大后要当一名武林高手，从小学三年级开始，他就每天在他们家院子里乒乒乓乓地挥拳头"练武"，连踢带蹦地往枇杷树上使劲地招呼，常把枇杷树也给敲得是一震一震。

"阿文，你能少点儿去敲这枇杷树不？还是要好好地读书才好，这个练武什么的，不是什么正道吧……"秀才太太忧心忡忡地提醒着儿子的偏执，很想好好认真和儿子说一番读书重要的道理，但往往总是扯不了两句，"这么"了许久，也说不出整篇的劝诫文章，况且家里的农活家务活那么的多，稍迟疑注意力就会被转移。

男孩子比较顽皮，喜欢这样踢踢打打也正常，反正也没什么大的差错，也许等他再长大些懂事了就好了。秀才太太在心里找出合适的理由来为儿子做了一番合情合理的推脱之后，就任由崇文在那里继续那么"嗬嗬哈嘿"地折腾去了。

在秀才太太那里比较好搪塞，但是面对父亲时情况就有点儿不一样了。

斯文平静的秀才叔，每次只要一听到关于"崇文又欺侮人了"消息的时候，脸一下子就会黑下来。他常都等不及问清事情原委，就立马勒令自己的儿子跪到枇杷树下，他一边安慰着告状的村人，嘴里迭声地说"不急，不急，你不急啊"，一边则三步两步转身回房，一手操起认真收在门后的文明杖，一步跨回枇杷树下，劈头盖脸就往崇文身上招呼：

"我让你找人打架！我先打死你！打死你！看你改不改……书没有读好没有怪你，生你这么好的身子骨，你也不会帮家里一点儿的忙，就知道打架，好，我先打死你！"

他一边打一边浑身颤抖，拐杖在手里飞舞，其疯癫之状没几下就把那个告状的人给吓坏了，他赶紧反过来急忙上前劝阻：

"好了好了，算了，没事了，小孩子打架，也正常，正常。他肯定知道错了，你这样往死里打，会把他打坏的，就这样吧，没事了，不打他了……"

村人使了好大的劲才拉开秀才，那秀才急呼呼地喘着气，一脸的青筋暴露。

每当这样的时候，那个崇文总是半句讨饶的话也不说。他直挺挺地跪着，直挺挺地受着父亲的打，连眉头都懒得皱一下，好像竟完全不怕痛，而裸露的脸上肩膀上手臂上，早已现出好几道文明杖的紫红印子，一看就是下手毫不留情的那种痛打。

不能说父母的性格完全没有继承下来，他的身上有隐隐流露出的是另外的部分，那与父亲秀才极为相似的那种"一切无须在意别人眼光"的特质，只需关注自我心中所想所钟爱就可以，其他的无所谓。自从第一次挨过父亲毫不留情的文明杖教育之后，他把父亲对他的责罚，也一并地归为无所谓的范畴里去。

他整日独自"嘀嘀哈嘿"地在院子里朝着枇杷树的树干挥

拳头，还把脑袋"梆梆"地往树上撞。偶尔有小孩和崇文打架受了委屈想着上门来问询一下原委的那些父母，每每走到他们家不远看到这样的一幕，往往就会自动打消了问询的念头：

"简直像个疯了的野兽似的，哪有那样拿自己的脑袋往树上撞的？啧啧……算了，算了……"村人们轻声细语地独自叹怜一番，就赶紧悄悄转身离开。

不爱读书的崇文，好不容易从小学升到初中，是秀才穿着长衫去到那个校长办公室里来来往往去了十八次的结果。秀才一只手拎着文明杖，另一只手则捧着一包萝卜干或是一包笋干或腊肉什么的，沿着赶集的路程一直走到初中学校的围墙里，走到校长的办公室去。

方山村那稍大些正在念初中的孩子回来告诉大人们说："我看到了，我们村里的'秀才叔'，拄着拐杖正儿八经地在办公室里和我们校长说话呢。"

书香门第的后裔，只念到小学就要辍学这无论如何也说不过去，不知道秀才最终说了什么打动了那个校长，当别的小孩在已开学了半个多月的初中摇头晃脑地捧着书本苦读的时候，崇文终于穿上她妈妈专门请了裁缝来为他制作的那身崭新的卡其布套装，也坐到了他们的中间去。

新学校的生活使崇文安静了好一阵子。崇文住校，周一到周五都不在家。秀才家的院子在刹那间仿佛恢复了往日的安静恬淡。随着每天的日出日落，夫妻两人一同上山，下地。每个礼拜到了星期六的时候，崇文背了书包规规矩矩地走六公里的路回到家，在家里住一个晚上，第二天的下午带上一整个星期的咸菜，再规规矩矩地回到学校里。女儿灵芝那时已去了隔壁乡学绣花，约两个月回家一次，或偶尔地寄封信回来。

日子虽说依旧艰辛，但是却也总算是呈现着一副平平安安的模样。

不该的是，不久后——崇文才读初一下半年——的一个冬天，秀才太太突然心血来潮，独自一人去赶了一回集，然后，一切就又大变样了。

她从集市上，捡回了一个孩子。

住在他们家上坡的邻居说，那天都快半夜三更了，突然听到秀才家里似乎在"砰砰嘭嘭"地吵架，弄出的嘈杂声响在静寂的山村夜晚传得有点儿远。

与其说是吵架，更多的是秀才憋着嗓子在呵斥他的太太，其间还隐约隔了几声小孩的呜咽声。他们两口子几乎从不吵架，更别说是秀才对秀才太太会红脸。所以那晚的嘈杂回想起来，更像是夜风吹过山林时带出的幻觉，谁也不知道发生了什么。

只是第二天，有人早早地就看到秀才穿戴齐整地往乡政府的方向走去。他黑着一张脸，不知在和谁赌着气，遇到村人和他打招呼，他也匆匆忙忙地不搭理，只顾低头赶路。

在他们家枇杷围成的庭院里，却突然地多出了一张陌生的小孩面孔。一个眉清目秀的男孩，约四五岁年纪，怯生生地坐在一张秀才常坐的竹椅上。秀才太太围了围裙站在他旁边，一只手兜着围裙，围裙里有扁谷，秀才太太把嘴努成尖尖的，"咕咕咕"地召唤着她的鸡。她把扁谷撒到庭院里，撒在小孩坐的竹椅周围。随着扁谷落地，十几只公鸡母鸡迅速从角落里围了上来，鸡们不怕生，围着竹椅咯咯叽叽地欢快开吃。那小孩看着眼前这一切，忽然地不再害怕，反而跟着咯咯笑了起来。

看到他笑，秀才太太也笑了。

听说秀才家捡了个孩子，村人们不约而同地跑到院子里来看热闹。

"你是哪儿人啊？"

"你几岁了，你叫什么名字？"

"你的爸爸妈妈是谁？"

……

爱管闲事的妇人们争相发问。可是不管问他什么，他只是一味地摇头，一句话也答不上来，只知道慌慌张张地躲到秀才太太的身后去。

"这么小的孩子，他的父母倒真下得了狠心。"秀才太太叹气，和村人说起了赶集的经过：

"我坐在大樟树下的小摊上吃馄饨，他就缩在树边直勾勾地看我，不知道饿了多久了罢，一碗馄饨放到他的面前两分钟不到就吞下肚了。

"后来就一直跟着我，去哪儿都跟着，我一会儿去买菜苗一会儿去买针线一会儿走到桥头一会儿走到供销社，他就那么愣愣地跟着我，集市上好多人呢，我想他那么小小的个子，走累了自然也会停下了不会老跟着了，可是后来人都渐渐散去了，他硬是不肯离开，问了许多人，他们都说不认识他，天黑透了可怎么办？没办法，我只好把他带回来了。

"过些时日再问问其他村里的人，也许能问出些什么。"秀才太太自言自语似的。

"长得倒是眉清目秀。"村人们不置可否，谁也想不出合适的办法。

秀才穿戴齐整去了乡政府大约十次，在乡广播里播放"认领孩子"的消息大约二十次。什么也没有发生，没有人来认领，没有任何消息。没有办法，他只好给孩子取了一个名字，叫：崇化。

秀才的想法很简单，既认下了，就得把他好好养起，自己的亲生小孩不爱读书，也许捡来的孩子能读得一手好书？不管怎样，名字至少要和知识沾点儿边。一个"文"，一个"化"，连在一起刚好是非常好的一个词语：文化。

在那样一个物资紧缺的年代里，一个家庭凭空多出来了一张嘴，可想而知会带来怎样一连串的负担和麻烦。吃喝拉撒、衣穿住行，哪一样都是多出来的事端。秀才虽给孩子取了名字，并不代表他全然接受了这个崇化，与心无他念的秀才太太相对比起来，秀才的隐忍更多是因为妥协。出于对秀才太太的习惯性遵从，对这个已然走进他家庭院的活生生的孩子，他赶不走，甩不掉，无处可推托，除了接受与妥协之外，并没有太多其他的选择。被动妥协的后果所带来的，是同样消极隐忍的反抗。不需要太多的理由，往后的日子里，人们时不时地看到秀才在院子里，对那个清秀胆怯的崇化也同样挥起文明杖，或轻或重地敲打着那个瘦弱孩子的背脊。唯一不同的是，以往秀才教育崇文时，他的妈妈几乎从来都不在现场，但是每当听到秀才对崇化厌烦暴怒进行体罚高声呼喝的时候，秀才太太不管离得多远，也会急匆匆地赶回家，她总有办法，好说歹说从丈夫的手里，给取下文明杖，多少使出些温柔的手段，使惩罚在朝着几乎极难收拾的场面的时候，及时地把崇化从秀才手下解救出来。

那个孩子虽说是捡来的，但是有一个举动倒是奇异地和他的异父异母哥哥极其相像。那就是，他也不爱哭泣。再怎么打他，他都是不出一声，沉默的模样和他那一动不动任由责打的背脊一样，是那么坚定地浑然一体，除了刚来的那个晚上掠过的那一长串山风一样的呜咽，以后人们几乎再也没有见到他哭过。

年岁稍长了些的时候，这个新来的崇化也就和崇文一样，开始背着书包上学去。

穿着秀才太太帮他改好的原先是崇文所穿的旧棉布衣服，不辜负了他那眉清目秀的样子，坐在学堂里，他经常得到老师的表扬，没几年工夫，红红的奖状就把秀才家中堂屋的那面墙都给填得满满当当。

崇文一点儿也不喜欢这个外来的弟弟。不仅不喜欢，还真实地对他掺杂着一些说不清道不明的怨恨。

也许是因为看到自己穿过的旧衣服那么合适地穿在别人的身上所带来的不快之感，也可能是他天生就不喜欢看到这种低眉顺眼瘦弱沉默的人，再或者是因为，他很厌烦听到这个莫名出现在他们家里的男孩在叫"阿爸阿妈"时的方式。

谁是他的阿爸阿妈了？叫得那么自然，真讨厌！

他恨恨地想。

更让他不能接受的是，自己的母亲太偏袒他了。有好几次，他故意挑起由头，引逗崇化犯下错误。比如借崇化的手打碎碗盘，把父亲坐的椅子弄到报废并嫁祸到崇化身上，诸如此类。他想办法令父亲为了一些极小的事情就对崇化大发脾气，为着要使这个外来弟弟就犯，真可谓是大费周章。可是结果呢，每次的计划都是草草收场，每当崇化陷入险境的时候，他的母亲总是会及时地出现，三下两下，不知怎么弄的，惩罚就不能顺利进行了，总是莫名其妙地就那样不了了之。

"哼真过分！凭什么！凭什么！哼！哼！……"原本他很想看看这个细皮嫩肉的小孩受不了挨打之后的有趣表情，却因为妈妈的介入而搅黄了："爸爸打我的时候，你怎么从来都不出现?"崇文气哼哼地想着，心里越发地就看不起这个弟弟来。

这些不间断的摩擦虽说时有发生，但也还能忍受，毕竟崇文是一周一次回到家里，在家的时间并不多，只要崇化注意避让的话，那么总体来说也算是平静安好，并不会造成大的影响。

每到周末，崇化的脸上就会时不时地变得青一块紫一块，每个人的心里都心知肚明，是崇文揍了崇化，但是不管是揍人的还是挨揍的，都不声不响，秀才不置可否，秀才太太则琐事太多，无从管教，便也风平浪静，日子磕磕碰碰过去，一直到后来突然升级的那次"毁容"事件。

崇文初中毕业后没有考上高中，不顾秀才和秀才太太的极力反对，在一个午后和秀才大吵了一架后离家出走。一开始谁也不知道他去了哪儿，后来渐渐有消息传来说是他跟了一个杂技团去学硬功夫去了，再后来又听说他进了邻县一个叫"横山武术队"的在学练武。他在离家差不多有两年之久后才回到方山村。

也许是在外面吃了不少的苦，他原本想回到家里来好好休息一段时间。那天天色已晚，天已黑透。当他小心翼翼地推开家门时，被堂屋里和谐的一幕给刺激到了。他看到在那面由密密麻麻奖状装饰而成的墙的衬托下，秀才太太正在借着油灯的光在八仙桌旁边静静地做着活计，而他的那个弟弟则在八仙桌的另一边认真地做着家庭作业，他的爸爸秀才也坐在桌边，嘴里恬然地抽着一根土烟，手里则捧着一张崭新的大红方纸：一张新的奖状。他听到他的秀才爸爸在快活地说：

"嘀！真不赖！不愧是我秀才家的孩子，什么奖状都没有落下，这一次又是三好学生！真是给我挣足了脸，哈哈……"

谁也不知道崇文会突然回来，屋内的人一点儿也没有听到推门的声响。"哐当"一声，是崇文把背上的包裹重重地扔在地上才使他们转过脸来。秀才和秀才太太在望向这边好不容易看到他的时候，脸上竟然挂上了一副"你是谁"的表情。

这样的表情和发愣使崇文突然地就发了狂。他冲进堂屋里，直接就跑到那面墙边，把那墙上的红奖状"呼啦"一声就撕下了大半。过去一向隐忍不发的崇化，在那天却突然很不一样，发愣只一秒后，就朝哥哥冲了上去，也是一副死磕的模样，想从他哥哥手里夺下被抢的奖状。他的身上，所穿的依旧还是那身哥哥的旧衣服。单薄瘦弱的他哪里是五大三粗的崇文的对手，三下两下，他就被重重地甩到了门外去。甩出去的他还想冲回来，冲回来他又被甩出去。最后一个瞬间他的身子都挂到哥哥的胳膊上去了，他的脑袋在哥哥的臂弯里埋了好久，害得崇文转了好几个圈才重新把他甩掉。

甩飞到枇杷树下的崇化，脱落了一颗牙齿，右手的小指也被扳折了，嘴唇还被扯裂了老长的一道。他不该去咬崇文的手臂，纯粹是不自量力，自讨苦吃。

秀才和秀才太太的呵斥声，在那晚响彻了方山村整整一夜。

第二天天还没亮崇文就离开了，后来就一直没有消息。

秀才好多天没有露脸，秀才太太则哭肿了眼睛，却也依旧强撑起身子陪着崇化去了一趟乡卫生诊所。崇化被撕裂的嘴角整整缝了九针，一共两层，下面四针，上面五针。眉骨磕到枇杷树上，也磕破了一小块，还好只有三针。小诊所的医生手拙，缝针的技术不好，拆线后的崇化，和过去完全不一样了。不能笑，一笑起来就露出一些极为凄惨的模样，让人看着怪怪的，再也不是眉清目秀的样子。

掰断的小指倒是还好，扶正后便无大碍，依旧能伸能屈，只是略微有点儿朝外倾斜，不仔细看完全不会注意到。

那次兄弟俩的打斗冲突，最受打击的是秀才太太，从乡诊所回来后，她就倒下了。她在床上躺了许多天，据说那些天的饭菜都是由崇化端到床边去。秀才没得清闲，屋里屋外做不完的事，老婆病倒了，田里地里的事都一股脑儿压在了他一个人身上。崇化身子弱，只知念书，田里的农活怎么教他也教不会，秀才努力了几次之后就放弃了，只喃喃地劝慰自己：

"算了，只要他能读好书，其他的，就随便他吧。"

接下来的日子不惊不乍，除了日渐贫穷之外几乎没有什么其他可以描述的。然而小学和初中都成绩极好的崇化，进了高中之后就突然地煞了车，高考一败涂地，什么学校都没考上，想再复读也不可能，那时候家里已是一贫如洗。没办法，他也只好和村里其他出去闯天下的年轻人一样，在最后一个暑假结束后的秋天，也背着张铺盖，出门南下打工去了。和他的哥哥一样，一离开家门，就进入长年累月没有消息的状态。

年复一年，秀才太太一直没能恢复到完全健康，身体时而清朗时而虚弱，一直到去世的时候，也说不清到底是什么病症在折磨她。

"阿果，是我不好，没能陪你到那一天……"

秀才太太拖着病恹恹的身子，去过好几次医院，都查不出能叫得出名堂的病因。秀才太太的去世是由于不知从何时开始的无力病而导致。

"不行，没力气……真奇怪，怎么会这么没有力气呢？……"原本扛着锄头想出门去的秀才太太，走到门外没两步就软绵绵地又摸回家里。

"不担心，躺躺吧，多躺躺，躺躺就能好啦……"

"下不了地？没关系，那就歇歇呗，歇一歇就能好。"

"背不动柴？好吧好吧，我来背，你去缓一缓，到床上靠一靠，靠一靠就会好。"

"洗衣服也抬不动手臂？没事，我来洗，我又不是不会洗，只不过是一直都被你抢去洗罢了，你放心好了，赶紧去眯一会儿吧。"

对太太的病，秀才一直这样说。

农村人得了病，最主要的治疗方法，总是以躺一躺为主，大约都是累的缘故，既然医院里查不出个之所以然，那么肯定也就不会有大碍。秀才也不觉得自己太太这叫不出名的无力病有什么危险，直到有一天，秀才太太就忽然地对秀才说出上面的那句话来："……是我不好，没能陪你到那一天，完不成你的心愿了……"

秀才太太临死前所想表达的意思，关于完成"秀才心愿的那一天"，是方山人全村皆知的公开秘密：

等我们重新有钱了，我要置办一套最时髦的长衫马褂，给你置一身全新的红绸大袄，要去扎两顶方正气派的青绸四人大轿，再雇上八名抬轿人，我要吹吹打打打打吹吹，抬着方轿和你一起，从方山村游到乡政府，再从乡政府游回到方山来，那将是何等的风光……

秀才不止一次在村人们面前说过他的"梦想"。

长衫马褂、红绸大袄，青绸大轿，这些过时的对于现代社会来说简直是天方夜谭般既可笑又滑稽的事，在秀才的思维里却是一种那么郑重其事的神奇存在。这一点其他村人们乃至所有见过秀才的人，都觉得是无法理解的不可思议。唯有秀才太太，却是由始至终地欣赏并且去赞赏秀才的作风，她不仅认真小心地帮秀才仔仔细细地打理收管着他的宝贝长衫，还兴致盎然地支持秀才的心愿："……嗯！是的！会有那么一天的！等我们重新有了银圆，我们就立马去做这件事！一定！"

据说这个心愿，不只是因为秀才爷爷在秀才脑子里种下的中举情结，还因为秀才在年幼时代初次意识到自己喜欢上这个丫鬟姐姐时所发下的稚嫩宏愿："有一天，我要像我爷爷那样，穿着最好看的长衫，坐着最好看的轿子，认认真真地去抬了你，我要娶你，我们一起，吹吹打打去游街……"

这样的心愿，这样的人，这样的故事，都似乎只有在戏文里才听到或看到。可是他们就是存在，实实在在地存在在方山村。

秀才太太在床上躺了大约半年，然后在来年春天的第一抹杜鹃花开出颜色的时候安静去世。

"儿孙长大不由人，我看他们家啊，都是些负心鬼，离家后就不管了，只剩这么两个老人在家，听说偶尔有寄钱回来，可是，寄钱有什么用？看不到人，还不是白养了他们一回？从她倒下后都只各自回来过一趟，那后事，办得真是仓促啊。"

村人们唏嘘不已。

爱武的崇文，后来在练武这件事上果然取得不小的成绩。他在那个"横山武术队"从初学者晋级到学长再晋级到队长，跟着武术队到处参加比武参加比赛，有一次竟然还得到了一枚"省业余武术队冠军"的奖牌。他一边到处拜师练武，一边则动起了经济念头。等到我们最后一次听到方山人说起他的时候，听说他已经成了一家武术学校的校长了。他和先前办武术队的师傅一起，合伙办起了学校，专门招收那些不爱读书而爱武术的农村孩子，据说生源还极其丰富，由于学校恰巧办在一处规模不小的影视基地的附近，于是他和他的学生们一起，借着会武的招牌，有时参加表演，有时参加拍摄，把这学校搞得是又齐整又热闹。

"我说你们啊，可要努力地学武！都要给我好好地练！现在可是和过去不一样了，现在有的是机会，只要用心，不怕苦不怕累，谁都能得个好前程！我啊，我想在我的学生里，如果能出个像李连杰那样的苗子明星，那这一个武术才叫练得出人头地！"崇文挺着他那已经有点儿稍微发福的肚子，一身西装革履的打扮，大大咧咧地在他的武术学校讲台上大声地鼓励着他的学生们。

崇文在"武"上面终于获得了成功，成功的标志之一是他给秀才和秀才太太不定期地寄钱回来。只见钱不见人，以忙碌为由长年累月地待在外面。便是连他姐姐灵芝出嫁时他也没有出现，据说正跟了一个剧组跑到新疆去，没有时间回到村里。

　　忙碌的崇文不回来，南下打工的崇化也不回来。

　　"很奇怪，他们当他可真是亲生骨肉般地对待，可是这个崇化也真是决绝，自打能自己打工赚钱起就不大回来方山……唉，谁也想不到……"

　　"再怎么说，所以啊，领养的就是领养的，总是会随时随地地翻脸……这人心哪……"

　　"别这么说，人家那次不仅断了指头，还破了相，这当然会在心里存下怨气。这不回来，不回来也是正常……"村人们悄悄议论。

　　秀才太太去世许久后的某一天，这个被村人们说"负心"的人忽然回来了。

　　那天天色有些昏暗，晚春的梅雨光线虚虚蒙蒙地笼罩着山谷，小汽车轻微的鸣叫声从村口一直"嘀嘀"地延伸到了秀才家的那座宽宽阳台下。

　　车停在秀才家那个用枇杷树圈成的庭院里。人们看到一个壮壮胖胖的男子从车里走出来，他弯着腰，小心翼翼地从车厢里搬出了一套现代化的烧饭工具：一只煤气灶、连着两只灌得满满煤气的缸瓶。他把它们一一搬到庭院里，再搬到秀才的床前。

　　"一辆白色的小轿车，崭新油亮！"秀才隔壁的兰婶眼睛亮亮地说，"我觉得啊，他还是孝顺的，知道往后老父亲一个人在家煮饭不方便，才给买了这么好的灶回来。不枉秀才太太养他一场。礼数也全，还托我们平时帮着多照看一下呢，又敬烟又分给我们很多糕点。"

说话的人一副赞赏的口气。继而还补了一句："对了，我看他嘴角边上的那道疤痕，好像没有那么明显了，是不是，去做过现在的什么修复美容……"

由于那天是个阴蒙蒙的细雨天，所以村里的人大部分都没有去地里干活，于是很多人看到了这一幕，那个多年没见的领养的儿子，临走时半弯了腰，在向秀才叔恭恭敬敬地作别。

"煤气灶和土灶，一定是犯冲的。"第二天，秀才叔喃喃地坐在他家门口的门槛上自言自语。

因为一夜的暴雨后，那个有着阳台的厨房突然坍塌了下来。一切的故事，到此结束。

不久前我回去方山，我又看到秀才叔了，在邻村唱大戏的大礼堂里遇见。

秀才叔还是和以前一模一样的打扮，很慎重地穿着那身长衫。看戏，在他的字典里，是和赶集一样重要的字眼，是要万分认真地对待的。

当我走过去和他打招呼，把洗过的草莓递过去请他一起吃的时候，他略略羞涩地笑了。他拘谨地打量着我，一时认不出我是谁。他把文明杖搁在身边的长凳上，一只手则去摘那顶礼帽，颤颤巍巍地想要站起身。我赶紧把他扶住，一边把草莓放到他的手里，一边让他坐回长凳子上去。他眼睛虚虚地望着我，喃喃地说："时间真快啊，你是庆堂家的老四吧……呵……你们一个个都长这么大啦，都认不出来了……"

他把草莓小心地托在手里，另一手却从长衫口袋里去摸出那块方帕。白色的方帕已经略显得有些发黄了，他不把草莓马上吃掉，而是把它放在方帕里，细细地包了起来。

戏台上在咿咿呀呀地唱着戏文，水袖长舞艳丽得梦幻一般，哀婉悠长的曲调，和以前的秀才叔家里那留声机里出来的声音一模一样，只是没有了秀才太太坐在那阳台上做活计的身影。秀才太太既是很久不在，于是秀才身上的穿戴便也不再是过去的干净齐整。长衫单薄陈旧，袖口都已磨得毛秃秃的了，露出里面黑乎乎的线头。那顶礼帽已然豁了边，半翻着一个古怪的口子。文明杖靠在秀才身边的长凳上，看起来孤零零的。

秀才太老了，老得身子都已经佝偻起来。

如果说我和秀才认认真真聊上一会儿天，会是怎样子的？小时候因为一直觉得他有些古怪，仿佛他不是一个真实的人，是从故事里走出，从戏文上拓印下的，所以总在每每要走近的时候又赶紧躲开，从来也不曾认真仔细地与他对过面。

每次经过他家的门前的时候，都产生过想上去那阳台坐一坐的念头。想知道站在那阳台上扶着细白栏杆时所看到的方山风景，是不是和在我家那个闷闷的小阁楼里看出去的有着细微的不同，空气是不是更新鲜些更香甜些。

一边想着这个问题一边听着戏文，我的思绪开始乱跑了。秀才在我的身边坐着，我的臆想却飞到了他们家过去的那个美丽阳台上去。我所看到的，既有秀才太太那低眉顺眼的依然年轻的面孔，也有秀才修长斯文的身影，他们在闲坐，他们在笑，他们在轻手轻脚地做活。

臆想只是臆想，念头一掠而过，如今那二层小楼已丝毫引不起人的注意了。坚固水泥浇铸的阳台，终也抵不过风吹日晒和时间的侵袭。坍塌后的厨房也好阳台也好，已然面目全非地混在一起。灰泥栏杆歪歪斜斜地耷拉着身子有一截没一截地耸在废墟上，断开的阳台残块落下来，有些直直地杵在房内的地上，有些则掉在那个黑乎乎的灶台上，把原本锅的位置也给填满了，房内堆了几捆残旧得仿佛已堆了几十年的柴火，蜘蛛网从天花板上垂下来，到处都是灰蒙蒙的、似乎停滞了的空气。

我看到的，唯有厨房的门，倒还依旧好好地立着，忠实地站在那半截残墙的中间，妄想挡住所有经过的探究的视线。

秀才叔全身穿戴齐整，站在门边，他的瘦骨嶙峋的手指，巍巍地扶着那扇发白了的破旧门板。在他身后远处的墙上，隐约可以看到还挂着另外的一套长衫马褂，它正用和主人一模一样的表情，空空地支棱着肩，在衣架上瞠目望着外面。

不管有过什么故事，那些故事都将消失在时间里。

秀才用自己的已然衰老的双手，在他那坍塌掉的阳台旁边，造了一座宽大气派的豪华坟墓。现在里面已经躺了两位先人了，墓前高高的石碑上刻着：秀才爷爷、秀才太太。碑上还刻了另外三个名字：方阿果（秀才）、方崇文、方崇化。

灵芝是嫁出去的女儿泼出去的水，碑上不用刻她的名字。

在砌上最后一块碑石的时候，秀才自言自语地说："不管你们走得多远，总有一天，都得回到这儿来陪我一起躺着。"

方山往事

此两兄弟与彼两兄弟

现在的全球气温，是真的越来越暖和了吗？

也许是的，只要回方山去，感受一下现在方山的温度，就能知道这个答案了。

记得小时候的方山，一到冬天，那种刺骨的冰冷、湿冷、阴冷，就会劈头盖脸地朝你袭过来，令你彻头彻尾地生畏。在记忆中，任何时候回想起那种寒冷，都是那么清晰真切，恍如昨天。

一到冬天，仿佛连时间都停顿了。

山是静止的，水也是静止的，连每家每户屋檐上的那几片稀稀疏疏的茅草，也是绝对的静止又沉默。

一到冬天，一个月的三十天里，起码有二十八天都是满天满地飘扬着白蒙蒙的细碎雪花。雪花把视野中的景致认认真真地全部包裹覆盖起来。黛青的山峦、昏黄的田野，还有那蜿蜒弯曲往山外延伸的道路，嫩青细小的麦田，都一一地躲藏在了细雪之下，一动不动。

冷。

冰凌一根一根排着队晶莹剔透地从屋檐上垂挂下来。溢洪道上是壮观而美丽的冰川，从水库渗出的持续的薄水被冻成一层一层白色透亮的冰膜，完美无缺地把巨大的岩石都奇异地封裹了起来。山的边缘处，连树叶也是整张被封冻住，采一片托在手心里，透明锃亮的薄冰下能看到清晰的叶脉，仿若翠绿的琥珀。

孩提时候的我们，怕冷，却不怕雪。只要是雪的日子，便会不顾爸爸妈妈的反对，裹着胶鞋套上雨衣，跟跟跄跄地欢快地跑到外面一片静寂的冰雪世界。我们在晒场上堆雪人，画圆圈，划起三八线阵地分成两队，捏起雪球打雪仗。我们叽叽喳喳，又闹又跳，撞破静寂，把这晒场弄得一派欢喜热闹非凡。我们把冰凌从屋檐上敲下来，放进嘴里"咯嘣咯嘣"地吃着，夏天没有钱买冰棍，冬天来了当然要一一地补回，体会那冰凉的刺激在舌尖瞬间绽放的快感，大人们可理解不到。我们跑到山沿，去找松针树上挂着的又甜又糯的雪子，新鲜的雪子嚼咬起来的味道，那可是比现在的冰淇淋也要美味几分。我们折下长长的树的枯枝，在无人行走雪白柔软的大马路上写自己的大大的歪歪扭扭的名字。姐姐走在最前面，我们紧紧地跟在后边，手牵手一直爬到了同样白蒙蒙一片的水库坝上，站在坝的最高尽头处朝着四周雪白雪白的山峰大声呼喊："——喂——！！！"阿婆曾经说过山的更深处的山里头住着一个白发苍苍的山外婆，我们都相信那山外婆一定是听到了我们的声音，我们的喊声一过，便总能听到山的幽深处山外婆在"呼噜噜"地回应着，继而听到雪从树叶上咕噜咕噜滚下来的声音。

"山在'簌簌'地跳着舞呢。"姐姐满意地对我们说。我们的手冻僵了，可是欢快得要死。

我们手拉手站在寒风袭裹的水库坝上，望着水库坝下面我们那小小的温暖的家。忽然抬头，看到许许多多新鲜的雪、寒冷的雪、洁静至极的雪，从白蒙蒙的天际大片大片地飘降下来。小妹嘟着嘴说走累了，提议要不就像那些停留不住、从树枝上滑落下来的雪那样，直接抱着脑袋也"骨碌碌"地滑到坝下算了，那么就只要没几步就能到家。姐姐听了之后哈哈笑，说可以是可以，但是那样会把身上唯一一套冬衣给玩坏，没有了冬衣，以后再想出来玩那可就没得玩了。小妹皱皱眉，只好作罢。

小妹累了我却饿了，我快快地催着她们，先自跑在前头，雪花"扑扑"地跟着我，一直跟到我们家门前的大枇杷树下。快进门时我才突然发现，自己的衣服裤子都已湿透。很冷，真的很冷呢！难怪爸爸妈妈，总要想方设法阻止我们出去，因为可换的衣服实在不多，这么疯狂地玩了一天之后，家里的衣柜可就一下子被掏空了。阿婆一边皱着眉头象征性地责怪了我们一下，一边却赶紧把我们拉到火炉旁，把湿了好几层的衣服赶紧快快脱下，把温暖洁净的干爽衣服快快地穿回到我们的身上来。

那个时候的冬天带给我们的快乐、清冽静寂的冷，那美得彻底美到极致的别样景致，在现在的方山，已经再也看不到。

全球气温在渐渐变暖，一定是的。现在的我无数次地回去方山，都再也不能在冬季里，重新感受到那连肌肤也跟着发麻战栗的彻骨之寒，不冷了，方山已经和过去完全不一样了。

气温变暖，失去了孩提时候的玩雪快乐，不过，与之相反的，却也同样带来一种其他的新的开心。那就是，在方山，挖笋寻笋，终于不再只是春天的专利，由于暖和的阳光与气温交错，竹笋的生长期也完全地改变了，还未曾进入阴历的十二月，人们就已经完全可以上山，选一个艳阳高照的冬日，背着锄头钻进竹林里，喜滋滋地体会起寻冬笋的乐趣。

于是在今年的冬天，我和姐姐回到了方山，也选了一个这样的日子，阳光暖暖地照射着现在雪迹全无的群山时候，我和姐姐一起，扛着锄头上山挖笋去。

关于挖笋，方山村一直以来有个规矩。

众所周知，笋一共分为春笋和冬笋两种。虽说吃起来也许没有什么两样，但是在乡下待过的人都知道，这两种笋的模样可是光看外表也一眼就能认出来，而价格也有着绝不一样的天差地别。原因很简单，那就是春笋易觅，而冬笋难寻。

当然现在又是不一样的了，现在的人们饮食品种多多，又加上规划种植的理念也已经贯彻到了乡下的每个角落，竹子的生长也不像以前，任由它们随心所欲地想在哪儿长就在哪儿长，想长多高就长多高。听说现在那些专门出产竹笋的村子，都已经有专门的一套管理，把竹子都规划进特定的区域，给他们堆上厚厚的泥，像是对待养护蔬菜般地对待了，给它松土给它施肥，还时不时地在太冷的时候在整片竹山的地面上都小心地铺盖上松暖的枯草，以保证笋的肥硕生长与顺利行鞭，笋给养得好，挖起来也轻松容易。所以在现在，随便跑到哪个菜市场上，都能看到大批大批的春笋、冬笋，只要有钱，你都能轻轻松松地选上几株，新鲜带回家去，配上一小把雪腌菜和着猪骨头炖起来，美味就轻轻松松地可以入喉了。

但在那个时候可不容易，不仅是因为天冷的缘故，还因为方山的竹子无人照理，只管野生野长。在硬邦邦的长满了尖石块的方山山地，竹子的生长和繁殖也是极其辛苦，根本不可能密密地连长在一起。它们夜以继日地辛勤行鞭，在地底下蹿来蹿去，也许得在离原竹都已经很远了的地方，才会好不容易找到一块稍微松软一点儿的泥土，在那里巴巴地长起笋儿来。

所以方山的冬笋，是埋在地里的金子，可遇而不可求。

而有趣的可爱的方山规矩是：正因为冬笋的不可寻求性，只要是未过春节的季节，无论你跑到哪个村人的自留山上，都可以去又挖又掏地寻冬笋，谁也不会来责怪你，谁挖到就是谁的。可是如果过了春节那可就不允许了，春节后的天气转暖，笋在泥地里生长起来的速度也快，常常是一个礼拜不见就可以直接蹿到地面上来，所以找起春笋来比较简单快捷。而正因为这简单快捷，所以村人们便立下规矩，若是谁看到不相干的人突然出现在自家的自留山上举着锄头在刨来刨去的话，那可就不客气了，他们会大声地呼喝着，捍卫自己的土地权益，他们会毫不留情地直接把你从山上揪下来，拎到指挥部去。最起码也是最严重的惩罚，那就是：罚在村里，放一场电影。

春笋的价格比冬笋便宜，因为春笋的数量要比冬笋多出许多倍。方山人关于得失方面的计算，那可一向都是认真精准，绝无差错。

"咦？你们也去挖笋？又花不了多少钱，你们难道还吃不起吗？自己去挖多累，方山冬笋可不比别的地方，山高林密，那可不是一般人能挖得到的。我可知道啊，城市里的菜场，现在可有的是在卖的冬笋，连我们都是想吃就直接去那里买，可不时兴再自己花费力气去瞎找了。"当我们背着锄头晃晃荡荡地朝着山上进发的时候，在半道上总会遇到一两个好心的方山村人。他们笑眯眯地善意地提醒着。

他们的说法好可爱，令姐姐和我忍不住转过身去偷偷笑起来。

我们当然知道挖方山冬笋的难度之高，不过他们却一点儿也不知道我们想要挖的并不是冬笋，而在意的是挖冬笋这件事情的本身。

我回到方山，我挖冬笋，我在方山的山上走过来走过去，这是一种多大的快乐，那尚未长久离开过方山的方山村人们是体会不到的。

本来就不是挖笋专业户，更何况那天的时节离有笋的季节也许实在是还早了些。我和姐姐在方山的四周山头上转啊转地转悠了大半天，却依旧是笋的影子也没有看到过半株。

笋没有挖到，可由于爬山，我们汗倒出来不少。差不多两个多小时后，我们沿着状元垛最高的那座山峰慢悠悠地从山上走下来，准备回村子里去。弯弯绕绕地又绕过一个山的拐角处，再走两步就已完全走出山的界限，而到了田野的区域了。姐姐提议坐下休息休息，收收汗再继续走。

冬天的太阳轻盈地穿透过树叶的缝隙，暖暖地照在姐姐和我的身上。

现在的山，也是和过去大不一样。我停下脚步，转身抬头观赏刚刚走过的山的全貌。

过去由于靠山吃山，砍伐现象极其严重，所以山的边界线都是退在远远的山腰之上。且还由于那时根本没有煤气灶这一说法，不仅仅只是本村的人，便是三乡五邻的人也是三天两头跑到这里来涎着脸央求带点儿柴火回去。所以哪怕光是作为燃料之用，方山四周的山，在很长一段时间里，一度被砍伐得一年四季几乎都裸露着山体，一副光秃秃的可怜模样。

退耕还林的政策，在方山起到明显的效果。乡政府一年一度的批文中，最多允许村民们每年上山砍伐一次，所以还不到短短的四五年时间，方山的山林开始重新茂密起来。而渐渐地，由于不再靠山吃山的人越来越多，人们开始往外走，都去了外面做事。而煤气灶也渐渐侵入这个遥远闭塞的山村里来，所以山又茂密和葱郁了，渐渐又都回复到山的原始面貌，恢复到原来的美了。

原先弯弯曲曲一直盘通到山顶去的细小山路，如今已是恍若无踪，满山遍野的青衣和蕨草把原先人们的足迹都已吞噬到几近于无。山林间藤蔓交错，荆棘纵横，松木杂木枫木竞相攀长，山的泥土也仿佛厚了，致使竹子的枝条也比过去黑密绿油了许多。

"下次我们再来，只要再过一两个星期，一定就能真的寻到笋了。"姐姐坐在一块大大的裸露在山体之外的大岩石上，由于爬山带来的血液快速流动，姐姐的脸红扑扑地，她仿佛略带沉思般地对我说。

"下次？下次我要带女儿们一起来。很快就要放寒假了，要带她们也来亲近亲近山林才好。喏，先喝口水吧。"我一边从随身携带的背包里掏出一瓶水来递给姐姐，一边还不甘心坐下，依旧探头探脑地往路旁边的同样长满了冬季枯黄杂草的田野里蹚着脚伸进去，这片地的尽头拐弯处也有好几株毛竹，我想象着那竹鞭在地底下走啊走，恰恰突然走到这里，就在我的脚下长出一株冬笋来。

"咦？这是什么？"我在拨拉着泥土的时候，忽然发现不远处的那片坡地里，恍惚有个坟堆在那儿。

发黄的泥土平整地裸露着，堆拢成一座小小的黄泥堆。是一座小小的坟。

坟墓不大，却是方正周全。前面有碑后面有树，坟头上刮得是又整洁又凝重的纹丝不乱，连杂草也不见一棵。

是谁呢？方山村，最近又有人去世了？

我拖着锄头慢慢走过去查看。

新坟前竖了一块整洁的小小的石碑，碑上刻着简简单单的三个小字：方石尖。

方石尖？我一下子回不过神，恍惚觉得这名字读起来很有点儿耳熟，可是乍看看又觉得完全没有印象。

呃，哦，是……挖笋专业户？

石尖石尖，是了，是！一定就是他！

我赶紧叫姐姐也过来看。

姐姐拍了拍裤子上黏着的树叶，半信半疑地走了过来。

"是的，一定是他哦。怎么把他葬在这么偏僻的地方呢？这儿可是离村庄有些远的呢……"姐姐疑惑地说。忽然却又觉释然，因为现在是推行火葬了，虽说这不过是一个小小的坟墓，但是好歹也算是占去一块山林之地，也许是怕被政府知道后会来毁了它，所以才离村里那么远。

"石尖。石尖。啊，原来这两个字是这样写啊。"我恍然大悟，小时候一直弄不明白这名字的发音到底应该是哪两个字，也曾专门问过我的爸爸妈妈，可是他们也说并不是十分的清楚，说是取这个名字的人都早已不在了，哪知道是哪两个字？更何况，好端端跑去问人家这名字怎么写，也不礼貌吧。再说了，人家两兄弟也并不认识字，自己也不一定能说得上来到底是哪两个字。以前每当我想试图弄弄明白这挖笋专业户的名字的时候，爸爸妈妈总是这样模糊地回答着我。

石尖，石尖。我一直以为是"时间"。

那时曾觉得取这个名字的人真了不起，"时间"。想想看，多有意境也多有诗意。然而今天忽然看到这墓碑，才知道，原来，竟然是这样的写法。

我略微觉得有些失望，却很快又觉理所当然。在山沟沟里生活的人们，当然是山啊石啊燕啊梅啊的名字最是居多。"石"字配上一个"尖"字，已是极其神奇特别的名字了。

"看来，也不一定是新坟。"姐姐说，"只是这一带的泥土发黄，所以看起来就像是新坟似的。"

"嗯，这坟，应该是他弟弟方石平所筑。看看这平整精致的模样就知道了。"我说。

方石尖。小时候第一次看到他，我曾经感到非常害怕。不为别的，只因为他是方山村唯一的癫人。癫人，意思就是那些脑筋不大好、思维不正常的疯疯癫癫的人。

那时候在乡下，不知道是什么缘故，不管是大村还是小村，似乎每个村都会有那么一两个、两三个癫人。

方山村小，倒也还好，就只这么一个方石尖。还有庆盛家那不算癫只能算是呆傻的方大德。如果在其他村，那可不得了，随便数数就能数出男男女女不少于十个的数量的癫人。

他们蓬着头，垢着脸，长年累月地那么一副木呆呆的表情。他们的穿着极其破烂，不知从哪儿弄来的一些根本都不能称之为衣服的衣服，胡乱地堆在身上，常是这里遮不好那里挡不牢地露出身体的一些部分。他们会傻愣愣地望着你笑，莫名其妙地追着你跑。他们一边嘴里咕咕哝哝地说着话，一边指责什么似的往你的脸上吐口水。再或者，他们会趁你不注意，突然朝你跑过来，一把把你手上拿的东西抢过去，转身就逃，追也追不到。

就像那与坎口村邻村的下宅，记得我小时候每次从学校放学回来，总是非常害怕路过那村里通往方山的唯一通道：那座桥。因为桥头上总是三天两头的，会有一个叫"良卜"的癫人站在那里。因为他们的与众不同，他们的不可捉摸，从小到大，我都怕他们。我害怕癫人。

癫人分文癫和武癫。

顾名思义，文癫就是属于文绉绉一言不发独自傻愣发呆的那种。一般来说这样的文癫不会对你造成什么影响，他们都只是沉浸在他们自我的世界里，基本上不会有什么麻烦。而武癫则恰恰相反，那可不在预计范围之内。不管有没有惹到他们，他们也忽然会发狂，前一分钟还在直勾勾地垂着脑袋观察地面，可是后一分钟却突然会转过身朝某个刚巧从他身边走过的人冲刺过来，忽然对你展开又打又踢的攻势，其状极为吓人。

我后来知道，造成每个村都有癫人的很大一部分原因，就是因为贫穷。有些是由于小时候发烧烧坏脑子无钱治疗所致，有些是遗传，有些则是在母体时就营养不良所影响，再或是近亲结婚生下的不好的胎儿，等等。

那良卜就是个武癫。他总是愣怔着一双鼓鼓的痴呆眼睛，或是站在大马路边，或是直愣愣地站在桥上，有时则勾转了头，俯身盯视那桥下不急不慢无声流动的水。只要一听到有人走近的声音，他便总是会敏捷无比地转过身子，继而长长地伸出硬邦邦的脏兮兮的双臂，直愣愣地伸到你的面前，嘴里"亮扑亮扑"地大声咕噜着，好像要扑过来抱住你不放似的，可吓人了。每次我都得远远就观察好逃跑的路径，要做好十二分的准备才能一次性顺利地从那里通过，总是大口大口喘着气才能惊险万状地从他的"袭击"之下逃出来。

石尖也是一样，也是一个癫人。他的装束和良卜一模一样，衣服破旧不堪，又脏又黑，头发一堆一堆地打着结绕在一起，浑身臭烘烘的。一开始时，我可一点儿也不喜欢他。

只有当他的弟弟石平也在家的时候，他还好歹收拾得也算整洁。可是那样的时候太少了。他总是一趁弟弟不在，就立马换上那身又脏又破的衣服，一忽儿把头发也快快地蓄回乱蓬蓬的可怕模样。就是有时候连他弟弟也拿他没有办法，石平从外面买了新衣服回来要给他他穿上，他就大喊大叫地反抗着，才刚穿上，一转身就又把它脱下来，他把新衣服用力地塞到衣柜里去，并又快又迅速地套上他自己已是习惯至极了的癫人衣服。

"不穿！不穿！就是不穿！"他瞪着那双可怕的凶眼睛，叫喊声把他们家那道窄窄横着的屋檐都差点儿给震得掉落下来。

不过，他只限于大喊大叫，且只限于对他的弟弟，少有见到他与别人的争吵。他和良卜不同的是，他不会攻击人。他不但不会攻击人，当我和他慢慢相熟了之后，我才知道了他那凶神恶煞似的外表下，其实躲藏着一颗安静又善意的心。

方山水库的大水，把许多人家的孩子给淹死了。但也有相反的，是孩子活了下来，而他们的父母则被水冲走的。

在这场致命洪水之后所留下的方山孤儿，除了方真才与方真丁兄弟之外，还有这方石尖与方石平。

当我有意识地去打量石尖、石平两兄弟的时候，是我小学即将毕业要升入初中的时候。

我不喜欢又脏又臭的人，虽说我已知道了这方山的石尖不会袭击人，可每次看到他远远在晒场边游荡的时候，我总是能躲多远就躲多远，能避开就一定是避开。

我恍恍惚惚地执拗地认为，这些在迷迷瞪瞪地沉浸在他们自我世界里的痴呆人，我们是完全无法了解他们的真正的想法与思维的，他们在对你笑？不，说不定下一分钟，他就会突然地凶狠地朝你冲过来，一把抓住你瘦骨伶仃的胳膊，朝你大喊大叫地咆哮。我见过呢。

我的同班同学阿珍，就是那次上了良卜的当之后，差点儿也被吓傻了，吓得有好几天都去不了学校上不了课。

那良卜一个人站在桥头上发呆，如若不去惊动他倒也是还好的，其实他绝大部分的时间里也都还算是安静，只要你蹑手蹑脚地轻轻走过，那么他也不一定会发觉你。可是在那桥上往往还有别的一些村的闲人一块儿在那儿站着。那些大人们总是比较可恶，他们看到两个小女孩战战兢兢地走来想要过桥，总是会恶作剧地时不时拿良卜来捉弄我们一下。

"良卜良卜，快看！有人给你送米花糖来了呢！"他们笑嘻嘻地推搡着良卜，提醒着他又有小女孩要从桥上走过。

良卜迷迷瞪瞪地转过身。那天他倒是没有直接就"亮扑亮扑"地朝我们喷口水，也没有把他手里时常紧攥着的一把泥土突然朝我们砸过来。他只是静静地转过头，木木呆呆地没有任何表情地望着阿珍和我。

阿珍的手里拿着一块米花糖，正顾自慢慢地吃着。

"嘿！我说小妹妹，你们如果想要从这桥上过，可得把米花糖分给良卜吃，那样良卜才肯让你们过去哟。"那帮坏大人们嘻嘻哈哈地瞎闹着，并把良卜朝我们推过来。

"别怕，别怕，我们这良卜可是和蔼得很……根本不用怕他。他只要米花糖，只要米花糖。"他们笑嘻嘻地说。

桥被他们给满满地占据了，无论如何没有空隙可以钻过去。良卜的口涎水都挂到胸前了，他木木呆呆地，目不转睛地看着我们。

"珍，不要，不要，不理他，我们，我们去走那水堤那儿过吧。"我知道除了这座桥，还有另外的一处水堤那儿可以绕道回方山。只是那里会有点儿远，而且也常常是会有水漫过那些裸露在水面上的石块，一不小心就会弄湿鞋，还有可能会滑到水里，总之，很不好走。

"他，他，他可能真的只是想吃这米花糖。"阿珍天真地说，"没关系，我把米花糖给他，他就会放我们过去啦。"

阿珍不顾我的阻止，她小心翼翼地听着那些大人们的指使，颤颤巍巍地把米花糖朝良卜伸过去。

"走近些！再走近些！对！对！把手举高些！再举高些！他

就能拿到啦！"那些人看到阿珍又害怕又紧张的模样，开心地大笑。

良卜看到阿珍慢慢走近，果然也朝阿珍伸出手来，他的脸上带着笑，那迷迷瞪瞪的笑，看起来一副和颜悦色的样子。

他的脏手就要伸到阿珍的眼底了。他的脏兮兮的五根指头大大地叉开着，他的口涎水一连串地挂了下来，那副模样可真的是太难看啦！我紧紧地拽住阿珍的书包，书包背在阿珍的身上，被我扯得长长的。我决定一有不对就赶紧把阿珍拉回来，拉回到平安地带。

阿珍小心翼翼地伸长了手，想把米花糖放进良卜同样又脏又难看的手掌心里。

"亮扑亮扑！！！咕噜咕噜！！！"良卜在阿珍的手快要触到他掌心时突然地发狂了。他突然大大地伸长了手，一把把阿珍拖了过去，恶狠狠地噼里啪啦地开始摇晃阿珍。他的眼珠大大地朝外鼓着，他的口水在大滴大滴地垂挂下来。口水溅到了阿珍的头发上。他用力地摇着阿珍，嘴里大声地叫喊着一连串的我根本听不懂的话。他使劲地想要把阿珍搂进他的怀里。

"啊……！！！放开我！放开我！！！"阿珍拼命地挣扎着，想从他的双臂下挣脱出来。米花糖一时跌得到处都是。

"喂……喂……你们，你们快帮忙拉开他……他……"那时候我才读三年级，哪有多少力气，我只来得及用力扯住阿珍的书包，书包连着阿珍，只那么可怜兮兮地支撑两下，就老早拽不住连书包带人都被良卜的摇晃给扯过去了。我呜呜地哭着，赶紧去求那些刚才嘻嘻哈哈大笑着的大人们。

那些大人们也一时吓坏了，没有料到良卜会有这么大的反应。他们也赶紧冲上去，用力地去掰良卜的手。疯子的力量真是无穷大，他们好几个人围上去，才好不容易把阿珍从良卜的手里解救出来。

"快快快！你们快走！"他们一边把良卜用力摁在地上，一边催促着我们过桥。

"阿珍！快！快跑！"我跟跟跄跄地拖着阿珍，快快地从桥上跑过，跑到往方山而去的路上，一直跑啊跑，跑到离桥最远的前面大转弯处才敢停下来。我又惊又怕地呼呼喘气。远远依旧能听到良卜那"亮扑亮扑"的癫狂呼喝声在有一歇没一歇地传过来。

阿珍老早已瘫软在地。

那一次，是我亲眼看见一个安静沉思发呆的人暴发狰狞面目的最为清晰深刻的记忆。

阿珍被吓得躺在床上，整整三天不敢再去上课。

我也是一样，自从那样被良卜吓过之后，更加发誓，不管是什么原因，我可绝对不要去靠近那些脏兮兮黑乎乎头发打着结的老是一个人在发呆走来走去的人。这其中就包括自己方山村里的方石尖。

然而，我对石尖的惧怕，在后来的有一天，终于在一件小事情上，忽然就消失得干干净净。

除了一直以来我从来未曾听到过或是看到石尖有任何袭击人的举动，还因为那年的冬天，他竟然不顾冰冷溪水的汹涌，帮着我去追那件我不小心滑落的棉衣，一直追到溢洪道那儿才把它追了回来。是他的举动，彻底地扭转了我对癫人的看法。

那个冬天依旧是很冷，那是一个周日，我念小学五年级。

那天的天空闪动着巨大光芒四射的大太阳，令人恍惚以为春天就要来临了似的。我都已经有了经验了，这样的天气到小坝去洗头发正合适，有太阳照着一定不会觉得冷。除了洗头，还可以把爸爸妈妈昨天换下来的脏衣服也顺便去洗洗晾干。早饭后，我扯过一条毛巾，拿上肥皂，抱起那堆脏衣服，端起脸盆就出门去了。

才走到晒场，我就忽然看到那石尖正笑嘻嘻地站在那里。和以往任何时候看到的一个样，他穿得破破烂烂的，浑身散发着一股怪味，耷拉着两只手，一个人在那儿叽叽咕咕地自言自语着，独自走来走去。

我稍稍躲着他，绕过他的视线快快地走到小坝去。我很讨厌他那双眼睛，总是那么直勾勾地一动不动地盯着人不放。

"你，去……洗衣服啊？……"他倒是竟想学着其他村人们的样，把自己当成是正常人似的和别人打起招呼来。我理也不理他，远远地从他身边绕过，顾自跑到水坝去，认真地蹲在水边洗起衣服来。

石尖喜欢和人打招呼，他可是不管人家理不理他都极其地爱和人招呼。什么"你上山啊你下地啊你去赶集啊你饭吃了没有啊"的一大通，把人扰得不胜其烦。他也只会打招呼，又聊不来天，村人们才一接他的话茬，他还不是一句话都回不上来就只会顾自忙着讷讷地嘻嘻笑了。

"我，我，我没有呢，我没有把尿尿在身上呢。"人家可都没有问他这个问题，他就急着忙忙地分辩。他最善于回答、最爱回答的，也只限于这个答案：

"我，我，我没有呢，我没有把尿尿在身上呢。"

他又急又无辜地急急申辩着。

村人们喜欢看他急，便也常常与他开着玩笑吓唬他：

"石尖啊，我说你弟弟石平又出去了吧，你看你，都是因为你乱尿，把尿尿在身上！所以他啊，这回可是把你扔下不管了呢，他自己独个儿跑到外面娶媳妇去啦。"

"就是！谁叫你老是把尿尿在身上？你太臭了！臭到连你自己的弟弟都嫌弃你了哪！"村人们嘻嘻笑，一味地逗他：

"我说石尖，你到底想不想你弟弟能讨到老婆啊，来，快来搬石头，如果你能把这块石头搬回家，我就帮你家石平介绍个黄花大闺女！来！快来！"

"对！就是因为你太懒，所以你弟弟才讨不到老婆！来来来，只要你把这大石块搬到你家院子里，我们都会帮石平，保准帮她娶个货真价实的老婆回来！……"

村人们指使着他，各种捉弄。

那石尖的确是傻的，听到这样的鼓动，他赶紧就跑过来。一边忙忙地继续解释着那"我没尿尿"的辩词，一边就赶紧蹲下身子，开始使劲地搬起了村人们所指的那块大条石。他一边努着嘴一边使劲弓着身子用力地去挪那石块，一边还忽然改口起劲地喊着："我不懒！娶媳妇！我不懒！石平娶媳妇！！！"那石块又大又沉，他一个人如何搬得动？他一遍又一遍哼哧哼哧地滑倒在地，那个模样太有趣了，把一帮村人惹得笑得是各种东倒西歪。

这样的把戏我看到过很多次，我不喜欢那样的场合。总之对我来说只需记住一件事：灰头土脸的脏兮兮的石尖，最好是能离得多远就多远。

　　那天阳光明媚，又逢发电站正在发水，水又急又大，洗起衣服来真是轻松而写意，三下两下就把衣服都洗得干干净净。由于阳光暖烘烘地照着，加上劳动所带来的热量，我的身上很快就出汗了。严严实实的冬衣紧紧地裹在身上很不舒服，接下来就要洗头发了，会很不方便。我想了想索性站起身，把外面穿着的棉衣给脱了下来，顺手放到了溪水旁边的那块大石头上。

　　我明明是看好了再放的，棉衣应是稳稳地放在石头上的啊。我低下脑袋把头发浸到脸盆里。再一抬头时，却赫然发现我的棉衣不见了！

　　啊?!

　　我赶紧抬头四处寻找，怎么回事?

　　石头上什么也没有，再转头，我看到我的棉衣了，它不知何时竟然掉到了河水里去！河水又深又急，很快地，它随着水的流动，呼啦啦地往溢洪道那边漂去了！

　　那可是我今年过冬唯一的一件棉衣，如果被水冲走带进水闸那可就麻烦了！一卷进溢洪道，哪还找得回来?我赶紧站起身，甩着一头湿发，昏昏忙忙地沿着溪水，急急地追了上去。

　　我的个头太小，并不敢直接跳到水里去捞，怕自己也被冲走。然而眼下的岸边却根本找不到可以利用的长棒子什么的，我一边不知所措地跟着衣服跑一边却眼睁睁地看着那棉衣离我越来越远……天！我都急死了！

　　谁来帮我拦住它?!

　　这时候，我恍惚间好像看到溪的对面，也有一个人和我一样在快快地跑着，他比我跑得快，一下子跑到了更远的前面，

118

他也在朝着那件衣服追去。衣服随着溪水的流动，方向在变来变去，一会儿离岸很近，一会儿离岸又很远。我看到那个人忽然伸出手臂，直直地往那溪水中插去，可是那衣服很不听话，总是在他快要碰到的时候忽然又被水流带到溪的中央，再过一点点的距离，就是那闸门了，它，我的衣服，快要被卷入溢洪道了！我都快要哭起来了。突然，我看到那个也和我一样在追着棉衣的人纵身一跳，直通通地跳进了溪水里，他大踏步地在齐胸的冰冷溪水里走动着，三下两下，他的长长的手臂就碰到了我的衣服，他一下就把它捞了起来，直挺挺地把我的棉衣举在了空中。

谢天谢地！！！

那个湿淋淋地从水里爬了上来的人，满头满脑盘结了他标志性的又脏又乱的灰蒙蒙头发。

那是……石尖？

我看清楚了，真是人高马大的长手长脚的他。

他笑嘻嘻地走到我的面前，把棉衣朝我递过来，说："喏。"

只说了一个字："喏"。他笑嘻嘻抹了抹湿淋淋的脸，咧着嘴，眼睛亮晶晶地看了我一小会儿，忽然就转身蹦跶蹦跶地走开了。我晕头晕脑地接了过来。

那一瞬间，我一点儿也不觉得他是个癫人，更别说什么可怕的了。从头到尾他所散发出来所传递给我的，都与所有的正常人无异：善良，美好。不，也许比正常人还要好上许多，因为我知道，在那么寒冷的冬天，一个普通的正常人绝不会为了一件不是他自己的衣服而奋不顾身地跳进冰冷的河水里。想到这一点，我忽然觉得有点儿羞愧。

这样直挺挺地跳到水里，他会冻坏了吧。我想追上去对他说声谢谢，可是忽然又觉得他也许听不懂。我赶紧转身跑回家去，我气喘吁吁地跑回家对妈妈说："妈妈，妈妈，石尖，石尖……"

"石尖？什么石尖啊？"妈妈大惑不解。

"是那个癫人，他，他帮我捞衣服，他把他自己的衣服给全部弄湿啦。"我好不容易才跟妈妈说明白是怎么一回事。

妈妈赶紧跑到柜子里，找出爸爸的几件衣服，好拿去给他换上。

可是等到妈妈跑到外面的时候，却找了一圈也没有找着他。神出鬼没的石尖，一时不知跑哪儿去了。

"唉，你这孩子……但愿他不要感冒了才好。"她一边帮我烘烤我那湿透了的棉衣，一边担忧地说。

还好，石尖的体质出奇好。除了癫，除了不时地由于他自己不小心所弄成的这里磕出一块青或是那里被镰刀划出一道口子等等意外事故，他几乎从不生病。

捞衣服事件后的第二天，我一早就上学去了，没有看到他。然而放学回家的时候，还没有走到方山村的村口，我忽然远远地看到他正在隔着一座小木桥的本保殿那里，蹲在殿旁边不远的山的边缘上，拎着把锄头，似乎正在起劲地挖着什么。我在路的这边站了好久，想等着他抬起头来看到我时我再和他打招呼，我暂时还不敢走到他的面前去问他有没有感冒。

然而他挖得太认真了，一直没有抬过头。

"他在本保殿那儿？在挖东西？"妈妈听了我的描述之后，

放心地舒了一口气，"他一定是在挖冬笋了吧，会挖冬笋，那么肯定是不会感冒的啦。"

挖冬笋？

是的，石尖什么农活都做不好做不了。但是奇怪得很，他却有一手找冬笋的好手艺，也不知道他用的是什么方法，总之只要他上山去，不管是天晴下雨还是大年小年，他总是能踢踢踏踏地倒拖着锄头，手里捧着两株或是三株肥壮的冬笋回到村里。

不仅如此，他所挖的冬笋，总是最为完整无缺。他像是一个细致老到的老手艺人一样，竟是把挖冬笋当成是一种朝圣般的工作去做，从来也不会有挖断笋或是挖破笋这样的事情发生，在他认真仔细的操作下，每株嫩笋都是一副饱饱满满根叶齐全的俏丽模样。

石尖笑嘻嘻地把竹笋捧到他弟弟的面前，说："喏，卖，钱。"

"如果光是看他挖笋的本领，可真的是一点儿也不像癫人。"我的爸爸挖笋也算是有老经验了的，但是对于石尖的这项特长，连爸爸也情不自禁地甘拜下风。

缘于美丽的冬笋，所以挖笋专业户这个特殊的名字，就这样自然而然地成为除了癫人之外的贴在石尖身上的另外一个标签。

可是，为什么一个能使出好本领把那么难找那么难挖的冬笋都能找到挖出的厉害的石尖，又为什么是这样的一副痴呆模样呢。我既困惑，又觉可惜。

我问妈妈，可是妈妈说，她不是很清楚。她说她和我爸爸结婚的时候，石尖就已经是那个样子了。妈妈又说：

"照理应该是和那场洪水有关，可是一开始他并没有露出疯癫的模样，他们的父母死了之后的最初几年，他还神智清楚地认真地照顾着弟弟照顾了很久。"

"他照顾他弟弟？"我很好奇。我一向认为，是这疯癫哥哥拖累了弟弟。弟弟石平是个竹篾匠，做出来的竹器又精美又实用，在我们那里三乡五寨还颇有点儿小小的名气。我所看到的都是他的弟弟方石平在照顾他。

我还知道，方石平为了他的这个痴呆哥哥，丢掉过好几门亲事。因为那些女人，一听到嫁过来之后还要帮着照顾这个疯人哥哥，都掉头就走，再也不来了。每家每户的生活都不容易，谁愿意家里摊上这么一个连生活都无法自理的人？就算你方石平拥有一身好手艺，也没有哪个女人会肯来吃这个苦。一个月两个月，或是哪怕一年两年倒也还好，还勉强能忍受一下，可是谁知道他会活到多久呢？长年累月地面对这么一个疯人，谁会愿意？为石平上门说亲的人倒是不少，且许多女子乍一眼看到方石平时都是又欢喜又中意。可是一听到他有这么一个哥哥，且居然是说一定不肯抛开他哥哥不管，于是就有再大的好感也转身逃开了。

从我记事儿的那一天起，所看到的方石平，似乎在任何时候，都是沉默而寡言。

方石平和他哥哥不一样，他的个头比他哥哥稍小些，可是却长得眉清目秀，一副极其聪明伶俐的模样。他半缩着肩，额头上写着淡定的印记。他几乎从不与其他村人们隔三岔五地闲逛，更不会去和他们扎堆儿挤在一起。他平时除了在家一刻不停地把能完成的农活都尽可能一一地完成之外，还经常性地跑到外面去做竹篾匠活，他照顾着石尖所有的吃穿起居，他把在外面辛辛苦苦上门去做活赚来的钱，一点一点，全部都花费到这个贫瘠的家上面。

渐渐地，我从阿婆的嘴里，得知了他们之间的所有故事。

从洪水冲走后的一无所有，到眼下渐渐盖起一座小小的二层小屋，这兄弟俩，可说是吃够了苦头。小屋由两个房间组成，一间厨房一间卧室。卧室里放了两张床，弟弟和哥哥住在一起，是为了更方便能照顾到不时出意外的石尖。石尖白天的癫最多只是发发呆，可是有时候晚上的突然发疯那才叫可怕。入睡前还是好好的，但是半夜三更会忽然被触了电似的，整个人突然从床上蹿起，然后就忙不迭地连鞋子也不肯穿就要蹿到外面来。他一边喃喃地大声叫着"逃啊逃啊快逃啊"，一边忽然又钻回房子里这里扒扒那里扒扒像找什么似的在地上爬来爬去。他又跳又叫，忽然搬箱子忽然抬桌子衣柜，总是一不小心就会弄伤自己。每当那样的时候，石平总要花很大的劲才能把他安抚下来。有时逼着他吞下一颗药，有时则得紧紧地用力抱住他又挥又甩的胳膊，强迫他慢慢地安静下来。

"石尖啊，他总是在找他的爸爸妈妈……"阿婆告诉我，"他们的爸爸妈妈，当时被压在一根粗大的倒塌的屋梁下面，没有逃出来……石平这样照顾石尖，那也是报恩。洪水发生时石平五岁，是他哥哥半夜三更背着他逃到山上去才保下一条命。石尖当时也只有十一岁，父母死后，他就带着弟弟这里讨一点那里讨一点地过生活，亲戚朋友都投遍了，也没有人肯收留他们，这不，最后又回到了方山，就靠到山上又是挖野菜又是找冬笋，一个人学着种田种地，拉扯着弟弟。一直挨到终于石平也到十一岁了，才有个竹篾匠说是愿意带着石平去学艺，他们日子才终于好些起来。不过后来，石尖就突然地发了疯。也说不清是什么缘故，说不定是洪水时落下的病根，他是被吓着了。那些年又带弟弟又讨生活的，才撑着没有暴发。弟弟去学艺后，他先是得了个发热病，为了省钱硬是不去医院，后来渐渐的病虽好了，人却糊涂了，总之，等到石平学到手艺回到家的时候，他就变得呆呆的，就有一歇没一歇地再也没有好起来。"

阿婆和我的大姑妈一样，说起以前的事，不管是多么的凄凉和触目惊心，她们的描述总是平淡而毫无情绪：

"活着嘛，总会有这样那样的事。这不算什么，不过是没吃没喝而已。听说啊，以前那些生长在打仗时候的人们，那个才叫苦，那可不仅仅只是没得吃没得喝，那可是随时战战兢兢连命都保不住……像我们这样生在太平年代，吃点苦不算什么，每个人会遇到什么事要经历什么事，这也都是命中注定的事，没什么可叹气的。"阿婆像是总结什么似的对我说。

时光荏苒，突如其来的洪水改变了多少方山人的命运？如果当年的方石尖父母没有被倒塌的屋梁压死，那么就不会有后来的石尖变成癫人一说。如果说贫穷和困苦没有如影随形地紧跟着这兄弟俩，那么也许石平也能娶妻生子，过上幸福的生活。

我后来知道，那下村的良卜，成为癫人的那个原因，也是被刺激了的缘故。洪水不仅仅只是刮走了方山村的人，连邻近的下村也受到最为直接的影响，那些住在离溪流较近的人，在那天洪水来的晚上也同样被冲走了好几户。包括良卜的老婆阿良，以及他的那刚刚满了四岁的小女儿：阿布。

良……布。

他咕咕噜噜在嘴里反反复复地说着的不清不楚的话语，并不是在骂人，也不是在指责在发疯。他不过是在叫唤着他过去的那段美好岁月，在呼唤着他的妻子女儿的名字而已。

我望着眼前这座平整精致的坟，忍不住对姐姐说："现在，这石尖，终于去世了……那，姐姐你猜，还有没有人会愿意嫁给石平呢？"

"石平？结婚？"姐姐沉思了许久，说："石尖死了，我想，石平的一生也差不多快结束了吧。过了这么多年，你和我都快老啦，他还要结婚？绝对不可能。"

想想也是。

我垂下脑袋，摸了摸自己手指上那枚已是陈旧了的结婚戒指。是的，我的孩子都快要上小学了。从我记事起那石尖与石平便已露着苍老的模样。结婚？组织一个新的家庭？不仅仅在乡下，哪怕是在城市里，一个年过六十了的人，若想要找个伴搭个伙，也会被人谈论上半天，这可是一件非常不容易的事。更何况，现在的石平是真正的又老又穷，他的曾经算是一技之长的竹篾匠活，在现在这个科技发达的今天，也老早是不需要的了。而对于一个既没有经济基础，也没有家庭积蓄的半老不老了的农民，谁会愿意赔上后半生的时间，去和这样的一个人待在一起？

石尖的坟静静地耸立着。

我能理解亲情的伟大。小时候我并不觉得那有什么了不起，我所看到的石尖和石平，他们只是那样平凡地存在着，过着日复一日的恒久不变的生活。但是当我真正看到这样一份甘愿赔上一生的时间来依附在一起的亲情，我还是沉默了，是我被彻头彻尾地感动了？我想到了一个词：相濡以沫。是的，这种伟大已是远远地超出了伟大这两个字所蕴含的一切。

方山不只有洪水之后相濡以沫的"石尖兄弟"。还有与石尖兄弟同样是孤儿却又绝不一样的"真才兄弟"，那又是另外一个绝不相同的故事版本。这得从那座九间开的四合院说起。

方山村有个最香的地方，也有个最臭的地方，它们都同时并存一座九间开的四合院里。四合院里现在住着的就是另外两兄弟：真才与真丁。那里的香那里的臭，生动鲜明地展现了这兄弟俩的性格与作风，令人既退避三舍，又心生惋惜。

每次我们回方山去，最怕的就是路过那里，那里太臭了。又臭又脏又恶心。恶臭的原因是因为真才家的"缸儿"（茅房），就在四合院的正前方，紧邻着村马路。

很久以前，方山村由于原始的生活习惯，还由于为了施肥收肥的方便，总是喜欢把茅房建造在房子的外面。每家每户都是这样。

在那"百村整治"大改造的政府文件未曾下达到这个小山村的时候，这里的厕所都是这样直通通地裸露在人们的视线里的：在自己家的屋后偏后的地方，在靠近自家责任田的那一端转弯处，或是干脆些就直接搭建在进出方便的大马路旁，总之方山村的这个角落那个角落或是交通方便的村口，都是这些独个的或是相连或是一溜儿排起的缸儿式粪坑。

这些粪坑的搭建非常方便，只要有一口大缸便可。

人们抬着大缸，随随便便走到哪一处的空地上或是马路边，在那地上挖一个可以埋下大约三分之二的缸体的泥坑，然后把缸小心安放进坑里，再在周围堆回一些起稳固缸体作用的泥土即可。

简单而实用的粪坑，也许不仅仅是在方山，也是那个年代绝大部分农村里最为流行的基础设施吧。记得长大后看到的那本《活着》，作者余华就在里面曾经清晰有趣地提到过这种粪坑："我爹那两条瘦削的脚，像鸟爪一样，稳稳地站在粪缸的边沿……"

这样的粪坑，有些人家还不止一口。人们为了方便，常会整修上好几座：离家最近的，离马路最近的，离田野最近的，等等。随处可见的粪坑，是那个时候每个乡村里必有的可贵风景之一。

忽然想起，小时候我被寄养在姑妈家的那段日子，那里的如厕习惯才叫最为古怪和最为不可思议。

是如厕故事里的天方夜谭？

那个村可比方山村要大得多了。不过那里却没有这种随处可见的"缸儿"，而是在每隔大约七到八户房屋的接壤处，都会忽然耸起一座又高又宽的方方正正的大房子。那房子里面唯一的设施就是：粪坑。里面从一进门算起，一直排到最里面的角落，紧沿着墙的内侧，左右相对，一溜儿排起整齐有序的两排壮观的大缸儿。那阵式有点儿像现在的公共厕所，唯一不同的是那缸儿与缸儿之间也没有什么隔断，光溜溜的缸沿上彼此可以清晰地看到各自光溜溜的屁股。人们在每个清晨醒来后，男男女女老老少少，自然自在地排着队去到那大房子里，一边打着哈欠一边各自在属于自家的那口缸儿上认真地坐下，一边双手支在双膝上撑住身体奋力使劲，一边且还悠闲地聊起了天来：今天你们家上那块坡上去翻地？我家的早餐煮的是烙干饼，准备带在身边到远一点儿的田里去做活，番薯地里有地蚕，用什么办法抓最好，等等，聊天内容不一而足。

和谐自在地如厕，并把每日里遇到的家长里短彼此分享，性别的区分在那大缸儿房子里已被完全地忽视，人与人之间毫无隔阂，更毫无羞涩。

"他们，那些大人们，他们彼此遇到时真的一点儿也没有尴尬感吗？"我清晰地记得那尚是四五岁年纪的自己，每每要上这样的厕所时我的心里便总是万分的畏惧和紧张，总是在意那里有没有人，也总是忍着不去厕所，实在忍不牢不得不前往的时候只好先躲在那大房子的门外，我猫着腰，伸着细细的小脑袋，往里去仔仔细细窥探好，总要确认里面真的没人后我才敢进去。是因为我来自不同"如厕习惯"的方山，所以对于这样子在"大缸儿房子"里男女混杂地如厕总是会升起又羞又恼的心情？想必是的。

我突然想到一个词"文明"。小时候的我还不认识这个词，但是却隐约地认为小小山谷里我的家乡对于如厕的方法，应该要比姑妈这个村里要文明得多。

当然，也许是我多虑了？人与人之间原本不需要羞涩与隔阂。

方山村的人们，既知羞涩，也知勤俭。

除了那由于懒惰而不想花时间在这种小事上的阿娇家与不怕臭的方真才家之外，基本上每家每户，总会把自家的那座使用较为频繁的缸儿，最终慢慢地围掩起来。人们在缸的周围，搭上竹匾棚，顶上盖上干草。再渐渐地，生活再略为宽绰些的时候，就把草棚拆去，换成了灰瓦泥墙的方正小屋。粪坑被认真地掩盖进了小屋里，不仅可以在如厕的时候不致有碍观瞻，泥屋里还同时可以摆放一些粪桶之类的农用物具，一举两得。

宽绰改造后的缸儿小屋，也会立马拥有一个新名字：东司。

我家也有这样的东司。妈妈还曾给它取过一个有趣的名字，叫：虔诚房。

妈妈说，要对一切心存敬畏。如厕也是，要有所感激并认真对待。

美化村颜村貌的号召，把我们方山村那些个星星点点散布各处的，不管是缸儿也好东司也好，都给一一地摘了个干净。全村人渐次地造了新房，铺了新路，安了路灯，建了垃圾站，还建起了一间全新的真正意义上的公厕。可以说视线内也好空气中也好，终于实现了真正意义上的整洁、清新有序。

这是一件令人欢喜的事，不是吗？毕竟露天缸儿们的气味，在冬天还不觉得怎样，一到夏天可就令人受不了了。每天清晨傍晚的风儿轻轻吹过，空气里总会飘着那若有若无的正宗地道的乡村味道，实在有点儿让人倒胃口。

对于政府的举措，村人们个个都说好。

唯独方真才，他可一点儿也不愿意。

因为，拆掉他的缸儿，就意味着他不得不又一次进行公家事物的归还。缸儿移走后空出来的地，将不再是属于他方真才，而会按规划在那里铺上平地，种上绿色植物，种上花，要修整成公家面貌的样子。之前铺筑村与村之间公路的时候，他家邻近路边的田被割走了大约十五个厘米，他就已经是非常的不高兴的了。

他爱好侵占公家事物。公家的山、公家的田、公家的路，还有公家的树。他背着一把小锄头，看中哪里哪里就得归他。他在方山村的这条路旁安上一棵小枇杷苗，又在晒场那里的边角上叠上几垒砖，只要是经他手劳动过的地方，他就理直气壮地认为那里已是写上了方真才的名字，就得永远属于他，谁也休想再从他的手中夺走。

目标设立在美化村庄，所以拆移的政策是人人平等，并不会有任何的补偿。一听说要无偿配合，方真才就恼了：

"拆迁拆迁！你们可别以为我是好欺负的！我不认识字！可我也知道那拆迁可不管是城里还是乡下，都是一定会有补偿！想这样叫我白白迁走？门也没有！"

他抻起他那个象征生活富裕了的大肥肚子，直挺挺地躺在他们四合院前那座味道浓郁的露天大缸儿面前的泥地上，一边理直气壮地叫嚣着，一边把那些举着锄头试图强行工作的拆迁工作人员一脚一脚地蹬开："来！你们来！你们要拆！你们要拆！就从我的身上踩过去拆！你们有本事，就把我这个人也给拆拆散！"

村人们好心地劝诫，镇上也来过人，但没有人拿他有办法。难不成为了一只粪坑，还闹出人命不成？人们只好悻悻地散去，独独留下了他的宝贝粪坑。方山村条石砌成的村路别处都已是整洁又干净的了，唯独他们家门口的那一段保留了原来的样子：泥土路，又窄又细，灰尘满天。

"我不稀罕！我才不稀罕什么水泥条石路，想改建我们家门口的路？好说，先赔偿给我！"他倒竖着头发，直愣愣地嚷着。拓宽了他门前的路，遭殃的不只是粪坑，还有两棵他见缝插针种在路边的枇杷树。若是没有赔偿，那可实在太不划算。

"我方真才，从来都不是一个吃得了亏的人！想算计我？没门！"他老早以前便已对村人们这般振振有词地表明过。

有人以"威"立世，有人则以"赖"横行。

应该说，在方山村，再没有人比方真才更能"赖"的人了。他有脑子，他的脑子既聪明又灵活。他的"赖"有艺术，且还干脆，绝不拖泥带水。他的"赖"与生俱来。

就像当初的他把方山村仅存的那棵有着好看巨大冠状枝叶的桂花树，直通通地揽进了他的四合院里，他把他的弟弟直通通地赶到家门外，等等。所有这些在别人看来都无法做出的行为，他都用他直接明了的赖之法宝，轻轻松松就使自己的人生计划一一地得逞。

"树大好遮阴，我选中这桂花树，自有我的道理。"他大大咧咧地承认。

洪水来临的时候，方真才也不过是十八九岁的年纪。那时的他人瘦瘦小小，可不像现在这样大腹便便。当村里别人都还沉浸在亲人被冲走家园被冲毁的悲痛中难以回复时，他却能很快接受现实，并且展现出旁人少有的冷静和勤奋，开始早早地重组家园。

"也不知道从哪儿来的本钱，造房子，倒也不见得他有捉襟见肘过。"村人们有些疑惑。

对于真才的本领，人们说不出个清楚的所以然："好像，去找尸体的时候，他就和别人不一样。他不知从哪儿找来一只大大的豆腐袋，从上游一直找到下游，爸爸妈妈的尸体还没找着呢，他倒是能背回满满一大包的东西来，不知里面装了些什么。"

洪水给方真才带来了人生中的第一笔财富，虽说这财富好像来得有点儿不大光彩。但是不管怎样，从一次又一次背回来的鼓囊囊的豆腐袋里，加上政府的补助，方真才还联合了方山另外两户落难人的支持：方运好和方运正。他们每人三间，在那株枝叶茂盛的桂花树下，筑起了洪水后的第一栋屋子：小九间，四合院。

"这树，这里，不是祠堂的位置吗？这是公家的地盘，我们直接把家安在这里，可能不大妥的吧。"一开始运好和运正还有点儿迟疑，害怕村人们会反对。但是真才三言两语就把他们的顾虑给打消了："嗐！都什么时候了，还管这个？谁先下手谁得势！怕什么，乱糟糟的年代，咱就得乱糟糟地来！你们都是这么大的个，谁能管得了你们？"

祠堂那里地势平坦，虽然是个筑屋的好地方，但是祠堂那儿却也正对着水库的方向，之前祠堂已经被水一股脑儿地冲了个干干净净，把屋子造在那儿，岂不是要再担一次心？他们倒也不怕水来祠堂又一次被冲走。村人们是有点儿意见，可是这意见却比害怕要少得多了。

就如真才所料到的那样，自家的事儿都还忙不过来呢，谁会来管是谁占了公家祠堂的地盘，谁也懒得来理这茬。

真才可比村人们要聪明许多，人们所担忧的担忧，在他的眼里可一点儿也不算什么。一是他绝对肯定地认为，这新修好的堤坝，可是穿着整齐解放军服装的队伍来完成的事，应该不可能那么轻易又会坍塌。二是即使真的又有这样的事发生，那么最最快捷安全的去处他老早看好了，就是那棵桂花树。

这是一棵有着上百年岁数了的桂花树。树粗枝壮，在树上挂上个十个八个的人都没有问题，怕洪水？傻瓜一个！他们又怎么知道，我在那个晚上就是跑到这祠堂这里，三下两下就蹿到了树尖上，可不是吗？这树好好的，又牢又稳，能出什么事儿来！

真才的心里打着小九九，他的爸爸妈妈被洪水冲走了，这倒使他迅速丰茂地长大了起来。他在心里暗暗想着：

从今天开始，那可不用做死做活还得看爹娘的脸色了，接下来啊，什么都是自己的，什么都是自己一手建成。

洪水引起的忧伤表情，并没有占据他脸上太多的地方，反而是一种全新的、又满意又得意的神情正从真才的额头上，在一点点地显露出来，并渐渐地铺满整张面孔。他是这么敏捷而又准确地开始安排起了自己的崭新的人生。

他的聪明才智在这个小小的山村里，一次又一次地得到了淋漓尽致的发挥与施用。

"这样吧，房基？我家后山那里的石头最好，你们去那里打吧。不，不算钱，都是本村人，算什么钱？我们要先把房子盖起来才是最重要的头等大事。"他真诚真挚地对那搭伙的运好和运正说。

运好和运正的年纪，比真才大许多，一个二十五一个二十九，可以算是村人里面最为壮实有力的，五大三粗，浑身有使不完的劲。

方山村筑屋的房基石，的确是真才家后山的那一片岩石为最好，又硬又稳重。听到真才诚心诚意的邀请和热心的建议后，运好他们在心里想着："小小年纪的真才可是真懂事，又能体贴人，真是不可多得的人才。"他们感激着真才的大方，一边接受了他的建议直接就去往他的后山那里搬运石头，一边心里还暗暗地立了誓：自家搬好后，就去给真才搬，这房子，就要大家一起建立起来，那才叫好。

真才为他们找到了这么一个又平又好的祠堂宅基地，真才没有收他们的基石费，真才还愿意把最向阳的那六间位置先让出来给他们选。真才太好了，他们感激涕零。他们哼哧哼哧地赶紧多加了许多把劲，几乎把原属于真才的那一部分造房苦力活都给一手包揽了过来。

"你年纪小，又瘦，你就歇着点儿吧。我们来就行。"他们感激地说。运好和运正的老父老母没有被洪水冲走，房子造好后第一个住了进去，面对新的宽大的屋子，连老头老太也对真才赞不绝口：

"真才这个小伙子，是个好人，就凭他这样大方地对待我们家，我也得给他说说话，他把弟弟真丁赶走这种事，外人不好评说，这是他们的家事，各家都有各家的苦，人家也可能有他自己的苦衷，不能怪他……"每当村人们对于真才把弟弟真丁赶出家门这件事有点儿看不大惯的时候，这老两口总是赶紧第一个跳出来维护着。

洪水来临时，真才在他们家里排行是老大，中间还有两个弟弟，最后才是方真丁。那时候的方真丁，还不到八岁。

认识真丁的人，都知道他还有另外一个名字，叫"方和保"。

不是"宝"贝的"宝"，而是吃饭吃"饱"的"饱"。长大后他才把它改去，而认为他小时候所曾使用过的"饱"，一定不是这个"饱"，而是"保"证的"保"。

"我保证，下次可再不来偷吃啦。"这是小小的真丁那时候使用最多的一句话。

真丁和他哥哥一样很瘦，他比他哥哥还瘦。他和真才一样，在一夜之间失去了父母。他是家里最小的，原本可以说是集千般宠爱在一身，不管是哪一对父母，对于最小的孩子总是比对其他的小孩要更呵护更宠爱。而这一点，作为老大的真才老早就看不惯了：

"都快六岁了！我妈还一天到晚老是抱着他！我呀我，我在六岁的时候，那可是老早一筐一筐的猪草扎扎实实地割回家里来了！"真才抱怨着，一直愤恨着他爸爸妈妈的不公平："什么好吃的，总是先给他！什么好玩的，也是先给他！"

真丁满六岁生日的时候，他的爸爸亲手做了一只竹制的玩具水枪给真丁。为了这只玩具水枪，真才曾经极力怂恿过他的另外两个弟弟，要他们去从真丁的手里抢过来玩。只可惜那两个弟弟怕挨老爹的打，没有敢认真实施过。

"都是没用的人！"撺掇不成，真才又恨又恼。

当然这另外的两个弟弟，和他们的爸爸妈妈一样，后来都在洪水中死掉了。

"我管不了你！我可跟你说，我没有这份义务！你是我的弟弟，可不是我的小孩！爸爸妈妈不在了，以后各管各的，别来烦我！"真才振振有词地对弟弟说完这番宣言后，直挺挺地直接就把真丁轰到了家门外。

方山村里本来所剩的人就已经没有多少，就算真丁还剩下一两个直系的叔啊伯啊的亲戚，然而每户人家都有自己各自的辛苦，无端要多出一张嘴吃饭？对于任何一家来说都是个赔不起的负担。这不，真丁被真才拒在家门之外后的日子，只好有一搭没一搭地这一家混一口，那一家讨点儿饭。村里人这个递给他一个芋头，那个盛给他半碗稀粥。大家伙儿一起帮他使使劲，算是和着把他喂喂饱吧。和饱，和饱。村人们心照不宣，有时明明看到锅里的野菜粥悄无声息地浅下去了一大截，大家也知道一定是真丁偷偷来过了，但也不去揭发，就这样有一搭没一搭的，时间慢慢过去，真丁也算是无病无灾地长大起来。

慢慢地，他不仅只在方山混饭吃，他也开始跑到外面去。慢慢地三村五乡的人也都知道有这么一个"和饱"了：

"喂！是你啊！和宝和宝！名字倒是起得好！我说啊，就是你这小乞丐，把我家灶台上煨着的玉米饼给偷吃了的吧！这回倒也罢了，下回再敢这样，可当心我把你的脏手给扭下来哟！"外村的人可不比自家的方山人，每每逮到的时候就这么吓唬他。害得和保赶紧急急地手忙脚乱地起誓："不！不！我保证，我再也不会来偷吃的了……呜呜，我保证……"

小小年纪的真丁，可算是吃尽了苦头。

他时而出现在方山，惨兮兮地跟在他大哥后面，试图从他那吝啬到无法想象的大哥手里弄到一点儿多余的口粮。他想试着学着他大哥的无赖模样，在那煮有热腾腾红薯米汤的灶台前，绝对坚定地不肯挪开步。有时他赢了，有时则撑不住大哥咒骂捶打的力度和密度，只来得及抢到一根玉米，便急匆匆逃开。

他一直逃到方山之外，逃到外村去，有时十天八天也不回来。

一直到后来又有一次离开方山后，有两年多都没有他的消息，村人们一度都以为他已经是遭遇了不幸。许久后才突然有消息传来，原来他在离方山村很远的一个叫"凤山"的村子里，找到了一户亲戚，那亲戚对他极好，所以他就不回来了。

据说，是他妈妈那头的远亲。真丁因为饿，又接连好些天没有弄到吃的，所以一直走啊走走啊走，误打误撞就走到了那个有亲戚的村子。他在其中一户有着齐整门槛的屋子前突然晕倒在地，走不了了。那屋子里住着一个老女人，独身。她巍巍颤颤地把倒在门口的饿得奄奄一息的陌生男孩扶了起来，扶回院子里。她给他盛上了一碗热汤，等他醒来后就问了他一些事。对着断断续续的资料，老妇人忽然认定真丁就是她远房侄女的孩子：

"那时候，虽说没有什么来往，但是一定就是她，我有听说过，她嫁到方山去了。"老妇人肯定地点点头，并且还和颜悦色地对真丁说："你说你叫，和保？哦，原来的名字叫真丁？都可以，都可以，叫什么都可以。反正我没有小孩，从今天开始啊，你就不要再走来走去的了，就在这里住下吧。"

顿了顿，老妇人又说："反正，你姨婆我呀，也是姓方，以后你就叫方和保吧，好不？和和平平，保佑你保佑我，挺好的。"

为了在那新的家里有着长久的立身之地，真丁可算是运用出所有小孩能想出的乖巧伶俐法子，把这老太太哄得个是又欢喜又舒服。

在凤山待了不到一年他就摸清楚了底细，想要给方老婆子当儿子的人还真不少，凤山村里连枝带叶的，绝大部分都是这老太太的本家亲戚。真丁的脑瓜子可是警觉得很，他不想这天上掉下来的姨婆被别人抢了去。为了让老太太开心，他使出浑身解数，里里外外地张罗，又是扫地又是擦桌。他的嘴里甜甜地叫着，细细长长的手脚忙忙碌碌地奔跑着，着实是又贴心又仔细。凤山村的人又嫉又恨地叹气："真是见鬼！瞧这老太婆自从这小乞丐来了之后的那股欢快劲！哼！"

老太婆没有小孩，却拥有一份不少的家产，不仅是有田有地有房子，据说手里还握有一笔数量颇为可观的叫"银圆"的稀罕物。村里的本家们，三天两头带着自家的小孩上门去，想要讨得老太婆的欢心。可是不知道这老太婆是怎么想的，却是一个也没有看上眼，偏偏对这来自偏远山区的不清不楚的什么"侄女小孩"发起了善心来，莫名其妙地把这个和保收在了膝下。凤山村的人真是郁闷啊，却也没有办法。

方真丁正式化名为方和保，在凤山安安静静地住了下来。

弟弟既已赶走，这下真才可以专心办另一件人生大事了：娶亲。

那一年春天，祠堂那棵大四季桂的香味，从真才他们新四合院的墙头上轻柔地飘了出来，那甜美清新的气息在小小的山谷里散发出来，仿佛在不停地告诉着方山村的每一个人：春天来了，春天来了。

春天来了，文姨婆也来了。

文姨婆那张喜滋滋的老脸笑成了一朵花，她小心翼翼地接过方真才包在红纸包里整整二十元的"说媒劳务费"以及他的生辰八字，动用着她那三寸不烂之舌，不出两个月，她就帮方真才给撮合了一门亲事。

"我这男方啊，他的八字那可叫好啊！他不仅仅是独一个人，没有了老爷娘要供养，他一点儿负担也没有。他可还有两口又大又好的大粪坑，那里面的肥，那可是要多少就有多少！"文姨婆快活地奔走着，把真才的好八字高高地举到了那些三乡五村待嫁闺女的老爹老妈眼底，热烈地真挚地推销着真才。

在真才建议下建好的小九间四合院，最西面朝着马路的那两三间，成了真才的新家。真才早就想好了。新屋一落成，他就立马在门前马路边的最显眼处扎下了两座大粪坑。

"粪宝粪宝，有粪就有宝，在乡下，可是再没有比这个更重要的了。"他得意扬扬地算计着，他的门前的马路，不仅仅是村里人上山下地的必经之路，且还是穿村而过、前往另外两个山村的人们的必经之路："到时候，可不只是我自己，还有那外村人。去往历山村、土山头村的，都得从这经过，走着路时，谁不难免有个这急那急的，到时候啊，哈，他们，看到我这粪坑，多顺便。一定是能让我多收了许多的肥回来。"

真才一边认真地扎下自己的两座心爱的大粪坑，一边还体贴地关照着运好运正的老父老母："你们老人家啊，腿脚不方便，去往马路边不好，所以屋后的那块空闲处，就给了你们，扎在那儿，又僻静又近，没有人会打扰的啊。"细致殷勤的话语，一时把老两口说得个是频频点头。

粪坑稳妥埋好不久后的第一个立夏日，真才的新媳妇就被人抬着敲敲打打地送进了门。

那时结婚，流行抬轿。并不是说新媳妇要坐轿子，新媳妇走路，坐轿的是那些嫁妆。

在新嫁日到来之前，女方会把男方送过来的聘礼钱，一一地转化成新婚送嫁器具：一只大衣柜、两只五斗柜、三只木头洗脚盒、四床簇新棉花被、五把气派八仙椅、六捆贵气大红新蜡烛等等各类崭新物事。这些物事，被一一认真细致地分开摆放到轿架上，再各个被认真细致地绑上大红喜字，吹吹打打地鸣乐送回到男方新喜房里，这是规矩。有些疼惜女儿的父母，则往往会在原先男方购置的物品之外再加上一二轿自家娘家的真正的嫁妆，或是几只垫脚凳或是几升大白米面等等不一而足。最了不得的人家，有时图个围观人们的赞叹和艳羡，父母会下血本一口气买上两只大彩花搪瓷脸盆外加两只大彩花铝制热水壶。在那个时候，搪瓷脸盆可算是稀罕物事，彩花热水壶也是，都是了不得的身份象征。娘家人在每只瓷盆上都郑重地贴上大红喜字，把它们一一绑缚在那架高昂着头的轿杆顶上，显得又富足又金贵。

在每个婚嫁日热闹而喜庆的鞭炮声中，人们除了暗暗扳着指头点数着这个新嫁娘有多少根轿杆以外，还会交头接耳地议论着打听着："她家，有嫁搪瓷脸盆了吗？有没有热水壶？有几只？啊，真有钱哪！她们家，整整嫁了四只热水壶！"

人们快活地从窥视别人生活实力的探究里，得到了种种说不清道不明的满足。

阿花，真才的媳妇。虽说没有额外的大搪瓷脸盆做嫁妆，却也令人羡慕地带了两把正宗的热水壶过来。热水壶上印着大红彩花，喜庆富贵，烧开的热水一旦倒在里面，整整二十四个小时后还是滚热滚热。由这两只意外的热水壶，真才常觉得自豪无比：

"呵呵，这可是装在热水壶里的热水哦，要不要到我家去倒一杯？我家啊，随时都有！"真才晃动着一大碗刚刚从热水壶里倒出来的烫开水，得意扬扬地在晒谷场上走来走去，炫耀地向村人们搭讪着。

村人们都说，这真才不知是哪世修来的福，竟能讨到一个这么好的媳妇。他的媳妇，不仅带来了热水瓶，而且为人脾气都很好，对丈夫又顺从又勤快。

真才会使用种种人们想不出的方法来得到一些不知从哪儿得来的小小财富，但是对于农活与家务活却从来都是又赖又懒。媳妇一进门，就几乎把家里所有的活都给包揽了下来，真才在媳妇到来的第一天就给她认认真真地上过课：

"三从四德三从四德。在家从父出外从夫。现在你是我的人了，就得什么都听我的。而什么是四德呢？说穿了四个德加在一起其实就是一件事：听丈夫的话！做好守本分的妻子！所以，你什么都不用管，只管乖乖地把我所有的话都听在耳里就可以，我让你做什么，你就做什么。"

真才一套一套地说着"道理"，把她的新媳妇说得频频地点头称是。

阿花很听话，她认认真真地跟在她的丈夫后面，认认真真地一点一点记住所有的"为妻之道"。

她每天都是一大早就起床，往往比真才要早起足足有一个多小时。她先把灶台上昨晚入睡前就准备好了的红薯块煮好煨热，炉膛里堆好保暖的炭灰。她认真地把热水壶里的热水一一灌满，真才说了，热乎乎的水配上热乎乎的烤薯，是早餐不可多得的美味。她一边弄早餐一边喂猪喂鸡喂鸭还要清扫屋子的里里外外。早餐弄妥当后，她抱着大堆大堆的脏衣服去往水坝里，一一地把脏衣服清洗干净。衣服洗好晒好，她赶紧回到家——真才那个时候通常应该是还在被窝里舒服地躺着——拎起锄头下地去，每一天田野里的活计，都是真才在前一晚上给她安排好，要去哪儿，做哪些农活，都由真才说了算。她一个人匆匆下地，一边忙忙地干活一边又急急赶回家，因为到做中饭的时间了，可不能一日三餐都是吃红薯块，对真才的身体不好。在那样并不富裕的年代，阿花尽可能地想着法儿变换着灶台上的餐食，有时野菜有时杂面，有时汤粥有时馒头。弄完中饭再到地里去，晚饭时间回来再做晚饭。晚饭后给丈夫打好洗脸水洗脚水，什么程序都不能错过，不会弄乱。就是这样的如此那般神奇贤惠的阿花。

忙忙碌碌的阿花，一点儿也没有因为自己做了那么多的农活家务活而心有不甘。恰恰相反，她常觉得自己很幸福，没有别的原因，只因为她嫁给真才后，真才一次也没有打过她：

"在我们那个村里，当丈夫的打妻子是常事，不管有事没事，闲了就打。我的妈妈也常被爸爸打，我认为所有的丈夫都是会打妻子的，只是有些在人前打有些在人后打，不同的打法而已。可是我们家真才不一样，他真的不打，从来没有打过我，不管人前人后，他对我都一个样，呵，他真的很好……"阿花用一种捡到什么宝贝似的口吻向其他人描述他的真才：

"别说是我刚嫁过来时他不打我，你看这后来，我这不是头胎二胎生的都是女儿吗，如果是在我们村，光这一点做丈夫的就得把你往死里打，他们会说你是个绝后代的倒霉婆娘，净是生些"不带把"的赔钱货，光是唾沫也能把你淹死……可你看我们家真才，就是这么大的事，他也还是和过去一样，还是不打我，这真是我天大的福分。我已经很满足了，他对我的宽容，我想我是一辈子也报答不了，这多做点儿活什么的，还不是我分内的事么……"

只是因为"不打老婆"这么一点照理说是再普通正常不过的行为，到了阿花那里竟成了她对丈夫既崇拜且百依百顺的基础和理由，这也不得不说是一种神奇。

"女儿，好吧。没关系，我们看看下一个，看看下一个是不是儿子再说吧。"真才在阿花生下第一个女儿的时候漫不经心地说。

"他可不是懒，是我不愿意让他干活，只要我愿意，他可是随时都会来帮我。我们家真才可不是你们想象的那样，而是他要想事情，他的力气都得花在脑力劳动上，那才是累人，你们不懂……我们家，都亏有真才全盘安排，否则的话，什么事也做不了，他啊，他比我还要忙碌许多呢。"有时村人们看不过去想提醒两句时，阿花总是会及时把别人未说完的话一口挡回去，为了维护好真才的形象，她是真心真意的不厌其烦。

她常在心底感叹着自己嫁了一个这么能干又有同情心的老公。

想事情？的确是的。真才每天最喜爱做的事就是：想事情。一张破破烂烂的竹躺椅一年四季摊放在他们四合院那棵高大的桂花树下，真才一年四季躺在那破破烂烂的竹躺椅上想事情。

真才没有因为阿花生下大女儿唤娣而对阿花有过粗手或是

粗口。真才可是自信得很，他堂堂方真才，怎么会没有儿子？等着就行！

果然，来年第二胎的时候，虽说阿花又是不小心产下了一个女娃，不过那个女娃养得并不是太久，就得到一种叫不出名的"睡觉病"，生下来后就老是不停地睡觉，后来有一天睡着后就突然再也没有醒过来。而阿花的肚皮也确实很争气，二女儿死掉才没几个月，立马又怀孕了，这一次不负众望，"呼啦"一声就给真才生下了个大白胖儿子！不仅第三胎是男胎，接下来的第四胎、第五胎都是！阿花真厉害，她一口气给真才生了三个大白胖儿子！什么脸面都撑回来了，据阿花说，这也是由于真才天天认真"想事情"的结果：

"我们真才说了，这生儿子也是一样，也要认真想仔细想，都生得出，这都得靠脑子，得有计算……"

村人们这下哑口无言了，果然是奇人奇事多，家家有本不一样的经，看来还是不要去好奇人家是怎么"想事情"的，还不如注意别让他把"事情"想到你家来就好了。

为什么这么说呢？那是因为，不管是谁，在方山如果一不小心被真才的"事情"想到脑子里，那么麻烦就会无穷无尽。真才的"想事情"，在后来时不时发生的"意外事情"里，可以说他的天才和智慧被演绎得淋漓尽致。比如说：他家的鸡不小心发瘟死了一只。

养了整整两个月了的鸡呢，才刚刚长大不久，多令人沮丧又可惜。阿花望着死鸡，扁了扁嘴正想开始大声地哭唱——方山村有好几位女人很善于又哭又唱，阿花也算是其中之一，这是方山女人用来排解情绪宣泄心情的一种惯用方法——起来时，"嘘"的一声，真才赶紧把她止住了。

真才从鸡笼里拎出鸡，并嘱咐着阿花赶紧给其他的鸡灌几粒阿托品用来防治。然后他拎着死鸡，等着其他村人们全睡熟了才走出去。他乘着夜色，在半夜三更悄悄地跑到他屋后不远处那叫"菱形角"的稻谷田里，他把死鸡悄无声息地放置到那金灿灿稻谷快要成熟的直挺挺的新稻根茎之边，然后悄无声息地潜回家里。

第二天一大早，阿花喂饱他们的第一个宝贝男孩儿后把他又哄哄睡，扛着柴刀到山上去。"你先上山去，估摸着太阳照到九道山梁那儿的时候你就赶紧回来。"真才叮嘱阿花。

他自己呢？则一边又美美地睡了一小会儿然后一边打着哈欠起来了。他连早饭都不吃，就在四合院里慌里慌张地找起了鸡来。

"咕咕咕……咕咕咕……"他一边把鸡笼里的鸡都放了出来，一边装模作样地数着数，"一只、两只、三只……咦？怎么只有七只？还有一只呢？"

"唉，昨晚阿花从山下砍柴回来晚了。所以啊，是我收的鸡，那时候天黑乎乎的，都没注意呢，怎么就，少了一只呢？"他皱着眉头，大声地嚷嚷着，目的是为了让同在四合院里一起住着的那老两口听见。

"啊……鸡，鸡少了？"运好运正的老父老母正好在四合院中央在颤颤巍巍地晒着尿布。今天的太阳有些猛，特别适合晾晒大把大把的尿布，他们的两个乖儿子也刚结婚，正生下一对嫩汪汪的闺女，每天都有洗不完的大块小块的花花绿绿的尿布。

"要不？赶紧到外面去找找去吧？会不会丢在外面，饿了整整一晚上了呢。去找找，沿着马路找，赶紧去找回来。没关系，咱这小村小地的，就这么点儿地方，丢不了。"老太太给真才出主意。

"找找，嗯，我得赶紧去找找……"真才假装接受了老太太的建议，摆手摆脚地跑到门外去了。

"咕咕咕咕咕咕，唉！跑哪儿去了啊！"大清早前村后店在家里端着早饭刚刚在吃的也好，去了地里已开始认真做农活了的也好，方山人一时都听到了真才着急认真地找鸡的呼唤声和叹气声。

"咕咕咕，咕咕咕，啊！"听到最后的那一个长长大声的"啊"字，人们一时还以为发生了谋杀案了。

"鸡！我的鸡啊！大家来看看！来看看我的鸡啊，我的又壮又肥的鸡，怎么，怎么就这样给毒死了啊！"在那丘齐整美丽的稻谷田的深处，村人们看到真才准确直接地把他家昨晚丢失的"大肥活鸡"一下子给提溜了出来。

"都什么时候了，居然还下毒，这，这些人，这些人可真是没有天地良心啊。那是谁家的田，是谁家的田啊！"真才一边大声地嚷嚷着，一边伤心愤怒地拎着鸡，嗵嗵地就跑到我家门口来。死鸡瘦骨伶仃，在稻谷田里待了一夜，扑通一声歪着脑袋湿答答地跌落在我家院子的枇杷树下。

"庆堂，你快出来，出来帮我评评理，你是村主任，你得帮我出来评评理啊。"真才一边叫着我爸爸的名字，一边放下死鸡后继续着他那悲愤悲伤的表情一脚跨进我们家堂屋。

"庆堂不在，他去乡里开会去了。"我妈妈赶紧迎出门。

"外面吵吵嚷嚷的，发生了什么事了？这么多人涌到院子里。"

方山人只要一有事一出事，第一件事情就是来找我的爸爸，什么大事小事都要跑到我家来。没有办法，谁让我爸是村主任呢。

跟在真才后面沿村一道跑到我家来看热闹的，除了傻呆呆的方石尖和运正运好的老爸老妈外——老两口与真才住同院子是自己人，所以又关心又好心地想一道跟过来看看到底怎么回事——都是些半大不大的小孩。大人们都在田里干活，哪有人会为了一只死鸡而兴师动众。

"我，我方真才，都是自己不好，我不去做农活。我居然连那丘田是谁家的我都不知道！庆堂不在没关系，我就问问，那是谁家的田！事情得有个理，得有个理的啊！"真才有板有眼地叉着腰对围观的人们说，他仿佛铁定他的说法一定能得到在场所有观众的认可似的。

"是啊，都现在的季节了，还投什么药？谁这么缺德？真是奇怪……"那老两口刚晒完尿布，手还半湿不湿的，他们一边把湿手往自己衣服的前襟胡乱地擦了擦，因为同情真才，老头还想蹲下身子去摸摸那死鸡，一边却又觉得自己的一把老骨头已是很不方便，实在是蹲不下去。

"死鸡，在哪里发现的啊？"爸爸不在，我妈妈只好礼节性地赶紧问候一下，并且认真地提议，"要不，去找找龙书记？龙书记没有去开会，我家庆堂说了，今天的会只需要村主任参加，他要傍晚才能回来。"

"龙书记，龙书记还不是和我一样，也是不下地干活的！他能知道是谁家的地？"真才捶胸顿足。

　　小孩子们你看看我我看看你，他们又热烈又兴奋又害怕地看着这个在包围圈中心的和鸡蹲在一块的伤心欲绝的大声嚷嚷的大男人，想知道下一步事情将会怎么上演。

　　"让开！让开！给我看看！给我看看！鸡？啊！真的是我家的鸡啊！"这边这个还没有完呢，圈外又一个尖厉的声音响了起来。不知何时那原本上山去的阿花突然回来了，她手里抱着儿子，好像刚得知这个事情似的，用力挤进来之后，蹲在不说话不出声的死鸡旁边，也长一声短一声地开始声讨起来："是谁?！谁毒死了我的鸡！……赔我！一定要赔给我！"她又叫又唱地哭喊了一通之后，"嚯"地站起，眼睛瞪得铜铃般大，恶狠狠地用力环视了一圈围观的人们——其实都是些小孩子——后，再一次坚定坚决地说着她的心声：

　　"……赔！找出他来！叫他赔！立马得赔啊！！！"

　　"这，对了，真才，你说嘛，你说说看，这鸡你是在哪儿发现的啊？"老两口看到这情景，有点儿急了。看到好人真才夫妇这么伤心难过的样子，他们的心里也不好受。他们小心翼翼地劝慰着，试图帮上一点儿忙：

　　"刚才忙乱，都一直忘了问，你说说看，是在哪儿找到你的鸡的啊？我们老两口啊，虽说已没力气下地去干活，但是这方山村的里里外外，哪儿的田哪儿的地是谁家谁户的，我们都一清二楚，你可以问我们……"

　　"对啊对啊，要不你先说说，这鸡，是在哪儿发现的啊？虽说该怎么处理我也一时没有办法，不过，我们至少可以先知道它是死在哪儿的对吧？先弄清楚事情，再慢慢商量也不迟。"我妈妈赶紧也附和着那老两口的建议。真才夫妇的哭闹听着实在不好受，妈妈想着最好能忽然找到方法可以叫他们快快地走开。

"鸡啊，嗯！它就在那'菱形角'那里发现的！就在那儿！"真才还说他不下地呢，可是那丘田的名字却一下子准确地说了出来，好像他等待着人们问这个问题等了许久似的。

"啊？什，什……么？菱，菱形角？……"那刚才还在俯身安慰着真才夫妇的老两口一听这个地名，一下子就傻眼了。"在那里？真……真的？"

"噢，是'菱形角'！那是在路边，那可是在路边的田哪！这些人啊，怎么这么狠啊！居然在路边也下药啊！"阿花像突然被打了鸡血似的，整个人忽然变得精神了，她又嚷又叫，"不管是谁家！在路边下药就是不对！一定要赔！要叫他赔！"

"啊？那里？可是，那是在路边的田，怎么会有人下毒？"我妈妈也知道，那个叫菱形角的地方，也就是那最靠近路边的那丘田，是通往历山村小路的必经之地。一般在那个地理位置，是不应该下药放药的。村里有过明确规定，但凡要下药埋药护稻田，都必然遵从两个规矩：一是靠近马路边的那一侧一定不能下，就是怕有牲畜不知深浅误吃了稻子后出事，因为毕竟光是拿植物与动物来说，动物可是比植物金贵许多，少几颗谷子没什么，但是如果害了动物的命那可就不好了。二是稻谷将要成熟时不能下。只要早些在村广播里大声地宣告过下药的时间与地点，那么村人们也会明白事理而自动遵守，种养一丘田并不容易，如果说才青青禾苗时就被家畜或是野畜吃掉那可太可惜了。

可是现在，这药下得可真不是时候。它下在了马路边，不声不响地。且还在稻子已泛黄的季节，没过几天就已经要收割了，哪还需要下什么毒？

"这太可恶了！这不是明摆着的吗？稻谷泛黄时就是鸡们最喜欢去又嗑又啄的，它这不是明摆着就想毒死我家的鸡吗？我家离那最近！太黑心了！少儿颗谷子竟然那么重要？竟下这般毒手！不管了，一定得赔！不管是谁家的都得给我赔！"阿花直接点明了主题。

"这，这……"我妈妈完全束手无策，一点办法也没有。因为此刻我妈妈已经知道了，这会儿出事的事主和惹事的事主已经全部到场，只等着村主任或是村主任夫人给他们拿主意的了。

对，那处叫"菱形角"的稻谷田，就是运好运正这又热心又老实的老两口他们家的。他们还没有分过家，一家八口，没日没夜，小心仔细地打理着那丘分到他们手里的唯一水田。村人们都刚赞扬过，羡慕他们今年的稻子侍弄得好，株株粒大饱满，大家都已经给他们毛估估过了，等收割后起码可以装上满满的四大担箩筐。可这会儿，那无知的稻田，竟然突然惹出这事！

"我，我，我们……我们家，没有下过药的啊……"老两口嗫嗫嚅嚅地。

"没下药?! 啊！难道我还诓你们不成?! 这鸡！这死鸡！不是已经明摆着放在这儿了的吗？"阿花不知从哪儿来的力气。刚才她挤进人群里时尚且还抱着她的儿子呢，她用力把儿子塞到真才的手里。由于太用力，儿子一时可能被弄疼了，于是也放开小嘴哇哇地大声哭闹了起来。

她把孩子一放开，就快快地俯身蹲到前面地上去捡起那只死鸡，她把那鸡直直地伸到老两口的鼻子前面去：

"你们闻闻！你们闻闻！明明是乐果的味！为了一只鸡，难道我还诓你不成?！明明是乐果的味！这不是毒死难道还是我动手掐死不成?！就算我们家生活再不好，也不至于要动手掐死自家的鸡啊？你说是不是？是不是?！"

"我可不管，毒死了我家的鸡，可是一定得赔！古话说了，亲兄弟还明算账呢！虽说我们是住在一个院子里，可是这一事归一事！你们毒死了我的鸡，就得赔！这是鸡！这可是活生生的鸡啊！大伙儿评评理，是不是?！是不是?！"

阿花越说越带劲，越说越有道理，越说越顺。

"还别说是我辛辛苦苦地喂它养它，光说是买小鸡崽时候花的钱，就已经是一大笔！可现在倒好，我还说好不容易终于盼到了它能下蛋的时候！它却被毒死了！……

"是公鸡倒也还好，可是它是只母鸡！是我的最爱最疼的母鸡啊，它，它怎么就这么给毒死了啊……

"想想看！想想看！它下蛋！每天下一个蛋！有时还下双黄蛋！那得多少钱，多少钱！可是现在，你们看！你们看看！它都成什么样了！我的鸡，我的可怜的鸡啊!!!"

阿花在真才的漫不经心地使着的合适眼色下，一把鼻涕一把泪，一声接着一声地哭着叫着唱着。那阵势简直是比死了闺女时都还要伤心悲痛几分。

"这已经是明摆着的事。"真才倒没有像阿花那么歇斯底里，他好像突然平静了。他一边在心里暗暗赞许着内家的表现，一边和事佬似的转过头去对老两口说："啊，现在可知道了，那是你们家的地。那，我也不想再多说其他的话了。这样吧！村主任不在，可是龙书记是在的啊？我们一起找他去，明摆着的事，一清二楚，该怎样就怎样，我可不怪你们啊！"他继续使眼色，意思让阿花去拖那老两口，要一起把他们拖到管事人的面前去。

"怎么样？庆堂他嫂子，你也一起来做个证人！你也是咱村的一分子，现在出这事儿了，都能帮个忙是吧？走！一起都到龙书记家去一趟！"真才抱着他那哇哇哭叫着的孩子，来扯我妈妈的手，怂恿我妈妈也一起陪去。

那会儿太阳已慢慢升到中午了，白光光的太阳热热地照射在我家枇杷树绿油油的叶子上，满头满脑铺盖下来的热量弥漫塞堵在这小小的院子里。夏日的威严未曾过去，秋老虎的狠劲正在肆无忌惮地奔向这个小小山村。折腾了大半个上午，大家都有点儿倦了，事情似乎已呈明显之势，只是看下一步处理得轻重了。

"走！大家都走！一个也不要落下！都去评评理，去说道说道！"

阿花披头散发地，推推搡搡地扯着那老两口的胳膊，她起劲地努起嘴，起劲地走在头里，往院门外走去。这时已有干活的其他村人也正陆续地从地里回来，大家有些知道发生了什么，有些却还完全迷糊。在这阿花又是努嘴又是邀请的推挤下，一大帮人，竟都跌跌撞撞地跟着一起到龙书记家去。

中途时候，又正好遇到了运好、运正。

因为是事情的中心，他们哥儿俩也是刚刚从山上砍柴下来，肩上还扛着两大捆又粗又重的青柴火，头昏脑涨地完全没有回过神，就被大家半是好心半是坚决地催着，他们把柴火也赶紧扔在半道上，满头大汗地就被卷入了队伍。

大家叽叽喳喳、轰轰烈烈地游街似的把这哥俩加上他们的老父老母，在真才漫不经心地鼓动下，不经意地当作了犯人似的押在了行走的队伍的最前头。

"赔！就算是住在同一个院子，也不能讲情面！如果都这么乱来，那以后还怎么办？那还不是整个村都乱了套了?！"阿花从没有过的大声地义正词严。

"唉，是啊，这不是一只鸡不鸡的问题。唉，这，这可是关乎我们全村人的规矩的事啊。"真才叹气，摇头晃脑。

"说的也是，规矩不能乱，下药这种事，是得提前说给大家知道。无论如何，那稻谷再重要，可也比不了鸡来得重要……"不知什么时候开始，有些村人竟也附和起真才的观点来了：

"是啊，谁家没有个这啊那的疏忽的，没有管理好鸡，那也不是故意的，是一时的疏忽，不能下药……我说运好运正，都什么季节了，你们干吗还要下什么药啊……"

"药？什么药？没，没……我们，我们没有下什么药啊，真的没有……"

兄弟俩被推得跌跌撞撞的，云里雾里地叫着屈。可是他们的声音太小了，连真才夫妇俩的声音都远远没有超过，更何况还有这么一大群的你一句我一句地大声议论着的其他村人们？他们短暂无力的话语，好不容易从喉咙里才刚刚挤到嘴边来，就呼啦啦地被各式吵闹声与争执声以及孩子的哭叫声给吞没了。

想辩解？门都没有。

一向不爱管闲事也管不了闲事的龙书记，那天对于他们这帮群情激愤的村民们的到来，却是奇异地并没有一开口就把人拒之门外。他没有说"啊啊等庆堂回来再说吧再说吧"的推辞辞令，而是居然摆出一副皱眉思考的认真表情。

他认真地俯身倾听过真才夫妇对事情经过的叙述，以及村民们吵吵嚷嚷的感慨之后，说出这样的一番话来：

"是这样啊，呃，这种事情，不难。"他说，"现在，既然有死鸡在这儿。毒死，是吧？简单哪，去那稻田里闻一闻，闻一闻不就得了？刚才是谁说的？在'菱形角'对吧，就去那里。闻出来是就是，不是就不是，是么就赔不是么就不要赔，这多简单。"

到底是来自部队的人，一席话一时把村人们都说得频频称是。

队伍一下子又呼啦啦掉转了头，推推搡搡地离开龙书记的院子，呼啦啦穿村而过热热闹闹地去到"菱形角"那儿，在真才发现那死鸡的地方。

果然是，一股冲鼻的乐果味，直愣愣地朝着大家的鼻孔里用力地钻了进来。不只是鸡倒下压坏了两小株稻谷的那儿，旁边也是，足足有好几米的地方，都是刺鼻的乐果味。

"就是嘛！我说躲不了的吧！这乐果味，大家都认识！一闻就知道！"刚才一听到要去地里闻乐果时阿花还曾被吓得声音一下子低了下来。可是她的真才多聪明，已老早想到这一出。那乐果瓶里倒出的乐果，可不仅仅只是抹了抹了鸡的嘴巴，他还认真地把瓶子带到地里去，早在那人们即将要去的区域仔细地洒下了"味道"。

"可是，这，我们，真没有……"

运正、运好兄弟俩可怜兮兮地，完全不能辩解。

事实胜于雄辩，村人们个个都公正严明，大家伙儿一致认定，是运正、运好布下的药，不小心把真才家的金贵母鸡给药倒了。

"就是！想当初我可是把我家的地基石都真心真意大大方方地免费给了你们使用，难道我们还诬你一只鸡不成？！"真才斩钉截铁地认真地说。一时把这哥俩也说得糊涂了：

"是哦，真才当年造房子时多少大方，怎会为了一只鸡来诬我们？这，可是，难道，真是自己下了药，后来，后来，不小心忘记了？那……那……"兄弟俩讷讷地"那"了半天，也说不出个所以然。

那，既已无话可说，既已查明了真相。

那，就照着规矩来吧！

村人们按着鸡生蛋蛋生鸡的计算法算了一会儿，觉得有点儿不忍心。原想着让真才夫妇到那兄弟俩家里去选换一只活鸡来吧，可是偏偏他们家今年买小鸡的时候被人诬了，那卖家跟他们说一窝都是小母鸡仔，可是等稍养大些后才发现原来全部都是公鸡，竟是一只母鸡也无。阿花说了，只要母鸡，不要公鸡。公鸡一天到晚只知道仰天打鸣，能做什么事？绝对不要。

"那，要不这样，就这样好了，既然事情出在这儿，那就在这儿解决吧，过几天你们就要收割稻子了，这样吧，就按一只鸡一箩筐谷来计算，到时其中一筐直接赔给真才他们就好了。对吧，这也算是公平的了，毕竟，谷子和鸡是不能比……"

这是谁想出来的折中的法子？是龙书记？还是智慧得了不起的方山村村民们？或者，是阿花和真才装成置身事外的村人不经意地提出这样的主意？

记不清楚了，总之大家都帮忙出了力。帮忙思考，帮忙理清，还帮忙安抚帮忙想出赔偿主意。这样多好，全村人一起，和和睦睦，皆大欢喜。

运正、运好也说不上郁闷还是不郁闷，反正从头到尾他们俩都是像在做梦，迷迷瞪瞪地一直到事情完全结束了也还回不过神。到了两个星期后收割稻谷的时节，他们看到阿花一大早就来到了田里，一边热情地和他们打着招呼说"你们好啊，我来帮帮你们"一边跳进田里起劲地动起手来。一个上午的时光，她就把她的箩筐堆满了。她大声喊真才来帮忙，才喊了一嗓子真才就出现了。他急匆匆地跑过来，扁担穿过箩筐，"嘿哟"一声，他和阿花一前一后，连个再见也不说就抬着稻谷志得意满地回家去了。事情结束。

真才那天倒也真的特别勤快，他可能也知道一大箩筐的谷子阿花一个人不大好拿。他老早就找了根扁担来，早早就候在田边等着阿花割好了。由此可见，真才也并非是不愿意做农活的人，他只不过是有时不愿意动手罢了。运正、运好望着这一幕，觉得有点儿奇异，但是又想不明白奇异在哪里。他们感觉到自己应该是被骗了或是损失了什么，可是却又无法具体地认真地提出被骗被损的证据来。他们很想表达一点他们的愤怒。是啊，他们没有下过药，为什么要赔？唉，这两个星期的日子不好过，家里老父老母的唠唠叨叨简直快把他们惹得火起来："有没有？到底有没有下？啊，人家怎么会为了一只鸡来诬我们？一定是你们自己忘了，啊，你们想一想，好好想一想……"

他们不停地唠唠叨叨地在兄弟俩的耳边说，把他们都说得快烦死了。

到底有没有下药？应该是没有，可是，可是，这，那乐果味，是怎么回事？

唉，他们的脑子跟真才比起来啊，实在是不够用。兄弟俩空有一身力气，却不知道该往哪儿使，真是急死了。不，不想了，脑袋都想破了，想不起来了。唉，算了，赔就赔吧，只要老父母不唠叨就好，赔吧。

自从鸡事件之后，运正、运好兄弟俩警觉了起来，两户人家同住在一个院子里，低头不见抬头见，虽说一时不能判定说那真才是个坏人，可也不是以前认为的是个完全的好人，似乎总有一些算计埋伏在那里，一不小心又会出事。这不，为了以后的日子能过得顺畅无碍，兄弟俩就想出一个方法，总结出一套全新的谨小慎微的相处政策，那就是：不接触、不往来、不招呼、不搭话。

这样的政策还是起到了一些作用，两户人家不再像以前一样时不时密密接触，虽说鸡毛蒜皮的事时有发生，但只要本着"量大不吃亏"的好心态，只要一有摩擦就尽可能地让真才夫妇多占点儿便宜，那么也就能两家相安无事，总算是安安稳稳地又过了好些年，一直到，真才的大儿子十岁的时候，这运正、运好的爸妈终于又开始新的唠叨了：

"唉，咱，咱搬走吧，还是咱搬吧……"

"搬吧，搬吧，咱惹不起，难道还躲不起吗？搬吧，受不了了……"

这次的唠叨，绝不同于以往，也不是一筐两筐稻谷所能解决的事，这次是关乎地基石。

真才在他的大儿子满十岁的时候，突然向这兄弟俩提出一个合乎情理的要求：

"这个……眼看着我的儿子要长大了，实在是不好意思啊，你们知道的，我有三个儿子。三个儿子，我得为他们谋划谋划。房子，不说多，一个儿子一间我总得给他们造的吧。可是现在，你看这地基石的事，不是我不讲道理，而是我也是没有办法。你们知道的，我们家后山的石头也不多了，就算还有那么几块，也都是松的不好的了。所以啊，这房子，这地基石，我得把它们要回来。我听说啊，现在的科学可是发达得很，据说一整栋房子都能完整地丝毫无损地移走的呢，只要肯花钱。我知道我们两户人家可能是常有些小摩擦，可那都是为了各自的生活你说是吧，谁也不能说是谁的错。但是这回，我不图别的，我只想要回我的地基石，这么多年可都是免费给你们使用的了，我不图你们感激，也不要你们的回报，只要把地基石还我就行，好让我给我的儿子们造新房，怎么样，我的要求不算高的吧……"

他的要求的确是一点儿也不高，他只想要回他的地基石。

自从他第一次提出这样的要求之后，接下来的整整春夏秋冬四个季节，一年三百六十五天，运正、运好他们的家里就再也没有安生过。不仅仅是鸡又丢了或是尿布被风刮了这样那样的事情发生，由于他们和真才夫妇同住在一个院子里，所以每天几乎是每时每刻都可以有不同的故事上演。那四合院里一天到晚都能听到阿花的又是跳又是骂的声音。她并没有清楚地指名道姓地骂人，但是只要稍微有些脑子的人，都能听出来她所骂的每个字每个句子，就是在说这院子里同住的人。

"不要脸！挨千刀的！死猪不怕开水烫！吃人不吐骨头！几十年了！占了别人的东西还好意思脸不红心不跳！年纪越大越不要脸！老不要脸！臭不要脸！不要脸！……"

她叫着跳着骂着，她的唾沫星子在那方方正正的九间四合院里到处乱飞，把那棵冠大叶密的四季桂给震得每天都要抖颤好几次。

村人们在背后窃窃私语，说看不出平时在外应该也算是和蔼和顺的一个女子，怎么在自家的院子里时竟然是那么的飞扬跋扈呢。村人们又说，听说那阿花的唾沫可是营养丰富得很，那棵桂花树就是因为有了阿花唾沫的滋养才长得那么茂密那么壮实。

方山村硕果仅存的百年老树，在那四合院里的最后几年的确是长得又高又快又令人欣慰。真才为了把同院的人彻底认真地赶走，他开始学着不去高频率地使用那大马路旁边的两口大缸儿。他把家里大人也好小孩也好的夜里排出的宝贝，拎着马桶就直接倒在桂花树下。

"施施肥，我给它施施肥，这么多年了，是得给它好好地施施肥。"他漫不经心地说。

他一趟一趟地往院子里跑，有时拎着马桶有时则抱着一堆小孩不用了的臭尿布破尿布，直接把它们就那么随意轻易地堆满在桂花树粗大的树根脚下。

"粪宝粪宝，不只是粪是宝，只要会烂的东西，到了地里都是宝！都是营养丰富得很哪！"他热烈而真挚地说。于是从那时开始，老祠堂四季桂在一年四季花开的日子里执着守时地向全村人散放着芬芳香甜的气味的同时，总是令人遗憾地一并赠送上那四合院内一直飘浮着的若有若无的执着的"真才牌"臭气。

村人们都认为真才夫妇的鼻子比别人高级。

"有时候我们在九道山梁上割草的时候都能闻到那臭味。那臭可太古怪了，也不是纯粹的大便小便的臭，说不上来。反正，不舒服。闻到就不舒服。他们自己天天住在那里，怎么居然一点都不难受？"

村人们又惊讶又佩服。

除了认定自己的鼻子没有真才夫妇高级之外，人们想不出别的理由。

运好、运正最终搬离四合院，不仅仅只是因为受不了老父老母的唠叨啰唆，更主要的也是因为无法忍受那臭气。他们的孩子也相继长大了，他们在真才提出"不高要求"的第三年，在经过村民委员会成员们的无数次的费力调解之后，终于和方真才达成了"协议"。

他们没有能找到那关于整体搬房的神奇方法，无法在不损害整栋屋子的情况完好地奉还属于方真才的地基石，所以只好接受了"建议"。真才建议："唉，还是我吃点亏算了。我呀，我也不要你们这么多年的地基石使用费了，这样吧，你们也不容易，毕竟这房子你们也有感情，那就当是，卖给我吧，我帮你们守下去。你们只管放心地住到别处去，这房子啊，在我的手里，毁不了，放心吧，啊。"

就这样，方真才顺利地把房子"买"了下来，当然价格也是他说了算：

"……我这也是为你们着想，你们拆也是白拆，不如折算回一些钱，对不？可是我只能出这个数，你们知道的，房子，我随时可以造，可以到别处去造，我可是用不着。我只是想要回我的地基石。"他笑嘻嘻地委婉坚定地表明了他的立场。

什么都没有和平来得重要。不吵架，大家笑眯眯地你对我好我对你好，和谐和平。

运好、运正的老父老母害怕吵架，运好、运正也害怕吵架。他们的媳妇他们的小孩，男孩女孩都一样。他们全家人，个个都怕吵架。

不吵架就好。算了算了，就这样吧。

终于解决了这两户人家长年累月的吵架问题，村里人都为之感到高兴。龙书记和我的爸爸在远离真才的村东头那边，专门给运正、运好一家批了一块山毛地。新的不需要吵架的家就建在那里。大家都累坏了，都想好好地清静一段时间。

了不起的真才夫妇，终于迎来了他们的最终的胜利。

运好一家既然顺利搬走了，那么接下来赶紧仔细接管这多出来的房子并不是一件头等大事："哈，他们只知道房子房子，他们可不知道，我真才做事，才不会只为了这么一件单件的事来费力动我的脑筋！他们不知道，这四合院里，最值钱的可不仅仅是这房子哟！"真才站在他那"大权在握"的全部属于他的院子中央，好几次差点儿没忍住哧哧地笑出声。

他太佩服自己了，实在是太佩服了：

"方山村人多傻，竟然不知道这么一个宝贝！真是应了那句古话：会做不如会算！哈，哈哈，哈哈……"真才用力地捂住自己的嘴，才没让自己太过得意忘形而嘻嘻地笑出声来。做人得收着点，可不能太得意，否则容易招风。这也是方真才关于'内敛方面'的对自己的严格要求。阿花在新属于他们家的堂屋里正起劲地搬摆着家什呢，听到院子里真才一个人在那里叽叽咕咕的声音，一开始还以为他发了癫了，赶紧慌里慌张地跑出来：

"怎么了？怎么了这是？"她小心翼翼地问。

"去！去！一边去！妇道人家，懂什么?！"真才不理她，顾自把阿花轰回房间里去。他继续抬头美美地欣赏着那棵四季桂粗壮好看又挺拔的美丽身影，心里实在止不住喜滋滋。

方山村人一点儿也不知道，真才是通过怎样的渠道，竟找到了那样的人。

事情是这样的。那时从县城到方山的公路，刚刚通车不久。在政府"要先富，先修路"的号召下，方山人家家户户有钱的出钱有力的出力，有的是心甘情愿地响应号召，有的是半推半就地应付着，敲敲打打地，一条又宽又平的水泥大道，直接从县城的汽车站一直铺到了方山村的村口。后来全村人又凑了些，把进村的路也给修过，别说是正常的班车可以顺利轻便地来来往往，便连运货的大货车，也可以一趟一趟地开到村子里面来。

大卡车轰隆轰隆地开进方山。一个满脸冒着油星的园艺公司老板一边擦汗一边欢快地和方真才在晒场上认真地握着手。

又拆又卸又砍又挖，不到一个下午的时间，那棵好端端在方山村陪了方山村人足足有十几代了的四季桂花树，就那样被方真才给卖掉了。

"听说有七万块，整整七万块哪。在方山都可以买三个四合院了，真是厉害，厉害。"村人们对于树的离开虽有些心疼，却也没有任何人对方真才的行为有着丝毫的责怪之意。毕竟一直以来，方山村的规矩就是，在那个没有人对所有物品有过认真统管的年代，对于公家东西的划分，都以谁先占到就是谁的为准，人家真才在洪水过后就已经是把树围在院子里了，当然得算是他自个儿的。就算和院子无关，这些年来把树照养得更大更高了，也是真才的功劳。他想卖，当然就可以卖。这正常，正常。

村人们在心里面一边跟自己说着"正常"，一边当然也会有些抑制不住的嫉妒在升起。不过，树已经没了，这会儿再说什么，也没什么意思啦，"和平"最重要，谁也不愿去惹这个茬。

除了方真丁。就在那个时候，久未露面的方真丁忽然回到方山。

方真丁在凤山村的舒坦日子，并没有太久。那方氏姨婆在他初中快要毕业的时候骤然离世。老太婆缺脑筋，死前没有想到立个文书凭据，更没有办过正式收养真丁的手续，她活着时没有谁敢对真丁怎样，她一死真丁在凤山村就待不下去了。凤山村的村民们把老太婆留下的东西心照不宣地瓜分得干干净净之后，更联手一致同心协力把真丁也彻底从凤山村赶走。

虽说凤山村待不了了，但是那时候方真丁已经长成了一个小大人的模样。凤山邻近县城，他有事没事时常去城里晃荡，渐渐地就认识了一批也同样像他一样在街上瞎晃荡的痞子们。

他跟着他们一起，这里混两天那里混两天，跟着时不时地发些小财，日子倒也过得还轻松愉快。转眼又是几年过去，当后来县政府开始打黑活动时，他才发现自己又一下子没有了生存的环境和空间。怎么办？他想回到方山来。

男大十八变。当一身衣着光鲜的真丁刚回到方山的时候，方真才一时几乎认不出他：

"是……你？"

他的与众不同，首先体现在他的打扮上：

长头发，喇叭裤，脚上还蹬着一双镶了铁后跟的走起路来咯嘣咯嘣脆响的大黑皮鞋。两撇胡，桃花眼，皮肤好像不见阳光似的又白又嫩，这种皮肤在乡下天天干活的农人们之间可不多见。他蹿高了，又高又挺，简直可以说称得上是浑身散发着一种潇洒又抢眼的风度。他半眯着眼，嘴角歪斜着叼着一根烟，那神色似笑非笑，一副见过大世面的派头：

"是啊，哥，是我，我现在在跑业务，呵呵，难得回方山来，来看看你们……"他的胳肢弯里夹着一只看起来又平又稳的手提大公文包，不知道里面装了什么。他在推开真才家四合院时大大咧咧地这么介绍着他自己。

真丁的打扮一时把真才给唬住了。他不由自主地想着：难不成这弟弟发了财了？

其实之前真丁刚离开凤山村时也曾回来过方山，但是三下两下就给这当哥哥的打跑了：

"我不认识你！你从哪里来就给我回哪里去！别给我添麻烦！滚你的！"

但是这次不一样，毕竟一转眼又是好几年过去了，也许这许久不见的弟弟真是在哪儿发财了？跑业务，据说是只能脑瓜子聪明好用的人才干得了那一行。看他这身行头穿着，似乎在外面混得真心不错。不管怎样，如果他有了出息，那么也算是兄弟一场，可比不了旁人，还是先别去闹僵，看清情况再说。

就是因为建立在这样的心理活动基础上，真才第一次露出了热情真挚的笑脸，把真丁请进屋里：

"啊，是真丁啊，都认不出来了！好，回来好。赶紧进来。来和我说说，这些年，你都在哪儿发财啊？来，这是你嫂子，你见过的……"

嫂子是以前就认识的，可以善意地比喻为一条真正意义上的变色龙，阿花会随着真才的一切变化而变化，更何况她还看到，真丁手里除了公文包之外，还拎着一堆扎眼的礼物：

"呃，哦，是真丁啊，你回来了？呵呵都长这么高了啊，回来好，回来好啊。乡土乡土，走得再远也比不了乡土好哇……兄弟俩在一起，有什么事也可以一起商量商量……"她的说话的口吻，要多慈祥就有多慈祥。夫妻俩手忙脚乱地把礼物接过来，灯光下这下可看清楚了：一大堆花花绿绿的糖果点心饼干，都是吃的！还有酒：古井贡！还有整整一条香烟：大三五！

看在这些从未有过的贵重礼物的面上，夫妻俩也赶紧换上从未有过的谦卑客气的表情：

"什么？你说想在家里住几天？没问题！你难得回来，当然住在家里，尽管住，想什么时候走再走，别担心！"

夫妻俩热情地邀请这个"发了财"的时髦弟弟，一时昏头昏脑之下竟然轻易地答应了弟弟关于"暂住几天"的要求。他们没有想到，这弟弟可不比以前，他一住下之后，可就不想走了。

于是，接下来的事情很快就能猜到了。

"傻！真傻！才卖了七万块！你都不知道，市场上像这样的上了百年的桂花树，还别说是咱家这种四季开花的，光是就一个秋季开的那种，就已经足足卖到了十几万！"

第二天，真才闲聊时提到了桂花树，弟弟一听，劈头就批评起哥哥来：

"你是被坑了！这样吧，我去想想办法。这钱差得实在有点儿多，我去找人交涉交涉，嘿，说不定还能再要些回来。"真丁是真心实意地想帮忙。他说他在外面认识一些有门道的人，如果想想办法，好歹再去弄个一两万回来，那还差不多。

"啊，弟弟，这回可全看你的了！现在的人心太黑，我还以为我赚了呢，就这么一点钱就骗走我的树！我，我太冤了……总之啊，如果能把这剩下的钱给讨回来，咱俩一人一半，啊，说好了，哥哥不会叫你吃亏，一人一半，绝对一人一半！"真才信誓旦旦地拍着胸脯保证。他一边充满希望地把弟弟送出门去交涉去，一边还让阿花在一个下午就把四合院里临西的那间大屋给收拾出来：

"就给真丁住！以后啊，他回来就住这儿！这么多年了！是该兄弟俩好好团聚团聚的时候了！"真才真心实意地正式宣布，方真丁从此成为这个家的新的一分子。

就这样，真丁早出晚归地去交涉，一连整整交涉了三四个月，也没交涉出个所以然。帮忙帮忙，帮到后来唯一的结果就是：真丁这回不肯再走了，他在找那些有门道的人的过程里，合理地气势汹汹地成为这个四合院的一分子：

"哼！那小子不肯加钱，我们去烧了他的花木场！再不成把他痛打一顿！套个麻袋丢到河里浸着，看他服不服！"

"就是！咱没灶的还怕有屋的人？咱在这个社会上混，谁敢对我们不敬，那就叫谁好看！谁惹我们不高兴，我们就揍谁！"真丁带了一帮面目不清的人，顶着个交涉的名，在真才的四合院里大吃大喝，折腾了几个月之后，什么事也没有做成，倒是把真才吓得不轻。桂花树的新款子没有能够再讨到一分，真才夫妇的饭菜钱倒贴进去了不少。这还不说，真丁事没给办成，对他哥哥嫂嫂开始没有好脸色了：

"我可跟你们说啊，现在是你们自己把我留下的。再说了，这房子我也有份！我现在可知道了，这房子的地基石是从我们家后山那儿搬来的！只要我们一天是血缘亲兄弟，那么这山前山后里里外外的一切，只要是当初咱爸咱妈他们留下的，就有我的份！我的户口还在这儿呢，什么都少不了我！"真丁理直气壮地提醒着哥哥：

"再说了，咱兄弟俩也别一天到晚老是争啊吵的，被外人看到笑话！你放心好了，我不会欺负你，只要你不惹我，我们兄弟俩在一起随时就可以有个照应，至少哪，以后类似于桂花树贱卖这种事，就可以杜绝。况且，现在你们也看到了吧，我的朋友多，没个固定的地儿那可不行。这以后啊，反正我就在这四合院里住下了，你们看着办吧！"

好汉怕赖汉，赖汉怕死汉。真才突然发现，不知从什么时候开始，他已经拿他这个弟弟没有办法了。请神容易送神难。他不怕跟弟弟吵，可是他有点儿怕那些出入弟弟屋子里的面目不清的人。他们虎着一张脸，话也不说，进进出出。就算他真能把弟弟赶跑，可是如果哪天他们到这里来没有看到真丁，说不定会突然找起真才的麻烦。

这是真丁的原话，他就是这么简单好心地提醒着他的哥哥嫂嫂。

唉，算了算了，反正屋子现在空着也是空着，孩子们都在外面读书，也不回来，反正也不挤，那，那，那，他真丁爱住这儿就住着呗，只要他不怕臭，随他。

"那那那"地"那"了半天，真才终于接受了他必须和这个弟弟住在一起的事实。

四合院比过去更臭了，因为在桂花树移走的那个位置上，真才又安放了一只新的缸儿。之前的还没有拆除，这里又多了一只。真才习惯了在裸露的缸儿上如厕，因为现在的他多少有了一点——除了他之外方山人都已经用起了马桶，再也没有人去上这样的露天厕所了——羞涩心理，不想自己白花花的屁股被人看见，所以他就把新缸儿安在自己的院子里。新的缸儿旁边渐渐还堆起了一些面目模糊的垃圾，有时是鸡屎鸭屎，有时是孩子们的纸尿裤。院子里基本上一年四季都是黏黏糊糊的各种颜色，这些模糊组成全新的有着十足内涵的味儿，这味儿经年累月萦绕四合院上方，本来真才夫妇以为只有他们自己才能忍受。但是他们错了。

真丁有着和他哥哥嫂嫂一样神奇高级的鼻子，对于四合院里整天散发弥漫着的臭气，他一点儿也不会受影响。和他哥哥一样，他也爱常常惬意地搬一张椅子出去，把椅子放到院子里。他歪歪地斜坐在那把原属于他哥哥的破旧至极了的吱吱嘎嘎作响的竹藤椅子里，一边高高翘着两郎腿一边美美地抽烟。他用力地吸起一大口香香的、和空气混在一起了的臭臭的香烟，再慢悠悠地把烟圈缓缓地朝天空一个接一个地吐出去。

吐出去吸回来，吸回来又吐出去，乐此不疲。

一切尘埃落定。

方山
往事

方山村的骄傲

我的爸爸那天从县城里回来时，笑眯眯地递给了我们一本证书：光荣党员终身服务证。他乐呵呵地招呼我们："来，来，你们来看看，居然真的也给我发这样的证了呢。"

看到爸爸高兴的样子，我们赶紧一窝蜂地围过去："红本本？证书？这是什么呀爸爸？"

"呵呵这个啊，说是肯定我这些年来对于方山村的辛苦和贡献。我看了，和那时候龙书记所领到的是一样的证。只有共产党员才可以有这样的证。不，不只是这样，从今天开始，只要有这证的，不只是有退休工资可领，还可以按工龄来计算，多领一份额外的退休补贴。他们说我的工龄是二十三年，年数越多级别越高。这以后啊，你们老爸每月可以向政府领取共计五百七十块的钱。我们国家现在富有了，真是大不一样，大不一样啊！"爸爸连连感慨，详详细细地向我们说起事情的经过。

翻开那本镶了考究丝绒绸面的大红本本，上面醒目地写着：方庆堂，为人民服务二十三年。

"你是说按工龄计算？不对啊，堂，怎么是只有二十三年呢。你现在都已经是快要七十的人了，就算是按六十岁退休往回数，再怎么数也不止二十三年的啊。我和你结婚的时候你就已经是管着村里的事了。那时候我才十八岁，你也不过是二十六岁嘛。"妈妈看了证书后困惑地发出了疑问。

"这个嘛，是这样的，"爸爸赶紧和妈妈解释，"这额外的退休金，它是这样来计算的，只有村里负责管理全部村事务的头头们才有得领。什么叫头头？我们村就是龙书记和我，现在龙书记不在了，就只有我可以领啦。"

"不是，我才没有问你谁是头头。我是说，好好的最少也有四十几年的工龄怎么会给写成才这么二十三年？"妈妈又问。

"呵是这个啊。他们说了，它是这样计算的，我们方山村以前不是被洪水冲掉了吗？当时乡里因为我们这儿人少户疏，所以就把我们村给并到了下面的田畈村去。当时说是为了便于管理，所以这一并过去后，咱这就不叫村了，而是成了隶属于田畈村的其中一个大队了，叫'方山大队'。你还记得不？为着把这'方山大队'改回方山村，我不是一趟又一趟地往乡政府跑，整整跑了十几年才能跑下来重新独立。所以啊，那原先我虽然是在管着事，可那是'田畈村方山大队长'，后来分村成功后我才改回村长，那大队长和村主任的称号是有区别的，上面的人说了，不管你是工作了多少年，反正这退休工钱要从村子独立那一天开始算，所以我想这个二十三年的数字，应该就是这么来的。"爸爸说。

"是这样吗，这，这好像有点儿耍赖嘛。"妈妈忍不住说，"什么并大队并到那里一起好管理。他们管理什么了？那么多年下来，他们不但没有帮我们村做过半点儿事，还不时地克扣我们村的东西呢。况且说了，咱这村与他们那村相隔了那么远的距离，什么事还都不是我们自己解决的？什么大队长村主任，所做的还不是一模一样的事。一样的累一样的辛苦，他们怎么能就这样把过去的辛苦随随便便都抹掉了呢。这种计算法，我可是想不通的哦。"

"嘘，别说啦。咱现在是因为我们国家繁荣富强，那么还可以有着这额外的补贴。想那么多干吗，这都是咱从生活中意外得来的恩赐，高兴还来不及呢，干吗要斤斤计较。"爸爸笑着安慰妈妈。

"不是我斤斤计较。而是，既然它是说照工龄来计算，那么我的意思就是不过是个名号的关系就被否定掉，心里有点儿不舒服哪……我是说，它这种算法……"妈妈想再辩解一句，爸爸却挡住了妈妈的话头："真的，小优，我都还没和外人说，我可不好意思说呢。额外的补贴这个消息啊，如果被福康他爸他妈知道的话，我还担心他们心里不平衡呢。"

"什么？这又怎么说？"

"是这样的，咱村在我们那一批年龄的岁数里，不是只有三个党员吗？当然现在龙书记是不在了。如果是从党员这个角度来看，那么福康他爸也算是咱村的村领导之一，这么多年来他也是一直帮着村里有事没事帮忙出主意的。可是就因为他的名号是'村委员'，所以这个额外补贴完全没有他的份了。他如果知道是会很不高兴的，唉。"

"哦，你说的是福康他爸啊。他也算是咱村的'老领导'之一，他可是出了名的'不管事领导'，还不是和龙书记差不多？他不过是帮忙记记工分而已，本身就不算是为着村里'辛苦付出'……"妈妈有点儿不以为然。

"别这么说，记工分也是辛苦，很辛苦的。唉，不过啊，他这人其实真的没有什么缺点，就是为自己打算多一点儿罢了。可是只要是人谁还不是都喜欢为自己多打算一点的？这也不是什么坏毛病嘛。"爸爸说，忽然又加上一句，"不管怎样，我领退休补贴的事，就我们自己家里人知道，不要说出去就好了，免得招别人惹出多余的不高兴。"

爸爸妈妈在议论的人，我们也是极其熟悉的：方山村有名的启发叔和启发婶。

启发叔和启发婶，是现在方山村里唯一一对村民们最愿意去敬重也必须去敬重的两位老人。

原因很简单，不仅仅是因为他们的年龄和"方山一号"一样，是目前村里面岁数最大的老人。还因为他们的三个儿女，以及三个孙女孙儿，都是方山人眼里最有出息的一批人。他们家，是方山村的骄傲。

启发夫妇所培养出来的孩子，个个都是在公家单位上班的体面角色。他们团结齐心，个个都是能人，有本事的人。

大儿子福康，副处级干部，地级市教育局高等教育处副处长。在我们所隶属的那个城市里，担任着全市大中小所有学校的与教育有关的指导工作。虽说他所念过的书也不是很多，但是由于他是干部学校出身，"书途"特别顺，在教育界也算是摸爬滚打了好多年，所以资历最老，是一位有魄力有能力又有潜力的资深领导。

二儿子福顺，也是国家干部，镇一级部门中心人物。村人们都说，是由于他哥哥帮他寻觅到合理路线，所以才会极其顺利地到了目前的这个位置。他在镇里，现在也是数一数二的人物，掌管着工商那一块，上百个企业都在他的辖境。整日里不时地又是视察又是临检，把他忙得够呛。

小女儿福爱，目前是市中心医院人事科的主任。也是书读得不多，当初只是一名从护士培训中心出来的小小护士，但是经过多年的努力与勤奋，也顺利成为市中心医院的领导人之一。

福康的女儿子君，首届省财会学院的高才生，成绩卓越，目前受聘在某家省级企业当一把手的财务顾问。

福顺的儿子子权，是个语言天才，学什么像什么。从小能说会道，且爱读书，成绩一直既优秀又稳定。他和我最小的妹妹同岁，高中有一段时期还曾经在同一个班级里一起学习。他对英语有着狂热的喜欢，在同龄人还陷在聋哑英语里寸步不前的时候，他独自在角落里对着墙也是"叽叽呱呱"地能说上一大串。他目前在美国，学的专业是计算机。

"呵呵，我家子权，在一个叫什么'贵谷'的地方上班哪，那里啊，都是'红毛老外'。离方山可远了，很远很远，听说就是在我们现在踩着的脚下的背面的地方，不是说这地球是圆的吗？他就在这正下方，和我们这里刚好日夜颠倒。'贵谷'，光是听听这个地方的名字，就得多厉害？我们家子权就在那里，他可什么都不怕，在那里一切都整理得好好的。"启发婶在晒场上，无数次这样自豪得意地对其他村人们说。

"还有子秀，子秀现在也在国外，在新加坡。听说新加坡不远，说是如果是坐飞机的话也就三四个小时，若用从前我们的方法计算，也就是从方山走到县城里这么一点儿时间，就能到那里。我家福爱说了，只要我们老两口愿意，她随时带我们去坐飞机，可以飞到新加坡去看她。不过啊，我们俩害怕，你们想想，都多大年纪的人了？不行不行，老喽，老骨头喽，还是就这样在家享受享受清福算喽。"

启发婶美滋滋地叹气。

她说的子秀，是小女儿福爱的女儿。也是护士出身，不过她这护士比她妈妈还要厉害，是当时新加坡狮城医院到浙江来做医护交流时被选上的十二名护士之一。由于本职业务优秀，所以过关斩将拿到了那个极为稀有的名额。在新加坡试工作两年，两年期满后得到当地医院的充分认可，后来就在新加坡申请了永久居留权，一直待在那边。

"我的这些孩子在国外都住得可好了，他们在那边有大房子，还有自己的车，嗬！那可是外国哪，这在以前可想也不敢想……不过，其实我们也有担心呢，我们想到，如果有一天，他们突然抱个红头发蓝眼睛的小曾孙回来，那可怎么办？和外国人结婚！不能想，一想就太复杂，还不如去好好地躺一下。唉，唉。"启发夫妇半是矜持半是暗示地用只言片语肯定了他孙子孙女儿们在国外的成绩和地位之后，假装疲累却又恋恋不舍地在村人们又羡慕又惊讶的眼神注视下回到他们的老房子里去。

会思考，有能力，有毅力，有行动力。还有，够低调。这是启发夫妇孩子们的最典型的性格表现。

它们是如何形成的？

这得从启发叔顺利当上方山村的第二位党员时说起。

方山村原先有没有党员？这个问题一直不大清楚。洪水来临前人口密集的时候人们对于党员好像并没有什么特别清晰具体的概念。

方山村原本就远离城市远离人群，甚至夸张一点可以说是远离国家和政府。因为有山有水还有地，所以仿佛只要一旦拐过了门栓岩那道最大的大弯，双脚一步踏进这四面环山的蜿蜒山路，这山沟沟里的一切就仿佛可以和外面的一切都无关了似的。人们在这闭塞的郁郁葱葱的窄小四方天地里，勤耕忙种，日出而作日落而息，一切竟似可以不与外界接触也都能自给自足。

随着历史的变迁，虽然国家不断在发展前进，但是方山人对于山之外所发生的一切，跟其他地方的人比起来，总是不由自主地慢了一拍。

就比如关于对这党员的认识。

"党员？我们当然知道就是共产党啦。那共产党啊，是一个很好的党。喏比如说，他们就是那些来帮我们修水库的人，那些解放军，他们，就是共产党！"

洪水过后，那拄着拐杖歪着脑袋、脑袋上已经没有几根白头发了的方贤标老头，哆嗦着嘴里只剩下半颗牙了的下巴，颤颤巍巍振振有词地说。

他是村里没有被水库坍塌时所发洪水冲走的少有的几个老人之一。年轻时曾经到过外面四处游荡，算是当年村里难得的见多识广的人。

他经历过民国时期经济的快速涨跌，也经历过国共两党的紧张时代，还有过被日本人追赶差点被逮去做了挑夫的惊险经历，同样也经历过"文化大革命"时期。他经历过贫穷，经历过困苦，经历过各式各样的突变以及千难万难的以活下去为目标的种种考验与摧残。

他懂的很多，也顺应时代顺应社会，用他独具的自我的与这个世界息息相关的交往方式喜滋滋地传授着他的经验。

他就住在启发夫妇的隔壁，是个孤寡老人。

"国家出钱来帮忙修这修那整这整那，这在我有生之年还是第一遭听到，这就是了不起！"站在他那不高不低不大不小刚好可以住下他一个人的小屋门口，他喃喃地热泪满面地由衷赞叹："共产党，我现在算是相信了。共产党看来的确是好的啊。"

贤标老人的小茅草屋子，是村里唯一不用自己出钱修回去的房子。

洪水过后乡政府来帮忙清点人数时，发现他既没有被水冲走也没有亲人留下，年岁又实在是不小了，孤苦伶仃一穷二白，原本是劝导他要把他送到有着很多老人一起的孤寡院去。可是他坚决不同意，无论怎么做思想工作都没用。他说自己年轻时已经在外面这儿那儿的游荡得够了，临老了这把老骨头无论如何也一定要丢回方山，哪里也不会去。

由于他实在一个亲人也没有，人么是风烛残年似的了活不了几日，脾气又犟得难弄，看他实在可怜，乡政府只好大发慈悲，在那些解放军战士修堤坝的同时，就顺便独独给他也搭了间小泥屋子，还说好每个月发放给他两元钱的孤寡费，好歹算是让他可以继续慢吞吞歪歪倒倒地活下去。

"我看啊，他们能长。"自打得到这样的特殊待遇之后，方贤标是逢人就到处说共产党的好话。

闲不住的贤标老人，自从在洪水中逃跑时伤到了腿之后，走路一直都是一瘸一拐。他那只受伤的脚腕，初始没有太大的异样，只是又红又肿，过了两三个月，伤势才渐渐显露出来。由于他自己一开始没有放在心上，以为痛一痛之后会慢慢好起来，所以也没有太多顾忌，依旧是想去哪儿就去哪儿。他喜欢和人聊天，拖着个伤腿在村里乐呵呵地走来走去，逮到谁就和谁说上半天，有时说到兴头处都停不下来。还会跟着下地干活的人一直跟到田野里去。如此三番四次后，那受伤处就加剧地严重起来。渐渐他就走不了路了，伤处开始流脓腐烂。受制于不听话的身体，他只好缩小活动范围，只够力气在小屋内爬来爬去，最多也只能撑到小屋门外的院子。院子边上有一块大青石，接下来的日子他就三天两头倚靠在那大石头上，等着有人路过，好继续逮住人说话。

启发夫妇的新搭起来的茅草房，刚好是在紧邻着他小屋的隔壁。忙碌的农人们极少路过这里，于是启发夫妇就成了贤标老人的"救星"，只要一看到他们俩，他就热情无比地朝他们喊话，央求他们跟他一起说说闲话，聊聊闲天。

一般来说这夫妇俩都不大想搭理他，但是在吃饭时除外。

那时候方山人吃饭，不喜欢待在屋里吃，而是喜欢端着大泥碗，端到天空底下去吃。

"屋里又闷又黑，不舒服。"几乎每个方山人都这么说。

村人们不仅喜欢把饭端到外面吃，更喜欢的是端着饭碗去找人来一起吃。他们端着碗，你到我家我到你家，各自走到跟自家比较投缘的人家院子里一起吃。更有些不怕麻烦的，喜欢端到晒场上去吃。晒场上地宽人多，一边吃饭一边捉对儿闲聊，再没有比这更惬意的事了。

人们端着碗，交头接耳地较量：

"你家今天吃蕨菜根？……"

"是啊，这不反正这些天又不用做重活，就吃吃野菜就足够饱啦。"

"嗯，我家今天可煮了小米面，要不，到我家去装碗来喝喝？"

"萝卜菜炖土豆，唉，没油，太干口了，不能多吃，最多只能吃一二餐。"

"就是，比不了毛芋粗米煮青菜。毛芋啊，是天生的不用油。芋汤烧饭，父子不传哪……"

"米饭不行，最多一个星期煮一次，那也得省着点，否则把胃给养皮了可不好……"

"还是蒸番薯最简便，连碗都不用，两只手一抓各一个，吃得方便又快捷！多好！"

方山人没创意，在没有东西吃的日子里最喜欢说的就是吃。

贤标老人却不大一样。他喜欢说那些与吃完全无关的事。他热衷于说他年轻时候的事。

他说他当年赶着一头老牛，想去卖掉换回一点粮食，他赶着牛走到城里去，想要卖个好价钱，可是等他刚刚以为自己大发了抱着几十万的钞票喜笑颜开地跑到米店去的时候，那米店的老板却和他说最多只能换到一小口袋都不到的糙米。"太糟心了。"他说。

他说他有一次在回方山的路上突然听到有风声说"日本人打来了！"他赶紧慌慌张张地往家跑，还没有走到现在的乡政府那地儿，迎头就撞到了两个端着枪的日本兵，他当时吓得尿都快出来了，有好多人被捉去当了挑夫，他是半路上逮到空子才好不容易偷跑回来。他说要不是方山山高林密，准会被捉回去。

"我们这村好，好呢。这山高林密的，连日本人都不敢进来，这洪水的苦算什么，有这么好的党支撑着，什么都能过去！"他喋喋不休地赞叹。

贤标老人的故事，村里很多人都已经听腻了。但是对于启发夫妇来说，在同样的听故事里，渐渐地却能听出不一样的人生哲理：

"我一直认为，咱是小民，国家有什么行动那是国家的事，咱小民呢管好自己就是，保住自身最重要。遇到不好的政府不好的党，就万事躲得远远的，遇到这种好的党，咱就不能那么想了，只要有机会，就要向他们靠近，多靠近些就能多踏实些。万事要得学会观察，只有认真地慎重地观察，既观察再加上思考，才不会出大事。"老头半眯着眼，对他的言论加上各种总结。

在相邻一墙之隔的地理条件下，启发夫妇主动也好被动也罢，他们所听到的贤标老头的"说说闲话聊聊闲天"'除了不停地重复听到老人过去那些"精彩往事"之外，听到最多的就是这共产党了。他们端着饭碗走出家门，在老头的热情招呼下，不由自主地朝大青石靠过去。毕竟听人说些闲话要比光光埋头吃闷饭有乐趣得多，既能放松心情还能帮助消化。闲聊可以转移注意力，可以把一碗本来极难下咽的野菜玉米面，在不知不觉间吃得干干净净，于是重新又能生出新的下地干活的力气来。

很难说是不是真的受到了这位贤标老人的影响，但是启发夫妇后来的做事也好思想也好，在为人处世的性格上却是的确隐隐约约地显示出不少的"贤标风格"来。

观察和思考，成了启发夫妇人生的全部精髓和思想的中心。

而这种实用又灵活的思想，后来当然也顺理成章地延续到了他们所有儿孙的身上去。

那时恰逢龙书记刚刚扎根方山村。

他才来的第一个月，乡政府就交给了他一个任务：考察方山人，在由龙书记当介绍人的基础上，挖掘并培养出一两个新的党员，只要凑足三个人，就能成立党代会，那么就可以顺利地重新开展党的工作，把党的精髓，哪怕在这样的一个小小山村，也可以认真贯彻落实到实处。

虽说方山村人个个都是根正苗红的三代贫农好种子，但是看上去有点儿干劲有觉悟又顺眼的人实在不多。龙书记左想右想，终于把目标放在了正当壮年的方启发以及刚刚被任命为"方山村村主任"的我爸爸身上。

启发叔长得高大威武，三十四五的年纪，老成持重，额宽嘴阔，浓眉大眼，乌黑的头发，腰板挺直。虽说他并没有受过任何来自书本方面的知识教育，但是看上去却长得一副颇有深度、独具思想、气宇非凡的正派正直的模样。

他的脸上总是带着半是拒人于千里之外的冷漠却又似乎蕴含着截然不同的微笑的热情。这两种完全相反的神态在他身上有着奇异的统一性和协调性。总之，他的身形和长相，令人一看就能升起一种有所震慑且又心生敬重的感觉。

这是启发叔天生的与众不同的面貌所形成的气势，他的孩子福康与福顺，长大后也统统是这个样子，是这样非凡地继承了他容貌方面的优点，都是长得又气派又体面。

"党员？"启发叔听到这个消息，开始在心里暗暗地琢磨了起来，"如果光是看看龙书记的排场，那是很不错的。不过这每个月都得交党费这一点……唉。"

乡政府所派出的修房队伍在帮龙书记修建院子的时候，曾惹过很多人羡慕的眼球。

"如果当上党员，就可能有一天能当上书记，若能当上书记，那么将来有可能也能得到政府免费修的房，这么想来应该是很不错。有得必有失，如果以后能给我也造这么一套小院子的话，那么这党费先这么慢慢交上去，也还可以。"歪着脑袋想了思考了许多天之后，启发才在龙书记的最后一次的催促下，把入党申请书给递交了上去。

回复书很快就下来了。基于这两个备选人员都是身家清白，且成分单纯又年轻力壮，思想方面也是简洁又充分具备积极向上的热情与热心，所以经过乡党支部的认真讨论后，启发叔和我爸爸都顺利地成了预备党员。只等着时机再成熟些，等着为村里党里再做出一些新的贡献后，就能成为正式党员了。

既已是预备党员，那么要做的活一下子可就多了。

帮忙整理村务村规，要守山，要分田，要分地，要挖公共渠，要管理晒场，分配农活和村活，要分队，要引自来水。要创新法，做新活，去做家家户户的动员工作。可做的事，太多太多。启发叔在一种既是主动又是被动的心情下，勉勉强强和我爸爸一起，跟着龙书记，开始进行预备党员必须进行的各种工作。

之前我的爸爸还没有决定回到方山的时候，乡里的领导们就曾打过他的主意。

启发叔土生土长在方山，且不说他对方山村的一切非常了解，光是看他那副气派又体面的模样，当个小小的村主任可是一点儿也不成问题。乡领导曾几次三番做过他的思想工作，可是每一次都被启发三言两语拒绝：

"不，不了，呵呵，谢谢政府对我的看好，只是，你看，我这，家被毁掉，老人也冲没了，这到处都是乱糟糟的。我没有精力，没有多余的精力去管更多的事。"启发叔在得知了当村主任之后所要必须去做的那么多的数也数不清的具体工作之后，赶紧又是拱手又是作揖，坚定不移地把村主任一职给断然推辞掉。

不管怎样，方山村虽小，可是作为一个村来说，大大小小的细活还是够多够烦琐，他是经过仔细权衡之后才做出这一决定的。

这不，在启发叔把入党申请书交上去的时候，他也还是免不了产生过一些后悔的纠结心情：

"申请书已交，说不定还是不划算，这一旦选上了党员，党费么肯定是立马就要交，可是这当不当书记都是以后的事，况且，我又不是龙书记，不像他是从部队退下来，我可是彻头彻尾的农民，就算到时候真能当上书记，也未必会给我造房子，这事，可能决定得有点儿太仓促，唉。"

他时不时地这样划算着，进入真正的各种具体工作后没多长时间，他的心里就有些不高兴了，想了许久之后，他先向龙书记表达了这样的想法：

"这，我看还是这样吧。我的精力有限，我，我还是选个具体一点儿的固定的细活来担当吧，我没经验，人微力薄，真做不了太复杂太多的工作。"

再过一段时间之后，他又去找龙书记，用尽可能最真诚的表情和语气，提出了他的建议：

"这样吧，那些党内复杂烦琐的事情我就尽可能不参与了，龙书记你和庆堂决定就好，反正我懂的也不多。这样吧，我去当记工员，我记工分，我就帮着管管工分吧。我啊，我这人，脑筋单一，做不了复杂的活，最多啊，也只能是管管这么一两种。其他的，你们能力高，你们辛苦些，呵呵，就这样，好吧。"他摆出一副为难又认真的模样，在我爸爸和龙书记列出来的工作清单上，坚定不移地只选定了其中的一样。

记工员的工作，既简单又清闲，还不会得罪人。

龙书记虽说是一名党委书记，但是在做人思想工作这一方面有着明显的缺陷，他不仅不能去扭转别人的想法，更别说把自己的想法灌输进去。启发叔找他谈了不超过三次，他就无可奈何地只好点头同意。

我的爸爸只是预备党员之一，没有多少发言的权利，既然龙书记同意了，那么事情就理所当然地那样进行了。

启发叔进入村工作小组，成了方山村的其中一名村委员，开始参与起方山工作。

他和我爸爸不同。我爸爸总是一门心思地扑在那些数也数不清的各式琐事上，他却除了在做完他的记工分工作之后，更热衷去和龙书记聊天。

他用他自己特有的方式，在很短的时间内就和龙书记建立了非常和睦的聊天关系。

贤标老头的关于共产党的话在慢慢起到了一些作用："你看看，你看看，这党，这龙书记，多瓷实。瞧瞧他们家那院子。我们是小民，没有这个福分，也没有这个机会，有机会的话，应该去到外面走走，多多跟外面的人接触，也就是说要多多地跟这好党去接触接触。说不定哪一天哪，这机会就会到来。"

启发叔听到这些个言论时，一开始并不是十分地明白，也不绝对地肯定这些话到底有没有一定的道理。但是他迷迷糊糊地意识到：有些话还是值得深思的，比如要思考，要观察，如果想要建造一个全新的生活，光靠自己一个人的力量是不够的，最好是能跟政府，嗯，搭上个小边。对，应该这样做，不是说要找个靠山什么的，而是，应该把目光放得远一些，要把能观察得仔细的东西尽可能地观察得更仔细些，看看有没有机会。

龙书记也不爱做琐事，但是他很爱去开会，但凡乡里所有的大会小会都不放过，一律充满热情去参加。对于各种会议内容，他从不发表言论，但是只要有需要，他能把会议上绝大部分的内容都清清楚楚地记在脑子里，并且一字不差地复述给别人听。

如果要听到更多的外面的事，当然是不能只听这已是过时了的贤标往事与贤标思想。启发叔在只和龙书记进行过一次的聊天之后，他就明白了这个道理。所以从那以后，只要一有空，或是农活忙活稍微放下一些的时候，启发叔就会带上启发婶一起，手里拎了一把野蕨菜或是半棵大白萝卜什么的，去到龙书记的院子里，去串门，去进行认真的聊天。

记工员不需要去开会，但是有了龙书记复述各式会议纲领，启发叔俨然一切了然于胸，很多乡里的动向与决策甚至于比龙书记以及我爸爸都还要清楚好几分。他并没有特别明晰的念头，只是隐隐约约觉得这些聊天对自己有帮助，似乎总有一天，这些看似普通枯燥的聊天，在某些不经意的瞬间，忽然就能显示出它们不可估量的价值。

功夫不负有心人。那时他还没有正式成为党员呢，有一天，他就从龙书记某次的党员大会聊天中，偶然听到了一件相当重要的事。

可以说就是这么一件事，改变了启发叔一家的一生。

"昨天？嗯，昨天是又去开会了。不过，没有什么可听可说的，党员大会嘛，都和平常一个样。"那天初始的聊天开头，并没有什么异样，龙书记一如既往地只是展露出他所特有的那副既有点儿茫然又无所谓的表情。

在这小山村里拥有一个忠实听众，对于龙书记来说，不可否认还真是多少能带来一点小小的舒适感以及心满意足。龙书记觉得这个村里的人一天到晚只知道埋头种地，忙忙碌碌，无趣极了，唯有这启发叔似乎稍微有点儿不一样。更何况，这启发叔每次过来的时候，都会提拎点儿本地小菜。再何况，那个启发婶，每次来的时候，也都能和龙书记的爱人阿秀三三两两地聊上那么几句体己话，这一点挺难得。即使是像龙书记这样不爱与人打交道的人，也觉得他们的一切举动都是既大方又得体，所以对他们所采取的态度便也一向都是非常欢迎：

"启发，来，既然来了，就好好坐一坐，坐坐吧。一起，呃，晒晒太阳。"龙书记在他那院子里安放着的大藤椅上歪躺了下来，随意地招呼着启发叔和启发婶。

太阳？哪有什么太阳可晒。

启发叔可不像龙书记，他最受不了的是这样有事没事就这么披着床毯子在院子躺着看天空看太阳。

要去干活，多多地干活，只有干活才是最自在最充实，真不知道这龙书记心里是怎么想的，老爱这么一动不动地躺着。启发叔心里虽颇有微词，但是在他的脸上可是半点儿也没有流露出来。临近冬天的最后尾声，寒冷和往年一样一如既往地笼罩着方山。那天的太阳昏昏晃晃淡如薄雾，无精打采地悬挂在天上，仿佛是一个白蒙蒙的假太阳。这假太阳遮蔽着温暖，遮蔽着山遮蔽着水，遮蔽着视线里所有暗沉沉的一切。如果不是出于已经习惯性的好歹总得聊会儿的心态，启发叔一时还真不觉得再待下去有什么必要，他挺了挺肩膀，尽力使自己进入和龙书记一样的闲聊的状态：

"是啊，这，又要过冬了是吧。呵呵，不知道今年的乡政府，有没有新的春节补助方案下来……"

启发叔一边虽努力制造了一个话题，但是看到龙书记有点儿心不在焉的样子，真想立马转身就离去，但是旁边启发婶却说，龙书记夫人阿秀已经去到屋内泡茶了。好吧，反正这大冬日的，回家也真没什么特别急的农活可做，那，那就姑且再待一待吧。

就是这再待一待后，他忽然听到龙书记漫不经心地说出了另外的一番话来。

"党员大会倒是没有什么新鲜事。不过，大会结束后，被人拉去另外一个小会议室，倒是听到一个新的事。"龙书记迟疑地说。

"哦，呵，这乡政府啊，我想也应该是事儿多，他们都是很忙，很忙的是吧。"启发叔随意地回应着，眼睛却往院子里正蹲在一只脸盆前玩着一块小手帕的龙书记的女儿望去。那小姑娘倒了一盆水，正在认真地玩着洗手帕的游戏。多冷的天呢，她却一本正经地起劲地蹲在那儿又是甩又是浸，一点儿也不觉得有什么不妥。

这是他的二女儿书雅，都说阿秀健壮圆润，应该是宜男之相，怎么却是生下了个女娃来，还这么瘦小，真是奇怪。虽说一边在听龙书记讲话，但是一边启发叔却走了神地胡思乱想，心里忽然又感到有点儿得意，因为他自己已有了两个儿子，大的那个都已经上初中，小的也已快小学毕业，也是长得壮硕又结实，早早就能帮着家里做农活，可比这女娃儿得力多了。

"……是的，乡里的事儿多，小会议里谈的事，他们也是刚刚得到通知……"龙书记顿了顿，也随着启发叔的视线，去看了看自己的孩子，继而又说：

"……是这样的，他们说，今年我们这乡，春节后有一个名额……说是保送，全保送……"龙书记慢吞吞地慢条斯理地，用事不关己的极不在意的口吻，说出他所听到的另外一个会议的新鲜事。

"名额，什么名额啊？"启发叔也是心不在焉地听着。

他的思绪继续飘在很远的地方："这小女孩，长得倒是很好，眉清目秀的，像极了她的妈妈阿秀，以后啊，一定也是个美人胚子。这女娃啊，小时候不怎么样，长大后倒也还不错，说不定到时还可以联门亲。都说了，要想在一个村子里有实力有威信，这联姻是最好的方法。如果可以的话，等这女娃长大后，就让她和我们家福康或是福顺联姻，那么这以后，我与龙书记两家……那不，一定是又坚固又牢靠了的嘛……那么在这方山村村里，那可就是……"

那可就是什么？启发叔的思维，只能想象到这里，再往下想，却也不能想象出更多的具体的好处来。"哐当"一声，那小女娃把脸盆打翻了，水一下子流了一地溅了她一身，她瞬间哇哇地大哭了起来。

龙书记躺坐在长椅上，脸朝着小女娃的方向。他应该也是看到了女儿打翻了水，听到她的哭声了，可是他却理也不理，依旧顾自慢吞吞地继续和启发叔说话：

"嗯，有一个名额，是全保送，上学不仅免费，还免考……"龙书记说。

"咦，这是怎么了？"倒是那启发婶，在堂屋里听到了小孩的哭泣声，比阿秀先从屋里跑了出来，过来查看。

"你帮她看看，水翻了，不能玩了，她在哭呢。"启发叔下意识地吩咐启发婶。

再一转念，他突然想起来，觉得刚才龙书记的话好像有些奇怪，似乎是在说一件很重要的事。他定了定神。他看到那书记的爱人阿秀也从屋子里急匆匆地跑出来。启发婶在帮忙，帮着把脸盆重新扶起来，把小手帕捡起，两个女人又是抱又是哄，忙忙乱乱地都拥到了屋子里面去。

哭泣声没有了，院子里静悄悄，启发叔脑子里迟缓地浮过刚才听到的"名额""免费"这两个词，他赶紧敛了敛心神，决定弄明白龙书记在说的是什么。

"这，名额，到底是怎么一回事啊？"他认真地问。

"呃，说实话，小会议室里所讲的，我并不是非常清楚……是这样，他们是说，过了这个春节开始，我们乡里，要把这件事当成一件认真事来做。一个保送读书的名额，在半年时间里，由我们党支部来决定，在我们乡选出一个合适的人选，选送到镇里，再送到县城。"龙书记用轻松普通的口吻，大致地把这新鲜事笼统地和启发叔说了一遍。

保送读书在那个时候就有了。不过稍微不大一样的是，那时候的保送条件，不仅仅只是要求学生学习成绩好、品学兼优，他们更看重的，是这个学生的背景、家庭的历史清白度以及家庭的成分，还有，要有合格的有点儿分量的推荐人。

"就从初中生那一块选，应届的初中生，审查合格后，就直接进到指定的干部学校就读。"龙书记说。

"啊，有这种事？！"启发叔的脑袋里"叮"的一声，像是被什么突然敲醒了似的，"初中生？应届的？这，这说的不就是我们家福康吗？"

对！就是他！这可老天爷太开眼了！

启发叔一时仿若被神光照耀到：是天堂突然裂开笑脸，突然从高空中抛下这么一道闪闪发光的金光大道来？！

干部！只要一毕业，就是国家指定的干部！高干！这龙书记刚才是千真万确地这么说了，说是只要被选中后送去指定的学校。学制四年。

只要四年，四年后，就是个完整的正规的国家人员！直接就是当干部！国家干部！国家高级干部！

在这个骤然意外消息面前，启发叔一时发了傻愣。他又愣又清醒又兴奋。他强忍着按捺不住的狂喜心情，假装不经意却又十万分认真地仔仔细细地问出了这个事情的始末。

龙书记的思维带着点事不关己的轻描淡写，转说得并不是十分的透彻，但是三言两语，还是把这个事情的起因和进行以及可能性，都一一地告诉了启发叔。一番言谈后，启发叔的心里已经是再明白不过了。不仅明白，而且他还迅速地想到了可行的方法：

这事情，就这么办！一定要这么办！

他一边在脑子里记下了这个选拔程序的最基本的条件：这名学生，前提必须是村里面由村主任和村书记认真郑重推荐；一边则快快地动起了脑筋来：

龙书记一副散淡而无所谓的模样，他不会对这个事情特别的上心和在意，我得找庆堂商量，庆堂热心，他会帮我。具体的该怎么个操作法，庆堂的脑瓜子好用，他一定能帮我想出个妥帖的办法！毕竟，这可不是我一个人的名誉，而是我们整个方山人的名誉！想想看，在任职期间，村里若是出个这么一个人物大事，那么更多的还不都是他们村主任和书记的光彩？龙书记肯定不会反对，他一定是会支持的，他现在和我的关系这么好。关键是要想出合理合适的必胜的方案，一定要万无一失，万无一失地把这个机会紧紧地抓牢在手里！

启发叔的脑子里一时就像突然被点燃的过年炮仗，"噼里啪啦"地火花四溅。

他当下就果敢决断地向龙书记表明了他的愿望。

他详详细细地向龙书记展示出他们家福康现在的所有状况：年龄、身高、体貌。他的福康既懂事又善良，头脑聪慧、性格谦让。还有比较关键的是，他的福康的确如他所说，在学习上一直是个品学兼优的好学生。

"龙书记，想想看，这是一种命数，是命数哪！我们家的福康和我长得是几乎一模一样，品性也一样。你是了解我的是吧，我这人没有什么缺点。我的命好他的命也好，所以才会遇上您龙书记的知遇大恩。您看哪有这么巧，您偶然参加这么一个会议，就得到了这种消息。而我们家福康，就是最为合适的人选！这可不只是我一个人的荣誉，这是我们全村人的荣誉！是您龙书记的荣誉！您得帮我，一定得帮我。您如果这回帮了我，您就是我们的大恩人，我们全家的大恩人，这以后不管什么地方，只要您需要我……"

他自信地侃侃而谈，又是请求又是许愿。他罗列出千百种他们家福康一定能够入选的充足理由，并且在不经意间，他还不知不觉地对龙书记用上了"您"这个尊称。虽说当时并没有其他的村人们在场，但是后来大家都心知肚明地知道，这个启发叔，是怎样前所未有唯此一次地来进行他的"演说"。他以他天生的仿若混沌未开般的敏锐智慧清楚地知道，这是一次百年一遇的大好机会，是鲤鱼跳龙门的最佳方法和最不可思议的成功捷径。

当然，那番演说极其成功。他的态度真挚又诚恳，既点明坚定了主题，又并不显得特别张扬急切。一切都很好，很合理。连龙书记的爱人后来从屋子里抱着小孩走出来，也在旁边听得频频点头。

在得到了龙书记的微微首肯之后。他连晚饭也不回家去吃，只匆匆把启发婶打发回家之后，就步履匆匆地直接跑到我们家来了。

"庆堂！庆堂！来！帮我参谋参谋，这事，这事得快快地动起来哪！"在开口急匆匆叫我爸爸名字的那会儿，启发叔突然有些责怪自己，后悔当初太鲁莽，不该目光短浅推辞掉村主任的职务，否则的话，这事情做起来岂不是更加又顺畅又便捷。

不过眼下他顾不了那么多，他只急着要把这事告知我爸爸，好让我爸爸赶紧给他拿主意：

"……事情的经过就是这样，无论如何，这保送的名额，你一定得想办法帮我拿下来……"把该说的都说完后，他急切地睁大着眼睛看着我爸爸，一心只想我爸爸快点儿帮他想出可行的计划。

"是这样啊。这是好事。我明天就去一趟乡里，去把详细的情况给弄弄明白。"我爸爸和我妈妈才刚刚端了个饭碗，准备吃晚饭。我爸爸是个认真的人，听到启发叔所说的事之后，立马就开始沉思起来：

"咱不急启发叔，先不要这么激动，只要真有这事，我们当然是要尽全力地进行。你家福康是个好孩子，如果有这么个机会那是最好。你等我消息，明天，等我回来后再做认真计算。"

"那，拜托了，全拜托你了啊庆堂。"启发叔真心实意地说：

"话说回来，在这方山村，你和我才是最近的近支，从族谱上论起也是你和我最近，这么说吧，我也只有和你商量，我这心里才踏实……那我等你消息，你一定得抓紧，明天跑一趟乡政府，帮我打听出实打实的消息，我们家福康，可全靠你了，你得给我准信……"启发叔反复又重申了好几遍事情的重要性，才既忐忑不安却又信心十足地回家去。

我的爸爸第二天就到乡政府去了。

启发叔哪儿也没去，中饭过后就来到我们家坐着。他还带了启发婶过来，陪我妈妈一道儿坐在院子里帮忙挑拣黄豆。

"唉，我家隔壁那个孤寡老头。这些天咳得可真是厉害，吵得我们晚上觉都睡不好……真是糟心呢……"启发婶一边和我妈妈聊天，一边说着闲话，"今年这么冷的天，我看他的情况，说不定是不能挨过这个冬了……"

关于贤标老头的病，是好一阵坏一阵。从腿脚的伤口发炎，一直到后来身体的其他功能也都开始渐渐衰退，特别是在这样的冬天，各方面的病情就会更严重许多。他在半夜里又是咳嗽又是呻吟，把启发婶弄得很有点儿感到厌烦。在村人们面前她已经抱怨过好几次，说这个老头现在大门不出二门不迈，把这屋子弄得是又脏又臭，臭气都几乎飘到她家来：

"当初完全没有想到，真不应该跟这样的人搭建在一起。唉，那时候是为了省一堵墙的费用，才和他搭在一起，现在才知道是个麻烦。想想看，一个孤寡老人，什么事都不去做，天天在家里，动不动么就在我们的耳边啰里啰唆地吹他的旧事，听听都烦。现在更惨了，如果说哪天不声不响死在屋子里，到时候第一个被臭气熏到的，也是我们。不，还先不说以后，就是这现在，便已经是够臭的了，你们都知道，他那只烂脚，唉，便是现在这大冬天的，从他门口走过那也是臭气一阵一阵地往外涌。现在倒好，他还咳了起来，我真怕我们都会被他传染，唉，麻烦，麻烦。真是令人讨厌……"

"贤标叔的病更加严重了？难怪，好像有好些天没有在门口看到过他了。"我妈妈说："这人哪，年纪大了就是可怜，没有人陪着，是太凄惨了……上次我和庆堂有给他送过草药，可是好像也没有管多大用，现在……"

关于贤标老头的话题就此打住。很快的我的爸爸从乡政府赶了回来。他证明了之前龙书记的说法，关于保送名额的事，他已经打听得一清二楚。心里有了基本的底，接下来就看事情进行的步骤了。我爸爸相信人多力量大的道理，在回村的路上他就想好了，这不是一个人的事，一定得多方想办法，得多些人参与进来，才能有好点子好的计划。他把启发叔拉到一边，仔细地和启发叔说了一些他的想法和打算。

于是那个冬天，我们家就突然开始热闹忙碌了起来。

爸爸开始三天两头和启发叔为了保送的事一趟一趟往乡里跑，去探听新的消息。时不时地，他不仅仅只是和启发叔还有龙书记商量讨论，他还发动了全村，把村里大大小小只要有些想法的村人们都给找到一起。我爸爸的意思很简单：这事不做则罢，如果要做就一定要把它做好，做成。

"成事在天，谋事在人。"为此，他还专门邀请了在方山小学当小学老师的方老师帮忙出谋划策，说是读过书的人脑瓜子灵活，说不定想出的法子可以更完善些高明一些。

"这不仅仅只是为了启发家的福康，这是为了我们大家，为了全村的荣誉。"我爸爸说，"若是我们村能出个人才，出个国家干部，那是一件不可多得的好事大事。我们如果能够先造福了他，那么将来他有一天成材了，一定也同样能造福回我们方山村的！"

村动员大会上的讲话，令全村人一时几乎人人都是热情高涨浑身热血沸腾。

那会儿是个冬天。冬天天寒地冻，反正室外也无农活可干，于是村人们乐得能有这样一个为村里谋划谋划的机会，反正也不需要多大的力气，不过是一堆人时不时地聚在一起交头接耳一回，这挺好的。于是那些天，那些有想法的村人们就都三天两头地往我家跑，献计的献计、出法子的出法子，热热闹闹地把我家常常到处都给填得个严严实实。

那个了不起的冬天！

春节临近。关于保送的大事，我的爸爸在花费了许多人力精力之后，总算把细节的情况也都打听得一清二楚：

全乡的确只有一个名额。而目前的初中应届生里，成绩最好最靠前备选的已有五位。很不幸，福康排在第六位。不过运气的是，第五位是一位女孩。乡领导们认为女生参加这样的竞选不大合适，作为一个全乡的保送生来说，应该是派出男学生为代表更为合理些。于是自然而然，福康作为紧跟其后排名的男生，顺利地挤到这五名备选里去了。

再后来，经过严格的家庭审查后，又顺利地剔除掉三位。被剔除的这三位，学习成绩以及平时的品德言行倒是都没有问题，一律都是些又勤恳又认真的学生，可是他们的出身不好。于是，第一第三第四名，出局。

于是，剩下来的，就很简单了。排在第二的是来自山坞村的陈拥军，而另外的那个人选，就是排在第五的方山村的方福康。

"情况现在都了解了，如果光是从成绩上看，那么我们是稍稍地输了一筹。不过，其他出身也好成分也好，却是半点儿也不相上下。第二名那孩子虽然根正苗红但我们村福康也一点儿不比他差。我们方山人，都是一目了然众所周知的三代贫农出身，是绝对的又穷又干净。在出身问题上，他比我们高不到哪里去，所以……"在跑了无数趟乡政府之后的某天晚上，我的爸爸和启发叔，还有龙书记和方老师，四个人严肃郑重地团团围坐，在我家的堂屋里认认真真地开始研究起作战方案。

四个人在堂屋里，把门都通通地关上，好像还怕被人偷听去什么机密似的，大家面对面认真地坐着思考着，那仗势严肃又认真。

"庆堂，那，我们，接下来到底怎么办才好呢?"启发叔小心谦虚地问我爸爸。

龙书记则发扬着他往常那爱思考却不爱发表意见的精神，他虚虚地抽着烟，微眯着眼，脸上带着那惯有的散漫而无所谓的表情，什么话也没有说。

方老师的烟斗里并没有放着烟丝，他知道我爸爸不爱抽烟，所以每次到我家来都只是带着烟斗，却并不在里面放着烟丝，而只是做出一副抽烟的样子，过过干瘾罢了。他也在认真地听着。

基本上这样的"高峰会议"，其实已经是开过无数次了。

越是临近春节，时间就越是紧迫。龙书记最后从乡政府得到的消息是：过完春节后开学的第二个星期，他们就会把人选敲定下来。可是这几个头头们却还是一筹莫展，一次叠加一次的围坐，并没有使事情得到突破性的进展，一切都还是属于被动的、未知的。

"嗯，我觉得我们唯一的办法还是，要想办法在孩子的身上做做文章。"我的爸爸认真地想了想后，说。

"呃……你说做文章，我认为没那么容易，我感觉吧，那乡里的意思是，有可能他们更偏向于山坞村，他们说了，说是那孩子的名字取得好，拥军拥军，一听就是热爱我们国家热爱我们共产党的实诚小孩……"沉寂了许久之后，龙书记突然开了口。

"什么？名字？他的名字，当然没有我家这个好！我们家福康，有福又健康，最好的名字了！他们，他们可不能这样。再说了，福康，也正是这样的名字，才能体现出国家的好，如果国家不好，那么什么福啊康啊又从哪儿来呢？"启发叔一听到这样的话，真是气愤又担心，忍不住连珠炮地说出了一堆的抱怨。

"我想应该不会，一个名字而已，应该没有很大关系……"我爸爸看到启发叔一下子又气又急的模样，赶紧安慰他，"启发叔你别急，我们也有优势，只要从细节里去认真想想，我认为我们还是有优势的。"

"优势？什么优势？"

"这么说吧，上次我去了乡政府，又摸过一次底。我分析过了，我认为这次保送的事情，对于乡政府来说，应该不仅仅只是当一件单纯的保送事件来安排那么简单。最好是，能借着这个事，弄出个典型，这才是他们所想要的。"我爸爸字斟句酌，希望尽可能清楚地把他所分析出来的想法告诉给大家。

"典型？"启发叔有点儿不解。

"是的，我想过了，那个山坞村的男孩虽说与我们村福康不相上下，不过有一样他是一定比不了。"

"是什么？"

"水。"我爸爸说。

"水？"启发叔更加糊涂了。

"是的，水。我是认为……当然我也不能说我是百分之百的正确……"我爸爸想了想，好像终于被他理出了一条思路似的，开始笃定地往下接着说：

"嗯，我觉得，我们可以多组织一些书面上的资料。我今天听乡里的陈干事说了，说那些保送资料，不仅仅只是放在他们乡里看，而是上面来的人也是要看的。那么我就想了，是不是可以这样：我们在除了学校所交的那份普通资料的基础上，再重新理出一份新的辅助的资料，先不忙着交，而是等到那上面来人的时候，我们就直接跑到乡里去，就说我们当时还没有弄好，刚刚才把资料准备齐。就那样直接把资料补交到上面来的人的手里。你们看怎样？只有那样，我们就能够比那边多一分胜算的把握了。"

"你的意思是，我们多准备一份资料？"启发叔犹豫着说，"可是，我们能准备什么呢？学校所整理的资料里面，不是都已经写上我儿子福康的所有资料了吗？"

"不，有东西可以准备。"我爸爸肯定地说，"你忘了吗？

我们这个村是什么村？这是一个刚刚被洪水袭击过的才刚刚恢复起来不久的村。"

"是的，不过，这与准备资料有什么关系啊？"启发叔还是不懂。

"有。可以有关系……呃，是这样的，我想起来了。我突然想到了贫农与三代贫农之间的真正差距。怎么说呢，同样一件事情，表面上看似乎没有什么不同，但是如果从内质从核心去看，却还是会有差别……我是说，这两个人，这两个候选者，虽说同样都是贫农，但是这贫农之间的深度却不相同，嗯，也就是说，虽然是一样的成分，但是这成分的年限却有区别……"我爸爸试图把心里所想的方法和缘由，转化为句子讲给大家听，可是毕竟文化水平有限，表达来表达去，不仅没有把问题表达清楚，反而令大家听得更加一头雾水。

"庆堂，我说啊，你通俗点儿说好不？我怎么听着好像听不大明白呢。"方老师也有点儿急了。

"这样说吧，我们要在那'水'上面做文章。我的意思就是，虽说那山坞的小孩和咱村的福康是一样的都是三代贫农的成分，虽说都是'又红又正'。不过咱村的福康却有着另外的优势，那就是我们村刚刚经历了洪水是不？"我爸爸好像终于想到了准确的表达方法了，他说，"我们可以在孩子身上做文章，也就是说，这个孩子，福康，在已经是三代贫农的基础上，还被命运摧残，刚刚经历了这么一场残酷的洪水。但是我们福康不但不被命运的残酷所打倒，一如既往地积极向上，而且还更努力更勤奋地学习，而取得了比以前更好的胜利！对，我想说的就是这个意思，我的意思是说我们把这水跟平时福康的努力行为用书面的文字给表达出来，弄成资料，这个意思。虽然这是有点儿'借着悲惨打同情牌'的不妥当，可是，我能想到的，也只能是这样一个办法了。"

一番复杂又曲折的整理之后，我爸爸终于把心里想着所要表达的意思好不容易地给表达出来，他长长地松了一大口气。望着对面这三个认真洗耳恭听的人，他急切地问询他们：

"怎样？你们说，这样可以不？"

"哦，是这样啊！"方老师第一个听明白了，"庆堂的意思是说，树典型，找出我们福康与那陈拥军不同的地方。找优势，也就是说，树一个在更加艰苦环境下向命运抗争，努力学习的典型。"

"对对对。就是这个意思。方老师现在明白了，我就是说，我们想办法，在资料上在书面文字上把福康弄成个典型，那才有可能占到新的优势。"我爸爸点头又解释了一番。

听的人有的沉思，有的愣怔，有的继续是那么一副散淡的无所谓的自在模样。

"是的，就是说，给福康弄个除了学校以外的，在人们所知道的表面事物上再加上一些新的东西。一些新的不一样的资料，对吧，庆堂？打个比方说，我们说福康在家里是个又孝顺又勤快的孩子，又或者说，他既能吃苦耐劳，很爱帮助人有爱心，等等。我们要把他塑造成是我们方山村人人皆知的典型。像那个雷锋，他就是典型，他爱帮人爱做好事。我想庆堂所想表达的就是这个意思好吧，要把福康的典型的不一样的好，用书面的形式做出来，让上面来的人知道，这就有了优势，对吧，庆堂？"方老师把我爸爸的意思，用更清晰的言辞，重新又解释了一遍。

"对！对！就是这样！还是方老师有文化，一听就懂，一解释就清清楚楚明明白白，呵呵。"我爸爸笑着称赞他。

"那，意思是，除了我的孩子的情况，我们还得把咱村里的情况也一并给写进去介绍介绍，是这个意思吧？"启发叔得到了启发，也终于明白了。

"对！我们就朝这个方向发展。本来嘛，我早就说了，这是咱全村人的事，所以啊，我想我们还可以来个联名请求什么的，像古代一样。我们在资料上一一签上我们全村人的名字，众志成城，齐心协力地恳请'上面'的人，录选我们的福康，对吧，可以这样。"我爸爸忽然又想到了一个方法。

"好，方老师，我说啊，这件事，这个把想法形成文字的事，那可就交给你办了好吧？明天这个时候，我们再在这里碰头，到时你把写好的文章，带过来给大家看一下，到时就把它给定下来。今天晚上么……呃，就先这样了吧。这天太冷，我们先就这么散了吧。"终于轮到龙书记开口了，他那优雅的白卷烟已经抽完。他随意地把烟头放到脚底下，认真地踩了踩，把烟头上的火星踩灭。把修长的双手收拢进他那细长对襟大棉袄里，做出了一番总结性的话语后，领先站了起来。

"就这么办！就按这个套路来，大家，合计合计，认真合计合计，呃，我家福康，都有些什么……方老师，那，明天就辛苦你了，帮我写得好一点。"接着龙书记的话头跟进叮嘱了一番后，启发叔也赶紧跟着站了起来。

这些日子大家商量谋划的时间真是够长的了，不过总算直到今天，才有个稍微清晰点儿的名目，启发叔的心才略略地感到些心安。不过那些所谓"把想法形成文字"这类的说法，似乎还是有点儿玄，启发叔一时还想不清楚到底是哪里的力度还不够，不过没有办法，在看到方老师的文字资料之前，也只能是这样的了。

"没关系，不客气。等明天吧，明天我把书面的东西带过来再说。"方老师说。

人们陆陆续续地站了起来。

"梆梆梆！梆梆梆！"

"庆堂！庆堂！起来了吗？我和你商量事！商量事哪！"第二天天还没有完全亮透，我家的大门就突然被"梆梆梆"敲响了。

又是下了一夜的雪，院子里白蒙蒙一片。

我爸爸披了件棉衣迷迷糊糊地去开门，看到门口站着个双眼通红的大口喘气的人。清晨的雪已停了，来人在院子里踩出两行白花花的脚印。

"……启发叔？这么早啊？"门外的人身上所穿的棉衣和我爸爸身上穿的这件没有什么两样，也是补丁叠补丁，不过袖口部分倒是平整又讲究，想必是填了新棉花进去，所以看上去倒也还暖和。

"启发叔，这么早啊？"我爸爸赶紧让了让身子，招呼他进来。门外清晨的风，又冷又不留情，我爸爸身上只披了块破毯子，没有启发叔穿得严实，且又是刚刚从被窝里钻出来，一时风儿一吹，让人直打哆嗦。

"坐，坐。"爸爸一边把启发叔往屋里让，一边赶紧回房间，把棉衣棉裤也给认真地穿到身上。

"庆堂啊，我想了一夜，我是恨不得昨晚就跑过来的呢。不过想想大家都在睡觉，好不容易才到早上，这不……"启发叔搓了搓冻僵的手，第一次好像有点儿不好意思似的说，"我想到一个法子了，嘿嘿，只是不知道妥不妥当，所以我现在早些过来和你商量一下，如果你也觉得妥当的话，那，那我就好赶紧跑到方老师那儿，让他把这个也给仔细地写进去……"

启发叔一开始好像觉得有点儿难为情，但是很快他就表现出果断决断的样子："我，我想啊，这一定也是会有用的，呵。"

"哦，那，是什么啊。你说说看，快！"听到有新的点子，我爸爸当然也是极为高兴，赶紧催启发叔。

"是我的隔壁老头。"启发叔忽然眼睛放光了，"这事儿得靠他。这么说吧，我昨天回去时，我又听到他那又长又密的咳嗽声音，当时我还不大高兴呢，你想想，半夜三更的，吵着人想事情的你说是不？可是后来我听着听着，我就突然想到了方法！"

"贤标叔？"我爸爸听不明白。

"不是，呵呵，是的。不是说是贤标老头帮我想到办法，而是，我是说，我想把我家福康，过继给他当儿子，你看怎样？"启发叔直接把他的想法说了出来。

"啊？你说什么？"我爸爸吓了一跳。

"是这样的。昨晚你不是说了吗？若是比谁更惨些，那么我想想如果光是从咱这方山村来看，可是再没有比贤标老头更惨了的，对不？他年少丧母，中年又丧父，到后来呢丧妻，再后来好不容易留下的小孩还给得了个治不了的癫痫病，十岁不到就给癫没了。后来就一直孤寡一人，然后还逢上了大洪水，一不小心把腿也给毁掉了。现在呢，他又是烂脚又是咳嗽，谁能比他惨？再没有了，所以啊，我想把我的福康过继给他。昨天方老师不是有提到一个叫'雷锋'的人吗？那雷锋不过是陪老奶奶过过马路帮老汉推推车，他就得了个热心助人的典型美名。我这直接把福康过继给贤标老头做干儿子，这可比那'雷锋'也热心了几百倍了，你说是不是？所以我想，如果这样的话，那么就'又有最惨的''又有最好的'，这不是两全其美了吗？再说了，我们家福康，也是真的对那老头有过很多的关照。他是我离得最近的邻居，这三长两短的照顾过他的地方可多着，只是你们都不知道而已。我们家福康，都有好几次帮那老头搬过柴火呢。"

启发叔一口气说了一大堆，有点儿乱有点儿没头绪。不过意思却是再明白不过。缘于昨天我爸爸和方老师对事件的分析点拨和启发，所以他才想出了这个再是完美不过的方法。

"……照顾孤寡老人？嗯，这，是一个很好的口号。那贤标叔，也的确是很可怜……"我爸爸听了启发叔的话之后，缓缓地点了点头，"不过，这毕竟不是一件小事，如果我们真把这事写成有根有据的话，万一那上面来的人突然说要来看看事实的话，那可怎么办，难不成，你还真把福康过继给他？"

"给！为什么不给！我看他也活不了太久的了！"启发叔干净利索地回答，如果上面的人要来，就让他们来好了，就是要让他们来看看，这贤标叔过得多惨，而我们家福康呢，又把他照顾得多好，你说是吧？我们就把这些事当成真事写进去。当然，这以后，如果我们家福康真的被选中，那么我们也肯定就真的会把贤标当成是福康的长辈，那以后这照顾一下他帮他煮个汤弄碗稀饭什么的，就包在我和我内家的身上，绝对不成问题。"

"这样啊，可是，那，万一上面的人来了，突然去当面问贤标叔，而贤标叔如果说没这回事可怎么办哪。"

"不，没事，不麻烦。我都想过了，我仔细观察过了。我发现现在的贤标老头其实已经是脑筋不大清楚了，这不早上我还偷偷跑到他屋子里看过他，老头迷迷糊糊地睡着，哼哧哈哧地，跟他打招呼跟他讲话他都根本认不出我是谁。况且你要这样想，那些'上面的人'，也不一定是真会来查看，对吧？咱这又穷又贫的小山村，不是明摆着的吗，有什么看头？他们想知道的一切，我们资料里都已经有了。再说了，我们还有最后的一招，你昨天提的'联名请求'，我们把这'照顾孤寡老人'的事也写进去，然后在这些资料上都签上我们全村人的名字，那么，这一切就都是板上钉钉，那还假得了？绝对不假！"启发叔越说越觉得自己的方法可行，他的话语也就越发地笃定和自信。

爸爸觉得要得到全村人的支持那倒是没有问题，在那次争选保送大会动员演讲时，每个村人都已经是热心又热情地表过态了，不管村里有怎样的决策，他们都会全力支持。更何况本身眼下方山村目前在读书的初中毕业应届生里，也就这么一个福康，完全不存在心里不赞许不平衡不愿帮忙什么的。可能秀兰家倒是会不愿意，因为他们家是从来不做帮人不利己的事的。不过只少了他们一家可不打紧，就算扣除他们家的签名，那么也起码是有百分之九十八以上的人签名的了。这没有问题。

"好吧，嗯，应该是可以的，那，那就这么定吧。"我爸爸点了点头，同意了启发叔的说法。

看到我爸爸一副认真沉思过的模样，且也同意了自己的看法，启发叔一时像是被打了一针兴奋剂似的"腾"地跳了起来，他欢快地说：

"我就知道，我这方法能行！好！现在我就去找那方老师，我把我们俩的意思，去跟他好好说说，让他一并写进去！走！庆堂，你就陪我走一趟吧！"

"嗯，"我爸爸想了想后又说，"我觉得，这事情既然做了就要把它给做好做准。这样吧，方老师那儿我陪你一起去。不过在贤标叔那里，你得从方老师那儿回来后就立即着手。你和启发婶，带上福康，还是得去认真地弄个什么'过继仪式'，至少啊，我们形式上得的确认真走过这么一回，让每个村人也都看在眼里，到时候，万一有个什么风言风语真要传起来，也让大家都无话可说，你说对吧。"

"对，对，对。就这么办！"启发叔兴奋地一边搓手，一边频频点头称是。反正做那仪式也花不了多少工夫，不过是拎着孩子跑到贤标家去一趟罢了。到时带上个证人，证明有这件事就行了。对了，证人可以请上那龙书记。其他人么，有事没事闲着的，都到那里去看看就好了。总之，只要让大家知道有这回事就行。

"启发叔家的大儿子福康，那可就是个善良实诚的孩子，他把那个孤寡老人，当成是自己亲爹般地照顾。难得，难得啊。"启发叔想要得到的效果，只需要这几句话就成。

那一天白雪皑皑，莹莹亮亮的太阳光线从天空轻盈欢快地照射下来，把小小山谷给照得是又白又亮又暖和。

"贤标老人得了个儿子。"消息迅速传遍了全方山。

那天不仅有亮丽的温暖的太阳，还有着亮丽的温暖的冬日细风。细风暖洋洋地裹着落在大地上的细细碎碎的洁白积雪，雪儿在晒场上欢快地轻盈地打着圈，圈儿滢滢蒙蒙地跟着风儿跑，一直从晒场跑到了村路上。雪儿飞雪儿舞，雪儿像一块雪白轻盈的美丽纱巾，从方山村跑了出去，一直跑到村外。

很快地，几乎整个乡的人都知道了：方山村出了个大贤人，还是个孩子呢，小小的年纪，便已是很知道并且懂得发扬我们中国千百年来所传承的关怀友爱的精神，把温暖都认真真切地送到孤寡老人的家里去了。

那个孩子的名字叫作：方福康。

那份方老师辛辛苦苦花了整整三天三夜修改写下，并在页尾盖上密密麻麻不同红手印——方山村的村人们大都不认识字，连自己的名字也不大能写齐全，所以就直接用盖手印来替代——的厚厚资料，几乎都没有用上。不出启出叔当初刚想出这方法时所料，上面来的人只是略略地看了一下——那样的一眼，都还不算是认真地翻过——我爸爸递上的补充资料后，根本没有想到要来一趟方山，就直接准确地在方福康的名字下面打上了钩。

一切，都那么简单。

因为，"好人好事"传得太快，"上面的人"才一到乡政府，就已经听闻了不少的风声。那些厚厚资料上所准备的情况，早就已经"噼里啪啦"地主动往他们的耳朵里灌了：福康，老人，老人，福康。

陈拥军的名字取得又红火又正规？有什么用。相比起主动照顾孤寡老人的福康来说，那可是差得太远了。

中选者——方福康。

"那个事，算起来是我们成功了，可是，山坞那孩子说起来也可怜，他怎么知道我们还有这样的一份补充资料？所以啊，一下子就被划掉了。对他，我们是有所亏欠的。"我爸爸每当回想起当年这件了不起的保送大事，在忽然暗叹那"山坞拥军"可怜的同时，却总是又会忍不住露出沾沾自喜的表情。我爸爸一直认为，那叠虽说不是由他动手但是却是由他动口的方老师所写的资料，其中超过百分之八十以上可都是他的杰作。他一直认为是这份资料才使得方福康入选，所以又是自得又是满意。

"得了，你就别提这事了，没什么可光荣的。都过去多少年的事了，这件事人家启发叔还说了，关别人什么事？如果不是他家福康自己有天分，有什么用？且不说这'过继'的招是他自个儿想出来，如果不是人家福康自己本身成绩好，那也是万万选不上的。你呀，你就收敛点吧。"我的妈妈总是能在我爸爸太过忘形的时候，及时地帮他理理事情的反面，及时地帮助爸爸刹住车，免得他老是沉浸在过去的一些功过是非里，总也不肯回到此时的现实中来。

且不去形容这"保送事件"的成功给启发叔和启发婶带来多少自豪又得意的心情，就连那些曾经在补充材料盖过手印的村人们听了这个消息后，也都各自跟着喜滋滋地沾了不少自豪的光：

啊哈，看来我们村，真的是要出能人。而且，这个能人的诞生，其中也有我的一份功劳，如果没有我的手印，那么人家那也未必……这么了不起的大事办下来，启发叔应该会请我们大家一起吃个饭或是分个糖什么的庆祝庆祝的吧，咱就等着，到时美美地吃一顿！

村人们奔走相告，都为之开心又庆幸：动了那么多心思，想了那么多的计策，哈，居然，终于真的成功！我们村，还真是要出一个标准的国家干部！这是多大的荣耀！！！

大家窃喜着，等待着。却全然没有注意到启发婶不知从什么时候开始，渐渐显露出懊恼的神色。

自从用着"过继"的名义把儿子过继给贤标老头之后，启发婶几乎是无时无刻地不被厌烦郁闷的心情所折磨着。

福康大部分的时间在学校上课，只有周末才回家里，就算回到家也不可能真的让他去照顾老人。启发叔则更不可能，男主外女主内，他的忙碌都在外面，家里的事一直来都是一概不管。所以，毫无疑问，照顾贤标老人的工作，就自然而然地落到了启发婶的头上。

"真臭，臭死了。"启发婶皱着眉，心不甘情不愿地端着玉米稀粥往贤标老人的屋子走去。就算不给他洗身子不去打扫屋子里的卫生，可是这一日三顿的一天两天还好，勉强也能忍受。可是一个星期下来，启发婶就不高兴了：

"都是你不好！想这么个馊主意！我们家福康本身这么优秀，这名额原本就是我们福康的！这下可好了，莫名其妙地认这么个'爹'，三天两头让我这么照顾着。你倒好，你是男人，不操这份闲心。可我呢，你却不知道我这一天下来，得多干多少的活！"

这些话，当然不好到外面去说，毕竟那正式的通知书还没有下来。不过在每当夜晚来临，天空完全被笼罩在黑暗里的时候，启发叔的耳根旁可就没得清静了，启发婶嘀嘀咕咕嘀嘀咕咕地，不停地在他的耳根边埋怨着。

除了尽力去宽慰老婆之外，启发叔没有任何办法，他低声下气地劝告老婆：

"你忍一忍，再忍些日子，等到通知书一下来，咱就不管他，好吧。不急，不能急。"

村里人也是一样，原本还等着盼望着能吃上一餐免费的庆功饭，他们有事没事就到启发叔的院子里去转一转，想探听一下这答谢酒席会什么时候举行，可是每次看到的，都是启发婶又忙碌又是拉长的脸，慢慢也就觉得不忍心了，只好悻悻然地散去。

所幸，这样的日子并不长。

其实关于这件事情的整个时间，从头到尾算起，都不能算是很长。

从一开始得到竞选名额的消息，到切实执行各式方法方案，再到最后的正式通知书发下来，前前后后，也就是两到三个月。

只是，什么叫度日如年？这才叫度日如年。

日子一天天慢慢熬，在临近将要过年的最后一个星期，学校的正式录取通知书终于发下来了。

那天真可谓是"双喜临门"。因为凑巧的是也在同一天，贤标老人刚好咽下最后一口气。

贤标老人的死，还是我家阿婆发现的。

临近过年的时候，阿婆在家里有许多要做的事，所以最后一次差不多有隔了四五天才到那个小屋去。那天的天气黑沉沉的，没有阳光，方山村一派静寂，视线内的一切都被笼罩在湿乎乎的阴冷空气里。头一天的广播天气预报说，第二天的最低温度将会达到零下七度，差不多是方山村有史以来最低的气温了。夜晚刚下过一层新的粒子雪，又添加了好几分寒冷，在那样的时刻，我的阿婆怀里揣了两只刚刚蒸出来的热乎乎的玉米面馒头、手里拎着一罐新煮好的红糖煨姜汤，迈着她那双不灵便的三寸小脚，小心翼翼地去看望贤标老人。

她才刚刚走到启发叔的院子里，就听到他们屋内传来各种与往常极不一样的欢声笑语。阿婆没有多想，快要过年了，差不多每户人家都这样，家人们都凑齐了聚集在一起，或是做年糕或是打新糖，总是既忙碌又热闹。只有贤标家的小屋例外，小屋冷冰冰静悄悄的，什么声音也没有。

阿婆推门进去所看到的情景，无须赘述，只要知道那里面发生了什么事就可以了。

老人死了。他没有躺在床上，而是瘫坐在地上斜倚在床架边，只穿了一件单衣，他的灰白瘦削的脑袋低垂着，尖尖的下巴一直垂到干瘪瘪的胸部上，支棱着身子，一动不动。

阿婆赶紧跑到隔壁去拍门。才得知一大早福康去了乡里取通知书回来，这一家人正围坐在炉火边，在快活地欢声庆祝。

通知书来了，贤标老人死了。这一切，都像是上天安排好了似的。

启发婶终于可以扬眉吐气了，可以毫不犹豫地承认的确是自家的福康又能干又聪明，所以才会当上这乡里唯一的保送生。而贤标老头的死，也终于令她放下了心头大石。

"这下可好，终于可以不用再闻到他的臭气了。这一切，终于结束。"她喃喃地长长地吁了一口气。忽然把儿子的录取通知书紧紧地摁在胸口，忽然又赶紧摊开到眼底，看了又看看了又看，尽管她其实并不识字。不过启发叔指点给她看了，说右下角那个红红圆圆的圈圈叫公章，公章上盖着的，就是那个县城干部学校的名字。

启发婶笑了，她苦尽甘来地，微微地喘着气。

方福康作为贤标老人的过继儿子，除了那次不得不进行的"认子仪式"之外，他几乎和老人都没有照过面。对于进行"补充资料"计划的看法，他没有看法。他只是顺从了父母的决定，让他走仪式可以，更多的动作他做不来。他和他的母亲一样，极其厌恶那个小屋的腐臭气息，他本能地绝对地抗拒去接触，那个本来就与他毫无关系的低矮阴暗天地。

贤标老人的葬礼，他也从头到尾没有出现。

"唉，这两天，他表妹生病了，他在那边照顾，忙不过来。"启发婶如此这般地跟村里人解释。

"以后，别再提这事了。"福康从表妹家回来后，背着父母给他打好的棉被包裹，很快就到学校去了。他在离开家的时候，皱着黑黑的好看的浓浓眉毛，这么对启发叔启发婶说。

方福康比我的年龄整整大了二三十岁之多，对于他的印象和认知，很多时候都是来自于我的爸爸妈妈。

"福康人很好，和蔼，平易近人，不爱说话，但是一说出来那就是一句话一斤分量。"我爸爸说。

"他比启发叔启发婶那可是要谦和许多，一点儿官架子也没有。现在都很少回到方山来，难得回来，也是开着车转一圈就走。很少碰到，不过每次碰到的时候，都是非常和善，会亲近地跟你聊上一两句天，会笑眯眯地对你笑。真不错。"妈妈说。

启发叔和启发婶，原本就不大喜欢和村人们扎堆，而自从家里出了个"国家干部"之后，当然就更加地与众不同了。每每在路上遇见，启发叔便总是更加下意识地摆出一副凛然的威严面孔，启发叔在方山村的地位，一下子悄无声息不知不觉地就忽然竟比龙书记也要珍贵了许多。而且从那以后，启发叔也就同时认真地断了爱与人聊天的劲头，也渐渐地就不大踏脚进龙书记的院子了。

村人们对此，又敬又羡。

大儿子福康的通坦前途已是尘埃落定，二儿子福顺的命运转机，却是缘于一次极为不起眼的"撞车事故"。

样貌身板长得和他哥哥一样体面，又高大英武的福顺，学习成绩却没有哥哥好。他在学校里既不拔尖又没有特长。虽然他读书也是很用功很努力，但是大概是天生资质不足的缘故，前后整整参加过三次高考，都没能考上大学，可谓是屡考屡败。

再去读？再去考？他已经明显感觉到自己的心力交瘁。即便光是看着书本，在他眼里那些书本也会变幻成一座座又高又重的山峰，黑沉沉地压到他的脑袋上，压得他喘不过气。他不想再读了。

不读书，那接下来得怎么办？这是一个头痛至极的问题。

一个农村的孩子，一旦被切断了读书的路，结局无非是两种。一种是出去打工，一种是留在家里下地做农活。

出去打工，福顺并非没有这么想过。最后的一个暑假他曾经去到镇上一家五金厂做小工，雕铸模具。一开始觉得没有什么不妥，没几天他就发现，那里工作时间太长，工钱却太少。不仅是日复一日单调无味重复的工作内容，更使他不能忍受的是只要进到那个厂子里，就几乎没有什么人身自由了，你得一直待在那里，直到完成指定的工作额度。他受不了了，于是在那里待了一个月不到的时间，他就跑回家里来了。

后来他和方山村其他出门打工的小伙子聊天，从他们那里去套话，发现只要是打工的工作，都不外乎是如此：没钱、没自由、累。

好吧，不打工，那就在家务农？不行，务农他也不喜欢。

并非是他看不起农民，他的爸爸妈妈就是土生土长的农民，他的爷爷奶奶也是，他去翻过他们家的全部家史，可以说从所能查阅到的源头处算起，他们家都是农民。祖祖辈辈，世世代代，面朝黄土背朝天。

他并非受不了做农民的苦。被太阳晒风吹雨打地下地，或是手握锄头握到破了皮长了茧，那都没有什么。不是，而是，从头到尾，他根本没有想过自己要当农民。自从他看到他哥哥意气风发地去往干部学校的时候，他就已经在心里暗暗地发过誓，他说他一定也要像哥哥一样，离开方山，离开村子，走到外面去。只要认真读书好好读书，这个愿望就能实现。对待读书的诚恳态度，他比他哥哥还要认真许多倍。可是没有用，不管再用功，就是考不上。他既然一直以来都存着要借读书离开这个小山村的心思，又怎么可能甘心回头来做一位农民？

之前当他满怀信心，为着一次又一次的复读而努力冲刺的时候，他反倒会在偶尔放下书本歇息的时候，自然而然地去到墙角拎起一把锄头，跟着启发叔跑到地里去翻一翻土施一施肥什么的。

然而当第三次的落榜消息传来时，他终于清晰地意识到，原来自己厌烦种地也已是厌烦得要死。他"哐哐当当"把一个施肥用的粪桶用力甩到了硬邦邦的田埂边上，手懒得洗，连锄头都懒得去捡起，就心灰意懒地跑到大马路边去蹲了下来。

自那以后，他就什么活也不再干。

无所事事的他既然不想下地干活，又不想面对那因为担心他而整日里唉声叹气的父母，于是他就三天两头跑到镇上，去看望他在镇上那个最大的中学里上班的哥哥。那时的福康已经从干部学校毕业，由于他成绩优秀，在学校里为人处世和善，人缘又好，可以说是深得老师们的喜欢，所以毕业后经老师推荐，直接就把他分配到离市里最近的西雅中学，去那里当起了教导主任。那是一个富贵繁华的大镇，西雅中学更是一所全市闻名的重点中学。

福顺很喜欢那个中学，虽然自己不再喜欢读书，但这并不妨碍他喜欢在读书的环境与气氛里走来走去。更何况，这个漂亮的学校，还属于他的哥哥所管。那种看到自己亲人在一个很好环境里工作所带来的自豪感，也是福顺常常爱去那里的原因之一。

当然，这是福顺的心理活动，他不会去说。更多的时候，他只是一言不发地坐在他哥的办公室里，表情复杂地望着他那总是正在忙着什么的哥哥：

"唉，如果，我是福康，他是福顺，那该多好啊。"他呆呆地这么想着：

"哥哥当年的成绩也不见得比我高多少。他学习拔尖？我只比他差个七八名而已，又没有很多。哥哥是命好，赶上了'保送'的机会，还真别说，如果当时他也像我一样得参加高考，说不定考的成绩比我还差。不公平，真是太不公平。"他怅然地叹气。

不过，虽然他的心里有着羡慕有着不公平的想法，但是他打心底里崇拜他的哥哥。从干部学校出来的哥哥，浑身上下都散发着与众不同的气质。教导主任办公室的房间，虽说不是很宽大，但是非常整洁威严。而且，重要的是，这是一间单人屋，可不像其他那种乱糟糟把全校所有的老师都挤在一块儿的办公室。这是一间象征着领导身份的办公室。

办公室里有灰白整洁的墙，墙上挂着威严的毛主席正装画像。一张干净利落的办公桌摆在靠窗处，桌子上堆了一些平平整整的试卷，试卷旁边有墨水有红笔，红笔的旁边放着一只崭新的白色搪瓷茶杯，搪瓷杯身上印着五个鲜红大字：为人民服务。

"每个月只要工作，就有固定的钱。还有饭票菜票国家医疗保险票，什么都有，真是让人羡慕！我怎么就没有这种命呢，接下来我到底可以去做些什么事呢，明天怎么办？"

他一边傻傻地羡慕着，一边则忍不住自怨自艾。这样颠来倒去停止不了的脑部活动，所带来的后果就是，每次他从那办公室出来，都觉得一阵阵的昏头昏脑。原来高大挺拔的身躯也仿佛一下子萎缩了许多，他垂头丧气地回村里去。

由于常这么昏头昏脑，于是有一次当他离开学校往回走的时候，看也不看大马路，在一个大转弯的路段，他直直地走到马路中间去了。那转弯处的马路是一个大上坡，他在往上走，而有一辆自行车正快速地从坡上往下疾冲下来。

"咣当"一声，车和人就猛然碰到了一起。他倒是不怎么样，那个撞他的人却重重地从车上弹了起来，直挺挺地摔到半米开外去。

由于是下坡，所以这一撞的力度还真不少。福顺的膝盖一下子被撞得隐隐发疼。

他"咝咝"地抽着气，正想开口骂人，他还没有开口呢，那个倒地的人忽然发出了"哎哟哎哟"的呼痛声。

原来撞他的是个女孩子。女孩留着一头长发，这一撞，一下子披头散发地倒在了地上，也看不清脸。只是这声音却是好听至极。她的自行车后架上原是绑着一只录音机，不过由于撞得猛，况且也可能本身绑得也不够牢，这会儿也滚到了旁边去。

女孩半曲起身子，也不抬头，兀自坐在地上嘤嘤地呼着痛。

"这，这……"福顺一时不知如何是好，左看右看，马路上一个别的人影也没有看到。

"你，你不要紧吧？"福顺小心翼翼地问。并赶紧上去帮忙把她的自行车给扶起来，重新支好。

"我，我……"女孩终于抬起头来，娇声地说，"……我的胳膊，好像动不了啦。"

声音太好听了，令福顺一时几乎差点儿又回到晕头晕脑的状态里。他想去扶她一把，却又不敢鲁莽，傻傻地半探着身子，只顾歪着脑袋去寻那好听至极的声音。眼前的女孩长发遮面，身形娇小，怯怯地坐在马路中间，有着书本故事中所描写的等待着"英雄救美"的意境。这样奇妙的片刻，把福顺弄得一愣一愣的。

然而，这种奇妙的心情还维持不到两秒，女孩忽然抬起头来。浓黑长发下面露出的脸，差点把福顺吓得缩回手。

怎么回事?! 这么丑! 太丑了!

女孩的脸又大又平，塌鼻子小眼睛，左边的脸颊上还有一大块黑斑。一眼望去，活脱脱像是聊斋小说里面跑出来的人物!

"你，你……"你了半天，福顺还是下意识地说出了关心对方的话，"你怎么样? 不要紧吧?"

女孩低垂脑袋，长发把她的脸重新挡住，那好听的仿佛不是刚才那个丑陋面孔所发出的她的声音，重新软软地传过来: "我，我的胳膊，动不了了……啊，好痛!"

她试了试转动胳膊，情况似乎很不妙，她根本不能抬起她的胳膊。她抬起那张吓人的脸，可怜兮兮地望着福顺:

"你，你能扶我一下吗? 我，我站不起来……"

福顺既出于本能，还出于一种连他自己也解释不清楚的怜悯，他把手赶紧伸了过去，把女孩小心翼翼地扶了起来。

女孩的手肘关节，由于意外的身体跌倒，造成了脱臼错位。

那时候的人们，并不太习惯于想象一个爱情故事，或是憧憬某个爱情故事。

更何况，那个女孩长得实在太丑。丑陋的她和高大英武的方福顺站在一起，是那么的不般配和不协调。更何况，新搬到启发叔隔壁住的方阿婆神神秘秘地对村人们说过了：为着这个女孩，福康福顺兄弟俩，争吵了整整一夜。

吵架的中心点是：方福顺，到底要不要娶这个女孩。

那天的撞车事故发生后，福顺把女孩，以及那辆前轮已变得有些歪歪扭扭的自行车和录音机，一并小心翼翼地送到医院。

女孩的伤势并不严重，脱臼对医生来说是见怪不怪的小事，抬手三下两下，女孩的手臂就被拉送回原状。在那个短短几分钟的治疗里，女孩吃了不少苦头。要知道把错位的关节推回到原位的过程里所引起的疼痛，也是得有咬牙坚忍的毅力才能挺过来。

女孩有点儿受不得疼，她下意识地把那只没有受伤的手用力地紧紧攥住站在她身旁的福顺，她用力地抓住他，好像这样抓着能令自己的疼痛减轻些。

她那原本就丑陋不堪的脸由于承受疼痛引发的苍白，看起来更加吓人了。福顺恨不得赶紧一把甩开她，然后赶紧逃走。他看也不敢看他，那张苍白古怪的脸上在浮现着的可怜分分的忍痛表情令他害怕，他快快地别过脸去。但是就像之前在马路上他没有抗拒女孩请他帮忙扶起时一样的心情，不知是出于软弱还是出于好心，他并没有把自己的胳膊抽出来，而是任由女孩紧紧抓住。他是那无意间浮过的救生圈，而女孩是那个溺水的人。

"我是哪里出了问题了，我怎么可能会爱上一个这么丑陋难看的女人。"后来的福顺在心里无数次地这样问自己，可是都没有答案。

女孩的心里可就不那样想了。当她抓住那没有躲开的健壮有力胳膊的一瞬间，她就无可救药地热烈地爱上了这个突兀走到马路中间，来害自己摔了一大跤的人。她爱上了福顺。

女孩是镇上本地播音室的播音员，面目丑陋的她，居然是镇长大人的千金。由于长相奇特，于是即便是拥有着"镇长千金"如此诱人的背景，她也一直没有朋友。男朋友和女朋友都没有。她独来独往，孤独地上班下班，迷恋她声音的听众倒是有不少，但是往往都在还见面不到半分钟的时候就被远远地吓跑，再不会有第二次的接触。

"难怪觉得这声音有点儿耳熟。"福顺在他哥哥的办公室里，有时喜欢去收听本地广播。广播里常播放一些本地新闻，声音正是她。广播女孩的普通话又准确又清晰，福顺当时还曾对这个声音进行过想象：拥有这么好听声音的人，样子也一定是秀美又水灵的吧。

谁知道，事实却完全不是这样子。

上帝造化人？女孩也曾为自己的长相深深地难过和自卑。

可是当福顺温顺又谦恭地扶着——他没有逃走，也没有像其他所有她曾接触到的男生一样对她露出鄙夷的表情，甚至于，她认为他的眼神里还掠过了令人心动的怜悯，哦不，是怜惜——受了伤的她，陪着她走过那么长的马路，走到医院，由始至终地陪着她。即使她的手指把他的手臂都掐出瘀痕了，他还是像一棵稳重的松树一样，一动不动地任由她抓着。

如藤蔓般忽然生长起来的爱意，让她忘却了自己丑陋的面孔，她决定不顾一切，紧紧地抓住这"爱情"不放。

"他会喜欢上我的。"女孩认真坚定地对自己说。

并且，她第一次，不顾羞涩也不怕失败地直接跑到福顺家来了。她说："我要嫁给你。"

福顺并不否认当他听到这美丽柔软声音的刹那，他的心里的确有涌起满腔的温柔爱意。那声音令人心生向往，还有奇异的是美丽柔软的声音表面下总隐约似乎有躲藏着一些难以名状的畏怯和不安。而这种畏怯和不安，会令人产生出想要去保护她的冲动。

福顺一点儿也不否认，当时的自己，就是被这个声音迷惑了。

"但是，娶她？绝对不可能。对她，我仅仅只不过是有着一点怜悯，一点连自己也解释不清的古怪的怜悯而已。但远远还没有到要娶她的程度，远远没有。"福顺心里这样想。

福康却不这样看。他倒没有福顺想得那么多，他只是看到一个非常愉快的事实：镇长千金爱上了他的弟弟，而他的弟弟，也正单身一人。而这，不正是天大的福分和喜事吗？

福康自己刚刚结婚，是和青梅竹马一块儿长大的表妹。对于"爱情"这种模糊而书面的字眼，他从来没有想太多。两个人在一起久了，自然会产生感情。他也并不觉得自己有多少爱表妹，而只不过是习惯了生活中有她，仅此而已。

所以，对于这件突兀降临在他弟弟身上的这件好事，他爱惜他的弟弟，也更着急于弟弟的前途与命运。除了极力去促成之外，福康认为自己再没有比这富有责任心的做法了：

"娶她！当然要娶她！你看她都上门到我们家来了！这是

多好的机会！你要赶紧积极一些！赶紧把事情落实！你也不想想，人家是什么身份！你又是什么身份！别小狗儿掉进粪坑，身在福中不知福！你还要考虑多久？这种事可是过了这村就未必有下一个的店！"

福顺呆呆地坐在堂屋里，听着哥哥的劝导与教训。脑子里忽然掠过那女孩好听的声音，忽然又掠过女孩那张平板丑陋的苍白忍痛的脸，还有那左脸颊上的大片黑斑胎记。

"要不我再去复读一次，说不定就能考上……"他文不对题地回答着他哥哥的问话。

福康还告诉弟弟，说镇长大人已经亲自到学校来找过他。说是想问问福康，他的弟弟毕业后有没有找到工作。如果需要的话他可以帮忙，镇上有一些机关单位，目前还有几个空缺，对于高中毕业的人来说，胜任是绰绰有余。

镇长的意思再明白不过，如果福顺是他的女婿，那么跳出龙门离开小山村是件再简单轻松不过的事情。

"不管是什么事，在人生里，都只能选择一次。"福顺喃喃地自言自语。

启发叔启发婶忧愁惶然地望着这两个儿子。虽说他们知道这是一件大事，可是他们知道自己插不上嘴，他们的心里又纠结又无措。

他们既盼望着福顺能应承下来，那么自家家里又多了一个国家干部。可是他们又并不是十分肯定福顺的应承是好还是不好。儿子嘛，应该留一个在自己身边，多少有个照应。他考不上大学，不正也是上天这么安排的吗？留在家里跟着父母一块儿务农，这也没有什么大不了。如果他一旦应承了，那么他一定也就会和他哥哥一样，以后就跑到外面去了，再也不回到这个小山村了。

老两口听着他们的争辩对话，心里自豪的同时，却也止不住升起淡淡的孤单和寂寞。

娶还是不娶？最后的结果却是由于妹妹福爱的一席话而决定。

"哥，你们别争了好吗？大哥，你别管这事，明天顾自踏踏实实回学校上班。二哥也不要辩了，明天一大早还要早起。咱爸说了，明天你无论如何得下地，猪圈里的粪肥，都快满到猪栏外来了。什么定不定的，说不定过两天人家就变卦了呢，我们却还在这边各种权衡，我认为，既然不喜欢，就别想了。谁都不要管谁，都各自做好自己的事就好。我明天还要上学，被你们吵吵吵得睡不着觉。我可是将来要出去的，没闲工夫跟你们在这儿瞎耗着。"

福爱"噼里啪啦"地说完这些话，理也不理愣在原地的其他家人，一扭头就管自己钻到房间里睡觉去了。

福康想了想，也觉有理。这结婚娶妻的事，毕竟是别人的事，难不成还自己冲上去不成？该说的道理已经都说了，最后听不听还是他自己的事。唉。这么想之后，他也就不再继续讲下去，叹了叹气，他也和福爱一样，转身离开了堂屋。

启发叔和启发婶由于福爱的提醒，也忽然想起自己明天还有一大堆的农活要做。是的，在这里干耗着，纯属浪费时间，福顺这么大的人了，他爱怎样做就怎样做。去睡觉去，随便他吧。

老两口也走了。把福顺扔在屋子中央，任由他一个人傻呆呆地坐着。一时整个堂屋静得让人有点儿很不适应。福顺还在那里犹豫着。

他埋头想啊想想啊想。他想到了"农转非"的直接诱惑，想到了前几年的又累又辛苦的复读时光，想到了自家猪圈里永远搬不完的粪肥尿肥，想到了哥哥办公室里闪耀着华丽光泽的白色搪瓷杯子，他还想到了那不到一个月的烦闷又枯燥的做小工的时光。

他慢慢地垂下了脑袋。

不过，那女孩的声音，是多么动人又好听。福顺恍惚回忆起自己把女孩从地上扶起来时的那个动人片刻。如果说，当时她不是那么快就把脸蛋露出来的话，说不定我会一下子爱上她的。他怅然地想。

一桩掺杂了其他利益因素的爱情，就不是真正的爱情了？

"一定是，如果不是镇长的千金，长成那个模样，谁会娶她？"村人们在羡慕着启发儿子们际遇和能力的同时，总爱发表一下这样那样的意见。

可是我却不这样认为。

从我懂事起福顺夫妇就已经结婚有好几年了，我曾经许多次在方山或是在镇上见到过他们俩。说不出是什么原因，也许只是因为出于同样我也是女人的直觉，只是一个眼神，一句对话，我便从他们身上仿佛窥见了一个秘密：福顺爱着他的丑妻子，丑妻子爱着福顺。就那么简单。

生活和时间，在他们身上渐渐化成一种只可意会不可言传的合为一体的默契与尊重。是爱，是亲情，更是比爱和亲情都更为丰富生动的深厚内容。

又或者，有爱，没有爱，都没有那么重要。重要的是他们在一起，度过了一生。

如同福康所简单扼要地形容过的：习惯了，就可以了。

福顺和女孩，顺利结了婚。婚后福顺顺利地去了镇上。第二年，他们的孩子顺利出生。孩子取名叫方子权，也就是后来启发婶嘴里所提到的在美国硅谷生活的那个聪明又帅气的年轻小伙。

当年面目丑陋的女孩，随着岁月的流逝，已经渐渐长成了娴静淡定的中年妇人。她真有那么丑吗？

为了躲避夏天的炎热而到清凉方山来度假的她，每天都会和福顺一起去散步。

每年的夏天我都会遇到他们。我看到他们的身影从启发叔的院子里走出来，两个人慢慢走到晒场，再从晒场走去水坝，从水坝一直爬到最顶端，再一直慢慢走到村口，从村口再绕回村内。她的眉眼或许是平淡无味，但是整个人却散发着一种自然而然的光辉。由于头发理成了半倾斜式的垂肩直发，所以那有着大块黑斑的左脸就基本上都巧妙地被掩盖住了。她的身材娇小玲珑，年龄的递增更加突出了这一点。福顺走在她的旁边，不知正和她说着什么，她听着听着脸上就微微地荡漾出笑容来。

"她很美啊。"我觉得。

即使当初的福顺真的曾经因为为了前程而委屈自己娶了镇长的千金女儿感到不开心的话，那么在岁月长河里所持续下来的相濡以沫，渐渐地终究把一切的不般配都给消弭无踪了。

启发叔启发婶的孩子，都是上帝的宠儿。

一纸干部学校的录取通知书改变了福康的命运，福顺的完美人生由于戏剧性的"撞车"。而福爱的戏剧性命运则由护士学校一堵突然倒下的墙所形成。

那是她刚刚从护士学校毕业的那一年，还没有开始正式上班，正在为能不能留在省城工作而到处奔走。那些天连日大雨，把省城某条巷子里的某座老房子的一面墙给淋坏了，轰然倒下的泥墙把恰巧从旁边走过的福爱重重地压在了下面。

抢救的车子一直把福爱送到了市中心医院，给她主刀的是刚刚丧妻不久的外科主任胡医生。他比福爱大了许多，两个人年龄相差了整整十四岁。是上天造成了这样的相识，在福爱身体恢复到和常人无异的时候，她出院后宣布的第一件事，就是结婚。病人爱上医生，经常是天经地义的事，许多故事书上都这么描写着。她嫁给了这位沉默儒雅的外科主任，婚后她不再需要为找工作到处跑来跑去，而是直接就被丈夫所在的市中心医院给留下了。继而，生下了女儿子秀。子秀和妈妈一样，热爱白衣工作。而对白衣工作的热爱，一直渗透进她的全部梦想和生活，并一直行进到了新加坡。

故事到此结束。每一个人的不一样的人生，都是从怎样的一个偶然的转变开始？

我常觉得，与其说是上天造就命运，不如说是人的自我选择了命运。每次看似意外的偶然，都隐藏着事物的必然性，取决于每个人的敏锐度，最终渐渐形成专属于自己的生命轨迹，其中有着种种有趣和神奇。

这种神奇，亦是方山人一直以来最希冀和向往的快乐之一。生命存在过，以及，活着的意义。

方山往事

·

大　妹

　　大妹被送人的时候，我不在方山，我在寄养的姑妈家里，离方山二十多里山路的丁坑村。

　　我家是一个大家庭，算起人口有十二人，然而，除了爸妈是正常的劳动力之外，阿公阿婆和爷爷奶奶都年事已高，又是病又是残的，再加上六张嗷嗷待哺的嘴，我们姐妹六个，最大的十三岁到最小的一岁，一字排开，生活的艰辛，可想而知。

　　有一天，我们村里嫁去邻乡的红姨——她和我妈妈还是少女时候的好姐妹——来到我们家，带来了一个消息说：她夫家同村的一户人家里，前些日子有个小姑娘生病死了，合家伤心，一致决定再去领养一个，偿补丧女之痛。于是红姨想到了我们家的六个女儿。

　　听完这些话，爸妈只是沉默不语。

　　不管家境是如何的困难，他们也从未想过，要送走一个女儿。

　　其实从我妈妈生了第四个女婴开始，就常有带着这样念头的人来登门：什么女换男富贵长，又或是弃掉一个大点儿的（去到别人家里当工人般地来养）可以省点儿口粮，又或是卖掉一个可以换来几担米等等。这些人一到我家，还没说到一半我爸妈就会把他们哄出去。

然而这次来的红姨，却摆出一副不达目的誓不罢休的架势：这是户好人家，一家五口。家里一个老太太，她的儿子和儿媳，加上两个懂事的孙子，也就是那死去的小女孩的两个哥哥。哥哥们都已上了小学。家里有大把的田地，父亲是跑外的生意人，母亲在家管孩子。老太太当家。全家人都疼爱那最小的女儿，谁曾想会病死？这不，为着小孙女的病去，老太太是眼睛都快哭瞎了，那个当妈妈的也是一样，三天两头捶胸顿足。那两个小哥哥，也是从小就习惯了，特能照顾妹妹。总之，如果你的孩子过去，那必是心尖上的肝，手心里的肉。这领养的主意就是老太太拿的，她说了，赶紧去领个回来，找个和孙女一样年纪的，领回来好好养，也同样比亲孙女还亲……

红姨执着地絮絮叨叨着。

……病床上的奶奶，疯疯癫癫的爷爷，家里许许多多难以启齿的困境，而且妈妈的肚子里眼下又有了身孕……终于，爸爸叹了口气，说：

"你别说了，我随你去，先看一下情况。要人家性格好人品好，才好给她。"

爸爸去了一趟之后，那边就来人了。是那个在外跑生意的父亲。

说好了把最小的妹妹给他，让他自己来抱孩子，如果孩子哭闹不肯跟去，那就一切免谈，就算孩子没哭闹被他顺利抱走，也并不是就给了他了，一年至少要回来看一次，叫姨也好，叫叔也好，这里还是孩子的家，每年春节的年初一必要第一个到家里，大家做亲戚，永远往来，任何时候，若是有对孩子不好，随时去抱了回来……跟那个人说这些的时候，我的爸爸眼睛发红，嗓子又干又哑。

那人原本带了两百块钱来，听我爸这么说，便把钱收了回去，说一切听我爸的，让我爸放心，带了去，必定是比亲闺女还亲。

爸爸说完这些，咬紧了唇，从里面抱出了小妹。一岁不到的小妹，刚刚喝完妈妈的最后一次奶，睁着大眼安静地躺在爸爸臂弯里。妈妈揽住大妹，躲在里屋，和着几个老人在屋子里面低低的哭泣声，闷闷的几乎于无的呜咽。爸爸俯头再一次认真地看小女儿，他把包裹着小妹的毯子再捋捋平整、紧实，那小小的人儿只是望着爸爸笑，并不知道接下来会发生什么。别转了脸，爸爸把小妹放在了那人的手里，转身就往屋里走，这种场面，任何人都无法再多待一秒下去。

然而爸爸才刚刚进屋的那一刹那，那人都还没有迈开步，小妹在外面忽然就惊天动地地哭了起来。

妈妈撑不住了，赶紧推开怀里的大妹，哭着从里屋冲了出来，一时把正往外转身的爸爸也撞了个趔趄。她冲到那人身边，劈手就把小妹从那手足无措的人手里抢了回来：

"不送了！不送了！日子再苦也不送了！都我们自己养！不给，谁也不给……"

妈妈把小妹紧紧抱在怀里，一连串地喃喃哭泣。

看到这一幕，爸爸长长松了口气，赶紧对那个人说：

"这，你看，孩子舍不得我们，我看，我们就这么算了吧。"

一切并没有结束，那人一转身，看到了在里屋门边探头探脑的大妹。他忽然朝她走了过去，说："嗨，小囡囡，来，叔叔抱抱你去玩，好吗？"

在爸妈还未回过神的那一刻，大妹乖巧地靠上了他的膀子。

"小雅！别让他抱！他是坏人！"原本在屋子里靠着外婆的三姐跑了出来。那时的三姐才六岁，然而从大人们的神情里，却也似乎看出了些什么。

"小雅！快下来！阿姐带你去玩！！！别让他抱！！！"三姐只是远远地站住了叫大妹，却不敢走近前去。

而这个时候，大妹不但爬上了那个人的肩膀，还用小手亲热地挽住了那个人的脖子。

"小雅，来，来妈妈这儿，好吗？乖，叔叔要走了……"妈妈怀里抱着小妹，声音颤颤地呼喊大妹。

"不，我要跟叔叔去玩，叔叔说带我去呢，对吧？叔叔……"大妹靠在那人的怀里，动也不动，完全不理会妈妈的招手召唤。

"瞧！多伶俐的人儿，这个小囡，这也是我和她的缘分了，你们就让我带了她去吧……"那人开心得合不拢嘴。

一切就好像是冥冥中的定数，大妹就这样笑嘻嘻地跟了那人而去。她没有看到叹息的爸爸、哭泣的妈妈，妈妈抱着小妹，三姐追在旁边，一直跟送到村口，她也不肯从那人肩上下来。

那人离开方山，一路往外走，大妹一直都不哭不闹，连头都不回一下。甚至到了更远的乡里，在路上遇到回村的方山邻人奇怪地跟她打招呼问她"小雅你去哪儿啊",她还是笑嘻嘻地一点儿没有异样地回答:"我跟叔叔去玩……"

就这样,大妹走出了我们的家,走出方山,走进了另外一个完全陌生的环境。那一年,大妹三岁。

生活,继续。

爸爸曾经偷偷去看过好几次,看到大妹在那里一切安好,每次看到都是笑眯眯的。爸爸没有惊动那户人家,每次都是偷偷去偷偷回。对于怎样处理和那户人家的关系,他有着他自己认为的标准:既然孩子送给了他们,那就不要去打扰,等孩子习惯了那里的人与事之后,到时再交往。如今看到孩子在那里过得开心,那就怎么样都可以。

那个村离方山足有三十多公里远,是个人口密集的外洋大村,整体条件要比方山村起码好上差不多一倍。那里也有个集市,方山人有时也会去到那边赶集。偶尔有去了那村的方山人回来,第一时间总是先到我家报告:

"庆堂,我看小雅在那边,长得可好了,又白又胖……"

"那户人家条件是不错,好像餐餐都是白米饭哪……"

"小雅是掉进蜜糖窝里了,吃得好穿得也好,她啊,一季就有三套新衣呢……"

"我看到她奶奶抱了小雅在晒太阳……"

"两个哥哥带了她在捉蚯蚓……"

村人们得来的消息,和我爸爸偷偷去看到的,几乎一模一样。渐渐地,爸爸妈妈的眉头终于稍稍舒展了些,心,也渐渐地放了下来。毕竟女儿在那边,至少可以是温饱不忧,而那户人家对她,也是万分地疼爱,看来不用再担忧什么了。

然而，大妹走后的第一个春节的年初一，在妈妈的望眼欲穿下，大妹并没有出现。那户人家似乎把之前和我爸爸的承诺忘记掉了，没有带大妹回来拜年。一天等下来，连个影子也没有。第二天是年初二，爸爸起了个大早，急匆匆赶到大妹的新家里，想要问个究竟。

果然，有了一番争执。

才短短一年时间，大妹已完全不再记得之前的一切：不再记得曾经的家，家里的姐姐妹妹，甚至自己的亲生爸爸，她也一点儿都不认识了。她只是睁着一双惊慌的骨碌碌转的眼睛，怯生生地管我爸爸叫"叔"。

那人分辩："庆堂哥，不是我刻意不带她去看你们，而是，我看反正小女孩已经习惯了这里，也不会出什么事了。而今年是第一年，怕这一来一回地对她也不好，会引起不必要的麻烦。你别生气，也没说绝对就不去，而是想过了年初一再说……"

爸爸理也不理他，只是抱起了大妹就往外走："你别解释了。这样吧，女儿今天我抱回去，你们自己算算，她这一年在你们家，吃去了你们家多少谷子，穿去了多少衣服，花去了多少钱，明天我就给你们还回来……"

那人慌了，赶紧手忙脚乱地上前阻挡："等等，等等，好好，今天就去，我这就和你一道去，你不要生气，真的没有想过不让她认你们……"

那个老奶奶也急坏了，忙忙在一边求情："都怪我们，是我们的错，他大哥你别生气。走，今天就让小雅跟你回去，他爹也去，我那两个孙子也去，都给你们去拜年。让小雅有两个家，他大哥，你就原谅我们这一遭吧……"

大妹不懂事，不知道发生了什么，在我爸爸怀里只一味挣扎，还不停地叫着奶奶。她的嘴里的奶奶，是那个新的奶奶，不是方山的躺在床上的生着病的老人。

　　想必那个老奶奶确实是真心疼她，所以大妹才会在着急的时候会喊她来帮忙。

　　她没有喊她的新妈妈和新爸爸，也没有喊那两个据说常陪她玩的哥哥，她只喊"奶奶"，她的两只求救的小手，伸向那个老奶奶站着的方向，试图从我爸爸的身上挣脱下来。

　　爸爸看到这光景，也就忍不住叹了口气，他把小雅慢慢放下。大妹一落地就"嗖"地跑到那老奶奶身后，只探出一个脑袋来打量这个她不认识的叔，她一点儿也不想跟我爸爸走，爸爸认真地又一次向这家人声明：

　　"之前，你来我家时我就说过，再穷，我都不会卖儿卖女，送人也一样，若叫我一生一世再也见不着我女儿，那我宁可让她吃点苦，再苦再累我也要把她带在自己身边。当时会同意你带她来你们家，也是因为我们说好了这以后两家就是做亲戚，而不是老死不相往来。小雅会慢慢长大，你们对她好，她也必会记着，任何时候，我们也不会无理地要了她回去，既然叫了你们爸妈，那你们就永远是她的爸妈，你们没什么好担心的，我舍不得放不下的也就是这份心，你们明不明白？"

　　那人只是惭愧地点头。

　　于是，我就在那个春节，年初二的夜里，第一次看到了我的大妹。

　　那时候，我也刚刚从姑妈家回来方山。我和大妹一样，也是三岁的时候离开方山，所以对于三岁之前的事情，我也没有多少记忆。但是我和大妹不一样，我知道自己是被寄养，我知道照顾我的人是我的姑妈姑父，他们不是我的爸爸妈妈，我的爸爸妈妈在方山，我每年回方山一次，回来拜年过春节，过完春节再回去姑妈家继续寄养。我依稀记得我除了小妹之外还有个大妹，我从大人们的聊天里听说，我的大妹被送人了，离开方山已快要一年了。

由于记忆中没有大妹的形象，所以对于方山的家里有没有大妹对我来说没有什么影响，我只管玩我的。我也是一个长久离家的小孩，所以家里人看到我都是非常兴奋，姐姐们、亲戚们，还有隔壁的邻居，很多人都跑来看我，问我一些我在姑妈家的事。人们把我摆到桌子上，一大群人围着我逗我玩，要我唱歌跳舞给他们看。被寄养的日子比较孤单无聊，没有过这样成为众人关注中心的经历，于是，我感到很兴奋，我开心地竭尽我所能又唱又跳。我喜欢看到这些围着我的人们的笑脸，也喜欢自己乐陶陶的模样，一切都太棒了。

可是，没过多久，人们无理由地突然散去。我扭着我的小脑袋还正在起劲地转着圈，一转身，忽然发现围着我的人都不见了。隐隐约约地，我听到了外屋传来一阵喧嚣，我依稀听到有人在说："小雅回来了，她终于回来了。"我停下舞蹈，扭头仔细倾听外面的声音，我又似好像听到有人在呜咽，不知道是阿公阿婆还是奶奶，又像是妈妈的声音。

我独自从桌子上爬了下来，跑到外间。我从闹哄哄的人群中钻过去，挤到人们围观的中心点。暖暖的灯光下，我看到一个小女孩睁着一双惶然的大眼睛正依在我妈妈的怀里，她的身上穿着一身崭新的漂亮至极的小红裙。耀眼的红裙子，把妈妈的眼睛也给映得红红的。我发现妈妈刚刚哭过。

小女孩看上去有点儿惊慌失措，大概不习惯这样被人群包围。

大家都在七嘴八舌地议论她：

"长高了……皮肤变白了，模样也变得更好看了……"

"嗯，小女孩，还是这样胖点儿好看……"

"好漂亮的小裙子……"

"看得出来，在那边应该伙食很不错……"

"小雅是有福的……"

一忽儿，又有许多人都去逗她说话，想去考考她看她能记住些什么，关于方山，关于她的最早的亲人们，看她能想起多少，于是她们连珠炮似的发问：

"小雅，你认得我是谁吗？你小时候，我可是常常抱你的哦……"

"嗨，小雅，你看看我，你真的一点儿也记不起来吗？我是住在你们家隔壁的方婶……"

"这是你三姐，过去常带你玩耍的，真的不记得？……"

"这是奶奶，这是外婆……"

"小雅，我是祥叔，你被抱走的那一天在下村我们还遇到过呢，我当时还问你去哪儿，你说去玩，我问你要不要跟我回方山，你说不要，记得不，小雅？……"

"我是美玲，比你大三岁，住你隔壁，那时候我们常常在你家门口大枇杷树下玩捉迷藏的，你记得我吗，小雅？……"

不管人们如何提醒，这个穿着红裙子的小女孩只是一副茫然发呆的表情，似乎无法适应这突如其来的热闹。

我有点儿不开心，因为大家都去围在了她的身边，没有人看我跳舞，而且，她有漂亮的红裙子。我不大想理她，我想钻出人群去，回到我自己一个人的世界。可是妈妈突然叫住我："对了，丫丫，你快过来，来看看你大妹……"

什么？大妹？

我很奇怪，这么漂亮的小姑娘居然是我的大妹？

莫名其妙地我一时就突然开心了起来，我跑上去就去拉她的手，我对她说："来，我们到里屋去跳舞，好不好？"

可是，她看都不看我一下，"呼啦"一下，她挣脱了我的手，嘴里只喊着："爸爸……"

她跑到了一个坐在我爸爸旁边的陌生人身前，靠住了那人的腿。

因为她不肯跟我一起玩，我有点儿沮丧。妈妈说："大妹肯定是累了，明天再一起玩吧。"

人们渐渐散去，剩了我一个人奇奇怪怪地待在原地，我模模糊糊地想着：她既然是我的大妹，那，为什么她要去叫一个陌生人为爸爸呀？明天得好好地问她一下。

然而，第二天一大早，不知什么缘故，我很早就被叫醒了。我觉得我还没有睡醒，只是木偶人一样地被不知是谁帮我穿上衣服。我不记得我有没有吃早饭，有没有洗脸也不记得，只觉得才一忽儿的时间我就已经站在堂屋的门口。姑妈拉着我的手，要我和爸爸妈妈说再见。我说了再见。除了爸爸妈妈，我没有看到其他的人。我抬头对姑妈说，我要和我的大妹玩耍。姑妈不说话。妈妈走过来摸摸我的脑袋对我说："丫丫，下次再玩吧，你大妹还没有起床呢。"

就这样，我被姑妈牵着手，又一次离开了方山。

后来我知道了，春节姑妈家里也有许多事情要忙碌，我已经回过方山，也已经看到过我的爸爸妈妈，得跟着姑妈回去继续寄养的生活，就不能和大妹一起玩耍。

于是我对于大妹的最初的记忆，很快也就淡忘了。留在我脑海里最鲜活最能忆起的部分，就是那一身如花般灿烂夺目的美丽红裙子，还有大妹那陌生茫然的眼睛、惊惶的神情，以及我抓住大妹的手的时候，她甩开我不理我时的样子。她转身逃去她的"爸爸"那里，只留给我一个红色的小小的背影。只有这些，只是这些。

在那一个瞬间，我很想继续跑上去，去抓住她，可是我没有。

我当时应该强迫大妹和我一起玩的，不管她累不累。可惜，我连后悔的机会也没有。

再偶尔的见面，就是匆匆又匆匆的了。每年的春节，有时候是由于我没有在年初一回方山，又或是我被姑妈带着去了另外的亲戚家拜年，又或许那边来的只是大妹的哥哥，并没有大妹，再或者是，也有同时在方山遇到的时候，可是不知是什么缘故，从来也没有一起玩耍的记忆，那些极其珍贵的一天、半天、几个小时（有时大妹他们当天来就当天走，住也不住一晚），都没有让我留下什么印象。我不知道我大妹在哪里。我在方山，大妹也在方山，可是，我们都似乎不是在同一个空间里。我们有遇到，可是我们又没有遇到。

那时候我不知道有一个词，叫"疏远"。我知道我有大妹，可是，大妹不在我的世界里。

　　说不清是什么原因，我们一直抗拒去那个村里看她，去那个爸妈让我们叫他们叔和姨的人家里。每年的春节都有和拜年有关的回访，但是我们一次也没有去过，每次都是只有爸爸妈妈他们两个人去。有时候爸爸妈妈会来叫我们："今年你们也去好不好？你看，人家来拜年都是哥哥一起来的，我们也要多些人去，这样你们大妹也会高兴一些，好不好？"

　　每当这样的时候，我们都假装听不到，要不就索性提前跑到外面去玩。只要一看到他们在收拾去"那边"的拜年年货了，我们就赶紧跑开。我们跑到哪里都可以，就是不去"那边"。

　　在我七岁的时候，我结束了在姑妈家寄养的日子。

　　我回到方山，开始上学，开始学做家务，开始一个人去野外拔猪草，开始跟在姐姐们后面去山上砍柴，开始和爸爸妈妈一起做地里摊猪粪、锄玉米、栽秧、割番薯藤、挖土豆、抢收大麦小麦、清理田埂沟渠、把一整丘稻田在一夜之间完成翻土灌进水重新种上新的稻苗等工作等等。我学会做各式各样的农活，也学会了做各式各样的家务。春夏秋冬中，我也在渐渐长大。

　　我从小学长到初中，姐姐们从初中到高中。她们做的农活也好家务活也好，都做得比我多，做得比我好。我们每一个人，都忙忙碌碌。

　　在那些我们每个人都忙忙碌碌长大起来的日子里，似乎没有人去想到过大妹。我们在做农活时没有想到她，去赶集时没有想到她，吃饭时没有想到她，睡觉时没有想到她，一家人围坐在方山的枇杷树下分拣豆子的时候，我们也没有想到她。我不知道同样比我们更要忙碌辛苦许多倍的我的爸爸妈妈，他们有没有也是和我们一样，渐渐也都因为生活的忙碌，而无暇顾及那流着和我们一样血液的遥远的大妹。他们想不想她？我不知道。在一些极为短暂的偶然出现的只言片语里，关于大妹的描述只限于非常简单的三个字：她还好。

她真的还好吗？我不知道。

我只是知道，大妹，离我们越来越远了。在很长时间的记忆里有个时段，和大妹有关的一切，对我来说是一片巨大的空白。有时我会在脑子里突然浮起那个很熟悉却又非常陌生的名字：小雅。是无意识的，也是下意识的。不管是无意识还是下意识，再或是有意识，都不是我真实现实生活中常有的情绪。那是浮光掠影，是幻象，是记忆深处不受自我指挥的悸动和震颤，对于这种震颤，我选择的回应是：空白。

那时候，我一点儿也不认为那样的自己有什么不妥，只是今日，当我进入回忆，当我回想起那段弃了她的日子，我的自责和悔恨，便有如成千上万只老鼠在我的身体里奔跑，它们在无休无止地啃噬我的心，直至，鲜血淋淋。

回忆是一部冗长的黑白电影，电影被高高挂在一列沉重滑行的老旧火车顶上，沿着同样冗长没有尽头的老旧铁轨缓缓前行。没有轰鸣，没有色彩，也没有声音。

再一次有着清晰记忆的大妹的影像，已是很久以后的事了，久到，发生断层。

那是在我初中快要毕业的那一年，我们，曾经有过一个完整无缺的下午。我们姐妹六个人，都在，一个也不少。

那是一个礼拜六的上午，我和三姐正从教室往学校门口走，准备回去方山。那时我们是住校生，因为初中学校离方山远，没法每天走路上学，所以我们从初中一年级的时候就已经开始住校。周一到周五住在学校，周六还要上半天课，中午十二点放学，放学后走十五里路回方山，在方山家里住一个晚上，周日的下午再回到学校。回方山可以帮爸爸妈妈做一些农活，再顺便带一周的干粮回学校。每个学期都是一样，周而复始。

但是那天不太一样，因为我们才一出校门，迎头居然碰上了我们的二姐！不止二姐，她居然还带着大妹！

这怎么可能?! 明明二姐是在遥远的上海工作，她怎么会突然出现在我们面前？她不是只有在春节才能回家的吗？怎么突然回来？而且，还有大妹跟在身边，这是怎么一回事？

我们二话不说，先是尖叫着抱在一起，然后就各种兴奋，既激动又开心。

二姐告诉我们，原来是她在工作的上海毛巾厂放假，整整放半个月。姐姐所在的那条流水线，机器出了问题，需要有半个月时间的调整修理。因是工厂给出的假，所以少了半个月的工资，为了弥补工人，厂里就想到"送往返火车票回家度假"的方法，把工人们遣走半月，等机器修好再重新返厂。免费的火车票当然不能浪费，二姐二话不说打了个包裹就赶紧回方山来。有个和二姐同组的女伴，一起坐火车，在火车上聊起天，发现她居然来自大妹的那个村。二姐和她说起大妹，她说她认识。"小雅，就是那个黑黑瘦瘦的小姑娘嘛，我知道，"她说。黑黑瘦瘦？二姐有点儿怀疑。于是，跟着她，二姐第一次去了"那边"。在"那边"顺利见到大妹，恰好是礼拜六，二姐问大妹想不想跟她走，大妹说"想"，二姐就把她带了出来，但是答应"那边"的"叔和姨"，说好在天黑之前会把大妹送回去。

为了早些见到我们，二姐头一次奢侈豪华了一把，她在"那边"直接租了一辆电动三轮车（带有斗篷的那种），姐妹两个急急忙忙地爬上车，一路上尘土飞扬，直奔我们的初中学校。二姐算好了时间，差不多我们中午放学的时候，她们刚好能赶到这里。

差不多一张火车票的钱呢！二姐用自豪的口吻告诉我们关于那三轮车的费用。

我们姐妹四个人，手挽着手，快活地笑着，乐着，马不停蹄，离开我们的初中学校，直奔乡政府小学而去。因为，我的大姐在乡政府小学当语文老师，而小妹则跟着大姐，在那里读小学二年级。

大姐和小妹看到我们的反应，就像我和三姐看到二姐和大妹时的反应一模一样。我们尖叫着抱在一起，快活得又跳又叫。姐妹六人的相聚，彼此激动万分。姐姐刚好在学校老师食堂的灶上蒸了番薯，她把我们带到她和小妹一起住的那间小小的老师宿舍，在宿舍我们六个人分食了那两只又大又甜的番薯。真甜！真好吃！吃完番薯后，姐姐带着我们去爬山，在小学的南面，姐姐说那里的松树特别漂亮。我们去了，果然在那里看到一片宽阔美丽的松树林，盘踞林中的大岩石连绵延伸往山顶而去，一直连到山的崖边。我们比赛谁爬得快，小妹最厉害，细小细脚的她总是爬在最前头。姐姐说这是由于她常常带小妹到山顶看书做作业的缘故，"她对这里太熟悉了，所以当然爬得快，"姐姐说这些话的时候笑眯眯的，很有些语文老师的风采，我们都开心极了。我们爬到山顶，一起围坐在山崖边缘最大的那块大青石上，清凉的山风慢悠悠地吹拂过我们的身体，舒服极了。我们乐陶陶地往山下看，在我们的脚底下是悬空的青墨色的大片松树林，山脚下是清晰的村舍和田野，望去再远些的远方，我们看到公路从山谷里往外延伸，一直延伸到望不到尽头的远方去。风景很美，我们的心情也很美。美到有一个瞬间，我们大家都没有说话，只是喜滋滋地静静地看来看去，你看看我，我看看你。后来，不知是谁先开的口，我们渐渐活跃了起来。大姐和我们说她的书本，说她当语文老师的心得，二姐说她的工厂见闻，说上海有很多的高楼大厦，马路上有数不清的车和数不清的人，小妹说她的学习，大妹也说她的学习，我和三姐也说我们的学习。我们畅所欲言，我们说方山，说方山的农作物，说爸爸妈妈的辛苦，说像我们这样没有男孩的家里，我们女儿们应如何自强。我们说未来，说明天，出于对未来生活未知的想象，我们编织着一个又一个稚嫩的计划。那个下午，是那么快乐。没有理由的息息相通的默契和理解在我们每个人的眼神里快乐地传递。时间过得太快，不知不觉间一直到山下的炊烟袅袅升起，我们才恋恋不舍地站起身。来爬山之前姐姐就去乡政府对面的汽车站问过，可以开到大妹村里的最后班车，六点十五分开出，我们得在班车离开之前送大妹到车上。

班车停在乡政府门口的大樟树下。

有些安静来得悄无声息。从山上下来的时候我们就几乎都不大说话了。姐姐拉着大妹的手，我们其他人跟在她们后边。

去往那大樟树的路上，会过一座桥。桥的这边是我们，桥的那边停着班车。天色在用一种极其惊人的速度暗下来。

我们互相拉着手，一起慢吞吞走到桥上去，姐姐说："没关系，我们不用走得太快，这里看得到班车，等它动起来时我们再跑过去不迟。"我们暗暗同意，于是就沿着桥边的栏杆慢慢走，一边走一边抚摸栏杆，石头雕刻而成的栏杆，摸上去冰冰凉凉的，有点儿粗糙。我探过身子往桥下看，看到桥下没有溪水，河床干裂，荒草丛生。"怎么会没有水呢?"我心里有点儿奇怪，却没有说出来，抬头看到姐姐她们离我有一点距离了，我赶紧赶上去。我看到她们忽然又停下了脚步，好像在跟谁打招呼。

原来是二姐的一位女同学，她说她刚从班车上下来，班车不会马上就走，起码还会再停十几分钟。我们相视而笑。女同学背着一个相机，她说她在镇上开了一家照相馆，专门给人拍照，今天周六，休息回家看望妈妈。她的年纪和我二姐差不多大，但是看上去却比我二姐要成熟许多，一副成功人士志得意满的表情。

她会拍照?仿若上天赐了她来，大姐说："太好了!请帮我们拍一张合影吧!"

女同学说拍照没有问题，但是得先付钱，拍一次五块，一张底片两块，每洗一张另外加五角钱。"你们想要洗几张?"她问。

"六张。"大姐赶紧回答。

"那好，一共刚好十块钱。"她说。

"这么贵，都快抵上我差不多半个月工资了。"大姐当时的老师工资是每月三十元。

女同学不说话，露出一副你爱拍不拍的表情，于是大姐把钱给了她。

按着她的指示，我们六个人靠着桥上的栏杆一字排开，那女孩说这样子看起来显得更艺术一些。我们才齐齐站定，她又说队伍看起来太长了，不大好全部放进镜头里，又让我们站成两排，三个一排。刚站好，她又说这样不好看，说这样拍出来人物显得有点儿单调。弄来弄去，后来是大妹和小妹站在最前面，我们四个姐姐则站在她们后面，成半围绕之势。大妹小妹手拉着手，我们也手拉着手。我和三姐在后排的外面两侧，大姐二姐在中间，我们不约而同地把手放到前面妹妹们的肩膀上，姐妹六人笑眯眯地望着镜头。

那女孩一边举着相机把眼睛凑上去，一边用另外一只手做出让我们准备好的手势。她说"一，二，三"，我赶紧笑得更厉害些，我看到闪光灯亮亮地闪了一下。

大功告成。我们舒了一口气。

我们谢过她，留了方山家里的地址给她，她说照片会在一个礼拜后准时寄到我们的家里。在往班车那里走去的路上大姐突然说："这样吧，你们先回方山，我去一趟'那边'，陪大妹一起坐车。"

天色越来越暗，临上车时，大妹向我们挥手："二姐、三姐、四姐、小妹，再见。"

我们也挥手跟她们道别。不知为何，在那一刻，我突然想起大妹第一次回方山时她所穿的那套鲜艳的红裙子，仿佛是骤然的发现，我看到此刻上车转身跟我们道别的大妹穿着的是一身的灰暗。灰暗，陈旧。非常旧的衣服。不只是衣服，大妹整个人都有点儿灰灰暗暗的。虽然我们身上所穿也基本上都是旧衣服，可是我觉得我们的比大妹的要稍微有点儿不一样。可是具体是哪儿不一样呢？我又说不出来。大妹黑黑瘦瘦的，当年那个娇嫩白胖的小女孩不见了，不知道去哪儿了。

回到方山时我们和爸爸妈妈说我们见到大妹了。妈妈说，大妹的奶奶去年过世了。我一下子就听出来，妈妈说的是"那边"的那个奶奶。爸爸说："唉，他们家家道没有以前好了，大妹的爸爸这几年一直在赔钱，已经不再做生意了，现在回到村里在种地，日子不是很顺。"

爸爸又说："小雅在他们家已经那么久了，他们日子好的时候我们不把她要回来，现在他们日子不好了我们更不能把她接回来，她也长大了，在'那边'帮衬他们，也是应该的，日子，总会渐渐好起来的。"

爸爸说这些话的时候，似乎有点儿不开心。

我也觉得不开心。没有什么理由，只要一听到和"那边"有关的事，我就觉得不舒服，我发现就算我和大妹在一起待了整整一个下午，我还是不喜欢"那边"。我不明白为什么大妹不能回来方山，不明白为什么爸爸说这些话的时候显得有点儿犹犹豫豫。方山依旧贫穷，应该是说比"那边"依旧是要贫穷一些的吧，那又怎样，我们很热闹很开心。大妹的背影所流露出的，虽说只是日渐贫穷的迹象，但是那暗淡的神情，却不是方山的我们所具有的，我一点儿也不喜欢。

大姐第二天才从"那边"回来，她和爸爸妈妈关起门来说了一会儿话。后来我看到妈妈眼睛红红地出来。妈妈好像和爸爸吵架了。那时已经是傍晚时分，爸爸从里屋出来后直奔柴房，拿了把大砍刀就往山上走，天黑透了许久之后，爸爸才从山上下来，他背回一大捆湿湿的刚砍下来的柴火，"扑通"一声把柴火扔到院子里，晚饭也不吃就去找方老师下棋了。

大姐跟我们说，她在"那边"去看了大妹上学的学校，还不错，挺宽大。她还带大妹到那里的供销社，买了一整套的文具给大妹。只要好好读书，大妹在"那边"，会好起来的。大姐说。

那一年，大妹十二岁。

一个礼拜之后，那个给我们拍照的女同学，不知什么缘故，竟然没有给我们寄照片过来。我们突然发现，那天只把我们的地址留给她，却忘了向她要一个她在镇上开照相馆的地址。在连续又等了两个星期以后，照片还是没有寄来。二姐那时候已经回去上海了。只是借着一个名字，大姐专门去了一趟那个女同学所在的村子，却没有找到她。和她同村的人告诉我大姐说："你说你找彩燕？她不在村里，她很少回来，她这个人到处晃来晃去的，我们很少看到她。"大姐找到她父母家里，她父母说："她的事我们不管，别到这里来找。"大姐又专门找了另外一个星期天去了镇上，镇上只有一家照相馆，问询里面的工作人员，没有人听说过"彩燕"这个名字。

没有办法了，除了等待。

那一张唯一的合影，我们姐妹六人的合影。那个傍晚，那座桥，桥上的冰冰凉的石头栏杆，那临近天黑的暗淡的光线，在那瞬间亮起的闪光灯，亮闪闪有如流星照亮一切。照亮姐姐们的笑、小妹的笑、我的笑。还有我所肯定无比的，大妹的笑。什么都没有留下，那张照片，从来没有寄来。

很多时候，人们总是在一日又一日地重复劳作，为着一种所谓更美好的明天，更幸福的生活，从不曾给过自己停留喘息思索的时间。因为，忙碌始终是我们最好的借口，为着某日可以不再忙碌，所以一定要这样拼上全力地忙碌着。为着那个遥远的将来可以轻松地生活，我们必须埋首当下，夜以继日地忙碌。不需要去想我们此时正在拥有什么，在经历什么，并且即将失去什么。我们的所有的幸福和快乐，所有的盼望，所有的生活，所有的等待和祈盼，都在明天。而因为是明天，所以都和今天毫无关系。明天在那里，明天永远也不会到来。

曾经在《故事会》里看到过这样一个笑话：

有人去问那个总是躺在树下晒太阳的人："哎，我说你怎么不去砍柴卖？"

"砍柴卖做什么？"

"换了钱来买驴呀！"

"买驴做什么？"

"买驴来拉柴呀！"

"拉柴做什么？"

"再去卖呀！"

"再去卖做什么？"

"卖了换更多的钱呀！有了钱，你就可以自由自在地晒太阳，享福了！"

"那你认为我现在在做什么？"

我永远也不明白，为什么这是一个笑话。然而，在这个忙碌的社会里，这不是笑话又是什么。更何况，人很多时候，并没有更多的选择，除了忙碌。

各式各样的忙碌，也同样填满了我们姐妹每个人的生活。为了远离贫穷摆脱贫穷而勤奋和忙碌，是我们唯一可以埋头行走的路径。初中毕业后，我就再没有继续读书，而是去打工。我和比我早些出门离开方山的姐姐们一样，也同样做过许许多多不同的工作：在雨伞制品厂做配件，床单被套工厂穿绣针，在塑料制品厂压铸塑料杯，洗过车床，五金厂点过件，街边摆过小摊卖过馄饨，赶集去卖小商品，贩卖甘蔗，贩卖毛巾肥皂，搞批发，摆摊位，等等。打工、干活，干活、打工，哪里工资高一些就跑去哪里，哪里能多赚点钱就想办法多赚点钱。把每一个钱都积攒起来，把所有的脑筋都动起来，把双手双脚快快地跑起来。努力再努力些，勤快再勤快些。除了每年春节的匆匆一聚，我们彼此都在自己的一小块土壤上努力地耕作，忙碌，不停歇。

那是在 20 世纪 80 年代末 90 年代初的时节，也正是我们国家经济发展最快、势头最好的时节，到处都是一派生机勃勃，有着许许多多的赚钱机会，只要你不怕吃苦不怕劳累，忙碌和勤奋总能带给你相应的回报。在初中过去后三四年的时间里，我们马不停蹄地东奔西走，时间匆匆过去，在一九九三年春节快临近的那个下半年，合着我们几个人堆在一起的小小的资本，我们姐妹几个在市区的永富桥头，开了一家不大不小的饭店，大姐取的名字，叫：桥头堡。不知道她是从哪里得来的创意，她说这是一个有内涵的名字，不只是因为我们的饭店选址是在城里最热闹中心的古桥的旁边，而是意指，从这一刻开始，我们将开始全新的生活，这是离开方山的真正的起步，属于我们自己的事业，这是一种意义，一种象征。大姐在饭店装修正式结束的那一天，把关于"桥头堡"名字的来由、理念跟我们好好地解释了一番。第二天就要正式开始营业了，这是一番令人充满向往和激情澎湃的解释，又像是战前总动员，更使我们坚定了要从此开创新世界的决心。一切都在朝着阳光的方向前进，稳定，踏实，充满希望。为了把饭店经营好，我们差不多所有的人都出动了。三姐负责采购进货，二姐和二姐夫负责厨房，我负责管理账本、接待客人、关注每一个环节的流畅稳妥，大姐辞去了教师工作加入我们，负责整个饭店的人员管理以及所有与餐饮有关的市场了解与走向，为怎样留住老客源开发新客源，想各种方案，然后把方案一一实施，把饭店做到尽善尽美。在短短的时间内，"桥头堡"就赢来了一派欣欣向荣的景象，我们在城市里正式站住了脚，我们有了我们自己饭店的小小名气。很快，我们开始往旁边扩充门面，新添了包间，新招了厨师、工人、服务员，新想出了很多新的菜式，等等。一句话：生活更忙碌了。

然后，有一天，在某个回乡下去看望爸妈的周日，妈妈对我们说："小雅好像已经不在学校读书了，你们有空去看看她吧。"

大妹？

我们好像猛然清醒过来似的，是的，大妹，我们没有想起她，已经很久了。埋首在我们自己的忙碌里，大樟树下分别的影像，成了一幕极为遥远的记忆。我们真有那么忙碌吗？忙碌得连去看她一眼的时间都没有？

不，不是，而是我猛然发现，也许在我们的心里，虽然一直有挂念着大妹，然而，不知是出于认命的想法，又或是出于不肯面对"那边"的抗拒，我们由始至终没有认认真真想过这个问题：大妹，到底还是不是我们的大妹？

真可怕。我们既不肯承认大妹已经不是我们方山人的事实，又缺少直接跑去那里去把她拉回到我们身边的勇气。这么多年来，我们一直在逃避，一直不肯去面对，面对"被弃"这个词带给我们的真正感受。更可怕的是，我所回想起来的自己在大樟树下望着大妹离开时的心情，竟然是充满责备，不是责备我自己，而是，责备大妹。我清晰地记得自己在桥上拍完照时我曾把大妹偷偷拉到一边对她说："大妹，今天你就不回去了好不，你看我们在一起这么开心，你就跟我们回方山去吧，好吗？再也不去'那边'了。"大妹沉默了好一会儿，回答我说："不，我要回去。"就是在那一刻，我对大妹，充满了责备。我觉得我又不喜欢大妹了，就像第一次我拉她手让她跟我一起玩耍时一样的心理，我不喜欢她抛下我，那时候大妹也说不，她把我的手甩开，直通通地转身跑去那个陌生的"叔"那里。就在那一刻，只在那一刻，我觉得我一点儿也不喜欢我的大妹。我不喜欢大妹对我说"不"时的表情，我不明白为什么大妹既然可以跟着二姐离开"那边"来看我们，为什么还要让大姐又送她回去。我不明白为什么她不肯跟我们回方山，不明白为什么她一定要回去一个对我来说是那么陌生的"那边"。我不明白大妹为何要弃了我们。对于这种"弃"，我充满责备和不喜。

我真可怕。是在整整过去了三年多的时候，我才第一次意识到自己的可怕。我是哪里有一根筋搭错了吗？为什么我竟会认为是大妹弃了我们，而不是我们抛弃了大妹？我总是试图寻找一位罪魁祸首，想要寻找一个原因，不是因为贫穷，不是因为爸爸的犹豫和妈妈的软弱，也不是因为命运的错落因为时间的疏离，而是，我找了一个最不应该出现的借口，那就是，我认为，是大妹自己选择要离开，是她自己选择被弃，是她自己在选择了被弃的时候也抛弃了我们，都怪大妹，都怪她自己。这是什么鬼逻辑？我恨透了自己。我为自己的可怕感到羞愧，妈妈轻描淡写的一句"你们去看看她吧"的话语里，又隐藏了多少的辛酸与自责？妈妈也知道，我们从来都不喜欢"那边"，妈妈不敢和我们讨论大妹，不敢和我们谈起"那边"，在妈妈的心里，又埋藏了多少的心疼和委屈？她和爸爸一样，何尝不也是充满了歉疚与羞愧？大妹是我们的心结，更是妈妈和爸爸的心结。我的可怕，也许正也是我的姐姐们的可怕，我们不把可怕说出口，我们把可怕埋在心里，只把忙碌和淡漠挂在脸上。在我们记忆和成长的过程里，我们没有足够的勇气来直面"被弃"的伤害。我们尚且如此，何况大妹？

一个人的大妹，在陌生地的大妹，被抛弃被阻隔已经长达整整十三年了的大妹，她又是如何熬过那些漫长的岁月的？忽然间，我们想也不敢想了。

某些似乎隔得遥远了的东西，其实一直深深扎根在我们的心底。被掩埋、被包裹愈久，沉重力量也愈强大。渴望团聚的心，一时如雨后的枝条，瞬间疯长。和妈妈说再见后，我们决定第二天就去看大妹。

第二天一大早，我和三姐就出发了。从城里去大妹的村庄，和从方山那边走不一样，要更远一些，足有五十多公里的路程。我们买了大包小包的礼品，一共倒了两班车，中间还坐了渡船，隔山隔水，路过许多个完全陌生的乡镇村庄，终于在中午十二点的时候，来到了我们一直不愿来的"那边"。在村口问过人，很容易就找到了晒场旁边那个宽大的四合院。

四合院很破旧了，灰色的屋瓦，斑驳的墙，在午后淡薄的阳光里，散发着彻头彻尾的尘土气息。四合院的西角门边，坐着两三个动作迟缓的老人，眯着似乎无法看清一切的眼睛，脸上密密的皱纹在阳光下流淌。听了我们的询问，他们热心地回应："啊，找华金啊，在，在最里面，最里面那一间……"华金，是大妹的那个爸爸的名字。

进了四合院的门，发现这个四合院竟然没有院子，原属于院子的部分，被封上了严严实实的泥土墙，似乎是为了好隔成房间来用。一条极其狭窄的通道，连着两间堆满了杂物的小房间。沿着老人们的指点，我们穿过黑暗狭窄的通道一直往里走，走到了最后一间屋子。屋子右侧有一截断了一半的墙，墙下搭着一只灰蒙蒙的土灶，在那个土灶旁边，有个妇人在那儿埋头忙着什么。

"请问，小雅是住在这儿的吗？"站在阳光透进来的尘埃里，我们问她。

"小雅不在，有什么事么？"边说着话，那妇人边转过身来。

我认出来了，她是小雅的妈妈，那个姨。

我曾在方山时见过她，在我们的家里，偶尔在春节的时候，有时是她带小雅到方山来。以往每次看到她，她的穿着都是非常齐整讲究，她通常都是不言不语，显得既高深又矜持。

是她，我不会认错。可是，眼前的这个人，又和她很不一样，这个人穿着一身的灰暗，埋在一大堆的猪草里，手边是一把陈旧的大铡刀。

看到是我们，她露出意外的表情。

我和三姐是第一次来到这里。由于意外，她看上去有点儿惊慌失措。但是很快地，她开始热情地招呼我们。她说小雅不在，不在家里，也不在学校，在很远的地方呢，她说。

她露出一副极为真挚的面孔，邀请我们坐下，但是一忽儿又发现没有干净的椅子。一眼望去可看到的这个既是属于堂屋又是厨房的部分，视线内仅有的家具上面，看得见的所摆的桌子上也好柜子上也好凳子上也好，都堆满了东西，乱七八糟的东西。地上也堆满了。她说这是她的副业之一，都是一些碎布片，用来叠布轮，一只布轮能卖一块钱。

留下礼物，我们很快地告辞出来，她的话语不知为何，使我感到万分不舒服。

关于大妹辍学的事，在她看来似乎非常开心，简直是如愿以偿。她喋喋不休地和我们说起大妹那点可怜的收入："哈，她都能赚钱了现在，在一个厂里，一个月能有六十多块的小工工资呢，这还只是学徒工时候，等过些日子转为正式工，会有更多的钱。你们不用担心她。"她热情地搓着衣角，要挽留我们吃中饭："我听说，你们现在都赚大钱了是吧，听说在城里开了一间很大的饭店是不是啊，怎么样，有没有用得到我们的地方？小雅的两个哥哥，他们快要大学毕业了，到时候你们可要帮忙留心一下，看看在城里有没有合适的工作，要给我们介绍一下的啊。"

　　我一点儿也不喜欢她，不喜欢她说起我大妹时一副那是"他们家小雅"的表情。

　　重新一路上又是搭车又是渡船，我们先回到城里，然后在车站换上另外一辆班车。要去一个叫西山坑的地方，我们的手里紧紧地捏着大妹在那儿打工的地址，这个地址一开始那"姨"还不肯给我们，只是顾左右而言他地不停地和我们说她的儿子们的事，说小雅的哥哥们如何如何能干，如何如何有前途，一味地要我们帮她儿子们想想办法。他们的读书成绩特别好，不过这以后到了社会可不一样，你们得帮忙带带他们，教教他们。那"姨"的滔滔不绝，是我们从未见过的面孔。我们更加不能想象大妹在这样的环境下，会生活得怎样。在去往西山坑的班车上，我和三姐都各自扭过头去，只专心坐车，一路上我们没有说话。

　　车子摇摇晃晃地在最后一个站停下，天色已是暗淡模糊不清。这还不是西山坑。下车问了人才打听到，西山坑离车站还有五六公里，只有三轮摩托车才能到那。幸好车站这里就有两辆揽客的空三轮等着，我们赶紧雇了其中一辆，急急忙忙继续往西山坑而去。一路上都是泥泞至极的乡间小路，坐在黑乎乎的三轮车车篷里，我和三姐互相都无法看到对方的脸。车子在凹凸不平的路面上颠来倒去，我们在车厢里也是颠来倒去，好几次我都以为要翻车了。最后到了再也不能往前开的地方，我们被告知，西山坑到了。天色差不多已完全暗透。我们让三轮车司机在马路边等我们，展现在我们眼前的，是一处稀稀疏疏没有多少农舍的小村落。高一脚低一脚地往村里走，问过好几个人之后，我们终于摸到了大妹做工的那户人家里。

那一夜，就像是历险。

这是一个废弃的院子，标准的家庭作坊。院子顶上搭了一个简陋的棚盖，昏暗的灯光笼罩下，摆着两台黑乎乎脏兮兮油腻腻的大机器。我们没有看到大妹。

循着人声，我们走近院子角落里的一个半开着门的低低的小房子。在门口站定，刚想开口询问，我们看到了大妹，正对着门坐着。同样昏暗的灯光下，大妹端了个碗，正往嘴里送饭，同桌的还有另外两个小姑娘。听到门口有动静，大妹无意识地抬起头，望向我们这边，她看到了我们。

我永远也忘不了那一刻，大妹的意外惊喜的眼睛，那张小小的脏兮兮的在一刹那突然放光的脸。

大妹站到了我们面前，瘦小的身子裹在空荡荡的破旧粗糙衣服里，像一片影子。她比以前更瘦了，也更黑了。她看上去更不像我的大妹了，可她就是我的大妹，实实在在的大妹。

相见的喜悦倏然而逝，大妹看起来木木的，听说我们要带她走，她居然期期艾艾地说不出话。但是这次我们当然不会再由着她。

那机器的主人闻讯带人赶来，不肯让我们带走大妹。不知从哪儿窜出来两只大狼狗，冲进院子里一味地朝着我们汪汪大叫。大妹被吓坏了。幸好和我一起来的是三姐，如果只是我一个人，我也一定会被吓坏。我的三姐可不吃这一套，从小跟着我爸爸上山砍柴背柴力大无比的三姐，狂吠乱吼的狗吓不倒她，我看到她顺手就从门边抄起一根木棍，把大妹和我护在她的身后，气定神闲地和那个工厂老板对话。"人，我是带定了的，放不放我们走是你的事，怎么个走法是我的事，我的车子在马路边等着，如果我们太久没有出去，他们自然会找到这里来。"由于是突发状况，那个工厂老板也一时不知该怎样应对，他只把狗先喝止住，阴沉着一张脸，他想了好一会儿之后，说出了他的条件。

扣押的两个月工资当然是不发了，他还让我们付他误工费，他说为了让大妹成为熟练工，他们付出了很大的培养成本，他要我们把损失费填补上才肯放人。他不肯放人，是因为大妹已是一个熟练的压铸工，他们不愿放掉这廉价单纯的劳动力。大妹和那两个小女孩常常没有任何怨言地在机器前面一口气一站就是十个小时以上，她们不言不语不吃不喝地赶工，把堆成小山似的原料，一堆接着一堆地清除出来，装粉、加热、压铸、成型，把它们变成一整箱一整箱的成品。她们毫无怨言，一直到筋疲力尽。大把的钱流进作坊主的口袋，到了大妹她们手上的，往往都只是少得可怜的没有几张的薄钱，更别提饭桌上的简陋三餐。把这样的工厂作坊，建在远离城市的山村里，也正是他们的狡猾之处，低成本，低劳工，低支出，谁也不会到这样的山沟沟里来查看。

姐姐不吱声地听完他们的滔滔不绝，只问了他们一句："我大妹几岁，你知道吗？"

"……"他们没有回答。

"其他两个女孩看起来比我大妹还小，关于雇用童工会有什么处罚，你们也应该有所了解的吧。"姐姐慢慢地说。

"这，这可是她们自愿的。"机器的主人声调开始轻了下来。

"让我们马上走，你继续做你的生意，赚你的钱。就当我们没有来过，这里的事也就当没有发生过。"姐姐拖了大妹的手，不理会他的凶恶，静静地走在前面。

平静自有一股慑人的力量。那人恶狠狠地瞪视了我们许久，最终还是悻悻然地退了下去。从角落小屋门口穿过一整个黑乎乎的院子走到院门外面去，虽说最多只有二十几步的路程，可是对我来说简直觉得是走过天险似的遥远。那两只狼狗恶狠狠地盯着我们，我紧紧地跟在三姐后面，我的拳头也捏得紧紧的，手心里捏满了汗，一步一步往外走，每多走一步就多一分勇气。

因为三姐的机灵，我们顺利带出了大妹，跌跌撞撞地跑到村口马路边，还好，那三轮摩托司机还在那儿，我们快快地上了车，黑暗中高低不平地直奔县城开回来。

大妹一直没有说话，在摩托车"突突突"的轰鸣声中，不知为什么，似乎有一种说不清道不明的东西慢慢地在车厢里浮起，仿若无以言喻的压抑。

"大妹，你不会是怪姐姐把你带离这儿吧。刚才我们要带你走的时候，你为什么一直不说话？"三姐小心翼翼地开了口。

"我，我怕我妈妈怪罪我。"大妹终于轻轻地开了口。

大妹说，这工作是她妈妈给她找的，当初找了很多工厂，都找不到工作，只有这种家庭作坊才会要这些未成年的孩子，而大妹已经习惯了每个月都会把那薄薄的几张钞票带回家。她说，她妈妈在那一刻总会万分高兴。

"而且，这个厂的人对我们其实挺好的，上个月还给我涨了工资呢，答应我以后每月可以多领十五块钱，可惜，现在都没法领了……"

大妹的语气，淡淡轻轻的，最后的惋惜，显而易见。

说不清是该心疼她还是责怪她的糊涂，我忍不住问她："难道你不想再读书了？"

"读书？不，不想读。"大妹回答得很快，"如果要叫我读书，那我明天就回到这儿上班。"

我和三姐在黑暗中默默地对视了一眼，一时不知该怎样去接大妹的话。

我们没有再说话，有着太多千头万绪的东西，理也无从理起，我突然觉得，似乎很难让大妹一下子听懂我们说的话，毕竟，我们实在太久没有在一起了。不管怎样，至少大妹已经回到我们身边，这一点才是令人开心的，其他的，则慢慢来吧。姐姐们的想法，也是和我一样，以后的日子长得很，大妹有什么想法或者什么喜好，我们大可以一起再慢慢商量，也不急在一时半刻做决定。

第二天，我们陪着大妹又去了一趟"那边"。当她妈妈听说我们把大妹在家庭作坊的工作辞了之后，立马就露出不高兴的神色。我们放了一个信封在她手里，那是大妹之前带回的工资的两倍。看到钱，她才重新笑了起来，又听说以后都会以这样的数目交给大妹带回家，她更是高兴极了，痛痛快快答应了大妹和我们在一起的要求。

没有被妈妈责骂，我看到大妹的脸上露出如释重负的表情。

和大妹重新在一起，在初始重聚的欢喜过去之后，我们渐渐意识到大妹和我们不大一样。比如，她总是非常拘谨。一开始，我们不给她安排工作，只让她待在家里。她太瘦了，我们想让她快些胖起来，于是常会买一些各式各样的零食给她吃。每次把零食递给她，她都说不要，可是一转身，我们又会发现她已经把零食偷偷拿走了，正躲在某个角落里津津有味地吃着它们。又比如，有时趁我们不在家，她会偷偷跑到我们的房间，去衣柜里翻我们的衣服穿到她身上，可是当我们问她喜欢哪一件时，她又会矢口否认，她不认为我们是真心真意想把衣服给她，又摇头又摆手地拒绝，然后继续隔三岔五偷偷地把我们的衣柜弄得混乱。她总是很小心，认为我们不知道她的好奇。有时候我们还会发现，放在抽屉里的一些零钱突然不见了，尽管她百般掩饰，我们依旧很轻易就能知道这一切都是她所为。大妹的种种举动，让我们又急又难过。大姐当过语文老师，自认为对于和孩子交谈很有一套方法。经过沟通，我们都认为这是由于大妹在"那边"还是孩子的时候不小心染上的不好的习惯，只要慢慢和她交谈让她懂得道理她就能慢慢改过来。尽管大妹已经不是孩子了，但是她在某些对于好与坏的认知上却还是像一个孩子。为了让大妹不再是一个孩子，大姐可谓是对她使尽浑身解数。不只是大姐，我们也是一样，三天两头地，我们就会小心翼翼地和大妹来一次心平气和的交谈。大妹的胆怯和瑟缩、大妹的木讷与笨拙，常常会使我们一会儿觉得又气馁又发火，一会儿又觉得毫无希望。可是，这既不能发火也不能气馁，更不能露出毫无希望的表情让大妹看到，否则的话，大妹会随时回到"那边"去。在大妹回到我们身边的初始的那段时光，我们着实是经历了好一番努力。

　　幸好，时间总是最好的利器，尽管隐约有着一些龃龉会发生，但是只要每每想到，我们现在是姐妹六个人完整地在一起，只要想到这一点，我们的心里总会觉得既舒坦又欢快。我们坚定不移地相信，我们会磨合得越来越好，不管是从身到心，大妹都会正式成为全新的方山人。

大妹不肯重新回去学校，等她性格渐渐开朗了一些时，我们就让大妹也去了饭店里，这里那里的开始帮一些小忙。我们饭店的生意非常红火，每天都有新的事情在发生，每天都有许多新的工作等待着我们去完成，每天都有许多新的问题需要去解决。渐渐地，我们不再把注意力放在大妹的身上，反正她已经回来了，一切都非常好了，渐渐地，我们回复了往日的忙碌。也不再常去问大妹她喜欢什么她想要做什么，反正在饭店里，只要她愿意动手，她也同样可以有许多的活可以做。不管是喜欢什么也好有什么想法也好，那些类似于"梦想""理想"等这样的特别形而上的词语，连我们自己都尚且并不是很明白它们的真正含义，更别说是把含义再去传播到大妹那里。我们最需要的就是不断地做事，奋力努力做事，其他的都不重要。

日子一天一天过去。"忙忙碌碌"四个字，涵盖了我们几乎全部的生活。

然后有一天大妹突然对我们说，她想学烧菜。

学做菜，是那时最热门的手艺之一。在饭店里工作，成为一名正式厨师，是当时许多年轻人的最佳选择，是前途一派光明的职业。厨师收入高，在饭店的所有职位收入里排行第一。又能管吃管住，有朝一日如果成为厨师长，那就更珍贵了，很多饭店会争着来请你，平时还不需要下厨干活，手下会带一批徒弟，除了特别难的几个专门的菜式之外，基本上都不用自己动手，只要抬抬嘴动动口就可以。厨师是饭店的灵魂人物，怎样使菜品保持稳定的口味，时不时还要研发新菜单，如何使整个厨房处于流畅又合理节约的状态，菜肴的成本控制，浪不浪费，有没有使食材得到最大的使用和收益，甚至于整个饭店的利润来源的基础，等等这些，都取决于你有没有聘请到一位有经验有想法的好厨师。一句话，那就是，一个饭店的成败，最主要的，就是取决于：厨师。

想成为一名好厨师，找老师最为关键。如果想在那颇有些名气的厨师门下学习，不仅需要很高的拜师费，还得看他有没有看中你、愿不愿意带你，就是所谓的拜师门槛。而那个时候，在饭店工作的厨师长，是我们花大价钱专门从省城请过来的小有名气的大厨，如果大妹成为他的直系弟子，那么学成之后大妹也同样会是前途无量。可是，当厨师固然是千般的好，却也是千般的辛苦与不容易，大妹真会喜欢这样的职业？她真能不畏劳累地去学一门对于女孩子来说是很不容易的繁重职业？

为了检视大妹的决心，大姐专门和大妹好好地谈了一个晚上。大妹还是说："是的，我是真心想学。"既然决定下来，我们也很开心，反正大妹在店里待在哪儿也是待着，不如让她去试试，如果试了不喜欢再说。大妹在饭店里有段时间了，厨师长冯师傅也认识她，他说大妹聪明伶俐，成为一名好厨师完全没有问题。说定就定，大姐认认真真和冯师傅谈过话，给大妹交过拜师费，并且举行了认真的拜师仪式。那时候不管学什么，拜师仪式都是很郑重的必须要进行的第一步。拜过师后，大妹开始了跟大厨的日子。

时间依旧过得很快，我们都在按部就班里继续生活。大姐结婚了，为了生养宝宝，她开始退居二线。二姐和二姐夫生下了一个儿子。我也开始谈恋爱了，我的男朋友毫无悬念，是我认识已久的我大姐夫的弟弟。三姐依旧在掌管着整个饭店的所有采购工作，有个叫作"张同学"的风趣男生正在追求她。小妹依旧在上学，已经从初中考到高中，小妹的成绩非常棒，在理科班就读，她的心愿是当一名医生，她计划高考时就直接报考医学院。大妹当学厨的速度最是让人惊讶，在冯师傅的用心教领下，才短短不到三个月，她就成了冷菜间的主管。她可以在不到十分钟的时间里，做好一份由十几种原料、十几种刀工组成的好看又美味的大拼盘。菜单上一共有三十多种冷盘，她很快把它们一一熟记于心，信手拈来，随点随做。大妹的领悟力与创造力，令冯师傅也赞叹不已。不仅如此，她还是杀鱼杀鸡杀鸭的好手，用不了几分钟，就可以把它们干干净净地放在备菜篮等着师傅的加工。大妹还会杀蛇，包厢里刚点了个蛇出来，大妹就拿了一把钳子，走到铁笼边，开了上面的小方口，手伸进去，准确地钳住那蛇的头部，把长长的滑腻的身子直拎了出来，走到墙边，取了挂在那儿的大剪子，大妹伸手就把那蛇头剪了下来，钳子钳着蛇头杵到煤灰里，转身，大妹用尖刀把蛇钉到木门板上，剪刀轻轻往下一拉，一条血线就直直地滴到那早已放在那儿的白瓷碗里，没有一滴外漏，再利索地把蛇胆摘出来，放在另一只并排的白瓷碗里，接下来，大妹大声地说："快，倒白酒进去，上桌——！"每当那时，厨房里的不管是其他厨师也好，或是同样像我大妹一样在跟学的小伙子们也好，总是会被唬得一愣一愣，半天才大声喝起彩来。小小的看起来文文静静的大妹，什么都敢杀，从山蛙到麻雀，再从泥鳅黄鳝到甲鱼到乌龟，没有大妹不会杀的东西。我从来也不知道，大妹是在什么时候学会的。虽然冯师傅说过，要想成为一名真正的厨师，杀这杀那是一件最基本寻常的事，是基本功。可是对我来说，不管杀什么，都是永远也不可能完成的事，特别是蛇这种可怕的生物。所以，每次当我看到大妹杀蛇的时候，我总有止不住的自豪，大妹的身手，简直武林高手一般。不像我，便是见到血，也是会晕。

大妹安安静静地当她的学徒，一周回一次家，回到"那边"。每次回去，大妹都是大包小包的。我们的饭店应有尽有，大妹把鸡啊鱼啊水果啊罐头啊干货啊酒水饮料什么的，依次地往"那边"送。当然，拿这些的时候，大妹都来和我们商量，经过我们的同意，那些以往的喜欢藏藏掖掖的作风，在不知不觉间大妹也已经不会犯了。现在的大妹，开朗又快活。

大姐常说，这是对的，要对"那边"好，要懂得感恩，无论如何，是他们养育了大妹，大妹再怎样地去回报，都不为过。

这些道理我也懂，可是不管怎样地懂得这些道理，对于大妹的在"那边"的家，我依旧是和以往一模一样地不喜欢，依旧是抵触它讨厌它。贪婪的母亲，漠然的父亲，两个顾自在外学习的哥哥。我总是毫无理由地认为他们在压榨大妹，除了准时的工资上交之外，他们似乎恨不得我的大妹能生出更多的法力。从饭店带回去的只是其中很小的一部分收入，更多的，是一种无法形诸言语的胁迫，从吃到穿再到用，他们总能用一些极为巧妙的方法，使大妹既着急又贴心地很快地去想着给他们解决，因为他们知道在大妹的身后有着我们。通过纯净简单的大妹，他们把他们的需求，一一地转达到我们这里，又使我们在不伤害大妹自尊心的前提下，一一地让他们得到实质性的满足。比如说，他们说家里开始攒钱要建新房子，如果大妹的收入能高一点该多好啊；再比如说，他们暗示大妹，哥哥们最近需要复习，学习费用有点儿短缺，最好大妹也能跟着一起来想想办法；又比如他们常常会说，有时是"叔"有时是"姨"，忽然会得了什么头疼脑热的病，问大妹能不能向我们请求"借"一点钱，好使他们暂时应付一下。总之，不管是哪一次的暂借短借或是长借，他们都让我们只管放心，他们会很快把钱一一还回来。他们也让大妹放心，说家里会越来越好，他们和我们的关系也是一样，越来越像一家人，一家人就要相帮相衬，这些都是自然而然的事。如此种种，真可谓是一种复杂至极的生活的艺术。

我能理解这一切。可是我却不能理解大妹在进行这一切时候的那种主动和欣慰。是的，每当大妹完成一件他们布置给她的任务的时候，大妹的脸上总是露出一副大功告成的欣慰的表情。这让我太不理解了。我更不理解的是，为什么每个周末大妹都要那么准时，都一定要回去。大妹的主动和欢欣，在我看来有时简直是一种怪异。由于意识到这种怪异，我常有时会产生联想，总觉得大妹似乎还有另外一个我们所不了解的内心世界。难道大妹真的对那个家有着非常深厚的情感？难道对大妹来说真的只有那个家才是她真正的家？每当这样想的时候，我甚至不免会忽然生出一丝嫉妒。

只是，这些都是和生活无关的事。这些只是偶尔产生的联想和情绪。都只是一闪而过，不会形成真正的干扰和影响。日子依旧是忙碌又欢快，欢快而充实，充实到我们根本不需要进行太过深究的各种忙碌。为什么大妹会那般密集地往"那家"走？其深层次的原因，是在大妹死后的她的日记里，我才真正地得知了她的压力所在。她在日记里写道：我要还债，我要快些把债还清，这样才好真正和我的姐姐妹妹在一起。

饭店的生意稳定而火爆，为了接下来即将开业的新的更大的饭店，我去了省旅游学校，专门学习酒店管理。新的饭店不仅仅只是餐饮，还会有客房，有娱乐有卡拉OK有舞厅，将会有更多的设施更多的员工更多的业务以及更多的客源。要想把大的酒店经营好，需要具备更加正规严密的管理方式，学习专门的酒店知识更是一件势在必行的事。桥头堡的年代即将结束，一次新的质的飞跃即将到来。我开始了为期一年的学习。和大妹的每个礼拜回"家"一趟一样，我也是在每个学习结束的周六，从省城回到我的饭店一次。

是在新饭店试运行的时候，我偶然发现大妹拥有一副魔鬼嗓子。那是一个休闲的周末，音响师在卡拉OK舞厅里调试话筒音响，我和大妹在旁边看热闹。一首《长城长》响起，大妹突然说她会唱这首歌，我赶紧怂恿她试一试。我让音响师把歌曲原唱关掉，大妹开始跟着音乐唱起来。简直是太神奇了，大妹的嗓音几乎和原唱一模一样！为着这个新发现我感到欣喜不已，因为这可不是普通简单的流行歌曲，这可是民歌！需要有非常好的嗓子以及很好的能控制声线的本领才能唱得出来。我惊讶极了。大妹羞涩地告诉我，其实她已经偷偷学唱歌有一段时间了，她说她平时最喜欢的就是唱歌，她说大姐去年送给她一只录音机，她买了不少磁带，有时没事她就跟着磁带唱，她现在已经会唱很多的歌了。新饭店音响刚运到的时候她就悄悄地来摸过话筒，不过一直不敢在人前唱。

这是一个多么了不起的发现！我像是宣布一件什么喜事似的把大妹的唱歌天赋告诉了姐姐们，那天饭店一楼餐厅的营业结束之后，我把所有人都拖到楼上卡拉 OK 厅去，要她们去听大妹唱歌。我像当年炫耀大妹杀蛇很厉害一样，我要把大妹的有着和我们绝不一样的神奇嗓子炫耀给姐姐们听。大妹一开始有点儿扭扭捏捏，但是后来在我的使劲鼓动下她终于上台去了。她先唱了一首《长城长》，接着又唱了一首《春天的故事》，果然如我所预料的一样，姐姐们被惊呆了。大妹的嗓音圆润、高亢，音质清丽饱满，在高音和低音之间轻松自如地转换，有着音乐的美感。我们哗啦哗啦地鼓掌，把大妹乐得扭过头去，一转身就跑下了舞台，再怎么叫她也不肯回来。

那天晚上多么开心！虽然大妹只唱了两首歌，但是从她唱歌的过程里，我恍惚发现了另外一个更加特别的美丽的大妹。大妹在长大，大妹已经长大了，从黑黑瘦瘦渐渐长成了亭亭玉立的大姑娘。

说来凑巧，我们在上周接到通知，市文化馆看中了我们的舞池场地，在得知我们拥有一套全市最好的音响设备之后，决定把我们市首届卡拉 OK 的比赛放在我们这里举行。我想到大妹既然能唱这么好听的民歌，不如让大妹也报名去试试看。我认识在文化馆工作的胡老师，第二天我把胡老师请到我们酒店里，让她来帮我听听大妹的嗓子，看看有没有参加比赛的可能性。大妹一开始躲在厨房不肯出来，我去又拖又拉又恐吓，她才终于跟着我来到包厢里。胡老师说她需要听大妹清唱，不能用话筒。大妹清唱了一首《小背篓》，我看到胡老师笑眯眯地不停在微微点头。我高兴极了，胡老师说大妹的嗓音一点儿问题也没有，不过需要多练，最好能够找专门的声乐老师去学习一下，才能把嗓子练出来。参加比赛没有问题，但是能不能拿奖却不一定。胡老师建议大妹先找一首自己认为唱得最好最流畅最拿手的歌，然后告诉她，她会帮大妹去报名。胡老师走了之后，我急匆匆地催大妹，大妹只是羞涩地笑，她扭扭捏捏地对我说："四姐，我，我不想去参加比赛，我喜欢的是烧菜，唱歌，我只是唱着玩呢……"

离报名截止日期只有两天时间了。既然大妹一副坚决抵抗的样子，而我又急着回省城学校去，于是我就想，那算了，那就这次暂时不参加吧，等明年。胡老师说了，这样的比赛接下来会一年举办一次，以后随时都可以参加。这次的时间太急促，大妹的退缩和畏惧也是情有可原，等明年，或者真如胡老师所说，有时间最好给大妹找个老师来学习一下，索性有了一定的把握之后再去参加，那也不错。

大妹不肯报名，但是胡老师对大妹的肯定却是实实在在的，回到省城的我专门去跑了一趟书店，我想着一下子给大妹找老师不是很现实，不如先给她买几本怎样学习唱歌的书籍来看，先对唱歌有个初步了解，然后再慢慢找机会找老师。下一个周六来临的时候，我把头来的两本书交给了大妹，一本《声乐入门》，一本《教你学唱歌》。新书令大妹又惊又喜，尽管我一点儿也不确定这样的书对于学习唱歌是不是真的有帮助，但是我就像完成了一件任务似的觉得我已经对大妹的好嗓子有了暂时性的交代了。她乐颠颠地接过书，我则很快就把"要给大妹找个唱歌老师"的念头抛到了脑后。反正时间有那么多，明天有那么长，什么都大可以慢慢来。急什么。

姐姐说自那次以后，厨房里常常可以听到大妹在轻轻哼歌。在每天早上我们所住的房子的顶楼阳台上，二姐说她常常看到大妹一个人站在那里练嗓子，据说是在练习那天胡老师教她的那短暂的几声咿咿呀呀的练声之道。是的，从那以后，大妹的生活里，又多了一个节目，除了看厨艺的书之外，总还会有另外一本歌唱的书揣在怀里。她时不时地在厨房工作休息的间歇里，拿出来看一下。看一下唱一下，像一个好学至极的孩子。

很多时候，人总是在时间流逝过去了的时候，才会思考一些事，才会感叹。早知道就应该这样，早知道就应该那样，把早已成了事实的过往，幻想出千百种的别样情景。

我常在想，如果说我早一些给大妹请声乐老师，让大妹早一些学唱歌，那么大妹的命运是不是就会不一样？如果说在那一天我就听从了胡老师的建议"可以一周学习一次，在每个周六或是周日"，如果在那一天我就直接聘请胡老师当我大妹的声乐老师，一周一次去跟胡老师学习唱歌，那么我的大妹是不是就可以继续活着，不会死在一个没有声乐课可上的星期六。大妹既然要去上唱歌的课，那么就必然不会再像以前一样每个周六一定要回到"那边"去。只要大妹周六不回去，没有回那个仿佛永生摆脱不了的家，那么大妹就不会死。只要大妹学唱歌，那么大妹就会继续和我们在一起。

只是我当时并不知道这后来，当时的我只是想着，什么？一节课要四十块钱？这么说一个月就得要一百六十块？这，这未免也太贵了些，我店里服务员一个月的工资都才两百块，这只是上上唱歌课的费用也太离谱了吧。胡老师不会是诓我吧，我得再去问问别人，要问过之后再做决定。我在心里遮遮掩掩地打着我的小九九，假装看不到大妹望着我的希冀的眼神，笑呵呵地回答着胡老师的建议："好啊，是可以好好学一下，等我们忙过这一阵，等我大妹稍微空一点儿的时候，我就和她好好商量一下，看看怎么开始学，对不对大妹，我们的新酒店开张，这段时间肯定是没有时间，我们过段时间再学好不好？"大妹点点头说："好的。"

时间如风般疾速吹过，我根本没有去计算过日子离我对大妹许下诺言已经又过去了多久，转眼就到了春节。

那一年的春节，我的大姐生下了她的第一个儿子。

那一年的春节，我的二姐结束了七年的婚姻，自己带着儿子山山生活。

那一年的春节，我的三姐正式和"张同学"订下了婚事。

那一年的春节，我第一次和男朋友偷食了禁果，在既没订婚也没结婚的情况下，我们住在了一起。

那一年的春节，我的小妹被市医学院录取了，正式成为一名大学生。

那一年的春节，发生了多少既开心又不开心的事！那一年的春节，我们是多么欢快和年轻！一切都是崭新的，一切都生机勃勃，一切都是全新的开始，一切都是未知的期待和等待。

那一年的春节，我们全家回方山过年，吃年夜饭。我们一大家子人，坐了满满当当的一大桌子，我们人挤人快活地挤在一起地坐着，我们突然发现，这居然是我们六姐妹全部到齐坐在一起过的第一个春节！

以往的春节，由于都各自有了家庭，有时大姐不在方山，有时则是二姐不在方山，又有一年连三姐也被"张同学"带回他家去见他的父母。而大妹更是，她是第一次跟着我们回方山吃年夜饭。以往每次当我们想要让她跟着我们回来的时候，她总是会说"我还是年初一再回去吧，习惯了在自己家吃年夜饭，我怕我爸爸妈妈会不高兴"。听到大妹"自己家""我爸爸妈妈"这样的说法，我们总是立马就会打消坚持非要拉她回来的念头，温和地回应她："好吧，那你回去吧。多带些年货回去，'姨和叔'会很高兴的。年初一时再见，也就是明年见。"我们呵呵地笑着和大妹说再见。

但是那一年的春节是那么不同！我们全部都凑齐了！连大妹都和我们在一起！

我们完全想不起来大妹是怎样跟着我们一起回方山的。我们只知道我们在一起，在方山。我们每一个人都穿着红艳艳的过年新衣服，穿得像红包套似的。我们乐呵呵围成一堆闹成一堆，一起洗窗户抹厅堂写对联贴红纸蒸年糕煮三牲拜谢天地等等，我们每一个人都开心地忙碌着，欢笑着。爸爸妈妈和我们一样既激动又开心，在吃完热气腾腾丰盛无比的年夜饭后，妈妈给我们每个人发压岁钱：大姐，二姐，三姐，我，大妹，小妹，嘟嘟，山山。她走到我们身边，一边发一边要把我们每个人的头发都仔细地捋一捋才走开，好像责怪我们的头发不够整齐似的。我看到妈妈的眼睛有点儿红红的，我知道妈妈一定是一个人偷偷地哭过了，不过我没有揭穿她。

我们每个人都喝了酒，脸红红的。

酒后的爸爸掩饰不了自己的情绪，他哭了，他对大妹说："小雅，总算，你也回来了，是爸爸对不起你……以后每年，我们都像今天这样好不好？你都回来好不好？爸爸对不起你，可是，这里也是你的家……小雅，你要永远记着这一点，这是你的家，好不好？……"

　　我们把小雅抱起来，妈妈把我们抱起来，爸爸又把妈妈也抱起来，我们抱成一团，又哭又笑。那一夜，我们姐妹六人在二楼铺了地毯的房间里，打了个大地铺，全部睡在了一起。我们停不下话，却又不知道都说了些什么，叽叽咕咕地私语，一直持续到第二天黎明的到来。

　　新的一年来临，我们重新开始继续原来的忙碌。不，我们打算要比原来更忙碌一些，因为在春节过后，我们商量着继续增开一间新的饭店，和前面的两家都不一样，要开得小一些。但是要非常精致非常独特。我们计划那一间饭店就让二姐和大妹两个人经营，大妹在厨房已经可以独当一面了，而二姐则也想试试在全然没有我们一起帮忙的前提下，看看能不能自己一个人把饭店做好经营好。这是一种挑战，也是一种尝试，如果成功的话那么接下来就可以发展一种全新的餐饮模式。计划一定下来，我们开始筹备实施。

　　找房子，装潢，招工，看餐具，设计菜单，购买餐桌餐椅，登广告，选日期……时间很快到了三月，莺歌燕舞的三月呵！

　　大妹恋爱了，和一个名字叫"峰"的男孩。每每说到他，大妹便会羞涩地笑："不，才不是，我才多大呀，我们只是合作伙伴，我想让他跟我一起，去二姐姐的新店里一起工作呢……"大妹急急地解释，一解释完总是急急地跑开，害怕我们穷追不舍的调笑。

男孩也是厨师，和大妹同岁，瘦瘦高高的清秀模样，那份羞涩与大妹非常相似，一说话也会脸红起来。他和大妹一起埋头设计菜单，想菜式的配置，一起讨论厨房的布局，一起去看餐具，选餐牌，等等。不管是做什么事，两个人的默契有目共睹，一时间令我们也觉得非常羡慕。唉，恋爱中的人哪！

记忆总是会把某些快乐的情景变得异常的鲜明，会以一种自动主动的方式，把那些美好的镜头一遍又一遍地擦亮。我永远也无法忘记大妹青春红润的脸、最后一夜那甜美飞扬的声音，大妹在害羞地对我们说："姐姐，明天，我要请假一天，家里寄了信来，明晚村里舞龙灯，我想，想带峰去我的那个家里去看看……"

这次大妹说的是"那个家"。这是我第一次听到这样的说法，我忽然觉得有点儿开心。

是的，明天又是周六了，我知道大妹总是在周六会循例回到"那边"去。

我的爸爸妈妈已经见过峰了，他们对那个小伙子赞不绝口，都说非常适合大妹，说如果大妹和他走下去的话，一定会过着既幸福又简单的生活。小伙子没有去过"那边"，也没有见到过大妹在"那边"的父母，但是小伙子知道大妹所有的故事。

这是恋爱中最快乐的程序之一，带着自己喜欢的人去见自己的父母。看来大妹心里已有了某些悄悄的决定。我们也很开心。峰是一个好男孩，"姨和叔"应该不会有什么可以挑剔的。

那天晚上的大妹，似乎特别兴奋，总也絮絮叨叨地说个不停，直至我们打起了哈欠，她才快乐地跟我们道晚安，临走前又在我的衣橱里"借"走了一件淡红色的套头毛衣，她说她喜欢我这件毛衣很久了，今天索性就送了她吧。我乐呵呵地答应了。她朝我做了个鬼脸，一边把毛衣搭在肩膀上，一边嘴里轻轻哼着歌，回到了楼上她自己的房间。

那是最平常不过的一天，就像平常的无数个的早晨。我们无数次地在这样平常的一天来临时做着应该做的一切。我和三姐早早就坐在了二楼的办公室里，因为下午要陪二姐一起去看桌椅沙发，所以我得在上午之前完成一天的事，一大堆的采购单发货单预订单，各式各样的单子摊在我们的桌子上，等待着我们的处理。

大妹哼着歌从楼上蹦蹦跳跳跑了下来，跑到二楼，在办公室面前停住，她探进了脑袋，朝我们笑："三姐，四姐，我回去了，今晚看龙灯，我明天早上再回来……"

看到她的快活劲儿，我们忍不住也笑了："快去吧，峰在楼下要等急了吧。"

"嗯，不理他。"大妹朝我们伸了伸舌头，又说我们说，"对了，我把小山山也一起带了去，他说他也想看舞龙灯，这不，跟着我不放呢。"

我们这才注意到，原来大妹的身后还跟着一个"尾巴"：二姐姐的儿子山山。小家伙忽闪着一双滴溜溜的大眼睛，大概是怕我们不肯同意他跟去，他躲在大妹的身后，叫他名字他也不肯现身出来。

山山常和大妹在一起玩耍，他和峰也早已熟识。让他跟大妹他们一起去玩，我们一点儿也不担心。

"行，你带去吧。"我又加了一句，"小心点。"

大妹笑嘻嘻地跟我们摆摆手，转身顺手抱起山山，她"咚咚咚"往楼下跑去。

"龙灯？大妹那村，可真奇怪，早早过了正月灯节，怎么会突然舞龙灯呢？"三姐坐在我对面，无意识地咕哝了一句。

"谁知道呢？农忙还没开始，闲着呗！"我回答。

那天记忆中的片断已是支离破碎，我和二姐在家具市场，经过无数次的货比货讨价还价之后，终于买到了我们想要的最理想精致的桌椅，雇了两辆车，我们运着它们匆匆往新饭店而去。太阳斜斜地映照着黄昏里疲倦的人们。记挂着晚餐酒店这边的婚宴餐饮，因为有一大堆客人要接待，我不停地催着司机开快些，好早些结束赶回到那边去。

二姐的手机突然响起："什么？摔了下来？怎么回事？是谁？是山山吗？人民医院？喂！喂！……"

姐姐的声音有点茫然："不知是谁给我打电话，好像是说，山山，他摔了跤，现在人在人民医院……"

"啊！听清楚了吗？严不严重？"我一时回不过神，心底惶恐：姐姐好不容易才救回这个孩子，可不要……之前山山得了心脏病，才在去年年底动完手术，身体才恢复过来没有多久。

"不知道……声音很糊，听不清楚……"姐姐的声音有点儿飘。

手机忽然又响了起来："喂！喂！啊，这么说，不是山山啊，是小雅？好，人民医院，我们马上过去。"

"是小雅，从楼上摔了下来，不知道现在怎样，只说在人民医院……让我们赶紧过去。"

"噢，不是山山啊。"我松了口气，一下子似乎放下了心来：大人么，摔一下也没什么大不了的，那个村里又没有医院，当然是送到市区里来了。

我们赶紧让司机靠边停车，让他们先把桌椅运去店里，我和二姐掉头叫了一辆三轮车，匆匆赶去医院。通往医院的小巷，如往常一样拥挤，车子慢慢吞吞地前行，我不耐烦起来，跳下车，胡乱把车钱塞给司机后，拉了二姐的手在密密的人流里快速地往医院挤。天又闷又热，人群又密集。我一忽然在心里竟有些怪罪起大妹：唉，真是的，在这么忙的时候，尽给添乱，好好走个路也那么不小心的吗？竟会摔下去？

我们跑进医院大厅，抬眼就看到那男孩，峰，两眼失神地瘫坐在急诊室门口的地上。他的坐姿和表情，让人看得有点儿很不舒服。视线一落，我突然看到男孩的胸口，淡灰白色的夹克衫上，竟然有一大团一大团密密厚厚的暗红！那是，血？！暗紫色的血衣上面，触目惊心地映着男孩苍白木讷的脸。

我飞快地跑过去，透过窗户看到急诊室里一团忙乱。一堆白色的影子正忙忙地围在一张台子的周围，那台子是手术台。我看到手术台的末端露出两只雪白的脚踝，脚踝上连着一堆杂乱的电线，白色影子的晃动间隙里，我赫然看到手术台上躺着的是：大妹！

看到这堆忙乱，我的腿突然软了下去，手紧紧地扶住门框，哆哆嗦嗦的目光穿过层层的白影，去找大妹的脸。我看到大妹正人张着嘴，看到有人正在把各式各样的管子往她嘴里面插，我看到大妹的门牙似乎缺了一块，大妹的嘴唇在被人用力地扯过来又扯过去，那些管子牵扯着大妹的嘴，使大妹的脑袋也有点儿晃来晃去，我怪那些白影子对待大妹的动作太粗鲁了，大妹是不是会很不舒服，我看到有人拿着一只圆鼓鼓的圆皮球似的东西举在大妹的鼻子上方，圆皮球连着一根长长的橡胶管，橡胶管也插到了大妹的嘴里，圆皮球被人又压又放，我看到一大团一大团的血，从大妹那木然张开的嘴里，被吸出来，血，很多血。没有了，不，还有大妹的黏糊糊的头发，悬挂在手术台的外面，也跟着在甩来甩去……

不知道时间是怎样过去的。记忆中的场景，如同浮在空中的幻影，遥远空洞，很不真实。那场忙乱在我的伸手可及之内，记忆却把它摒弃在了另一个世界。那一团团白色的影子，那些在穿来插去的手臂，器械碰撞的声音，摇晃的吊瓶，电线，灯，天花板，一切，都在以一种极其缓慢的速度在停止。慢慢停止，再慢慢散了开去，再慢慢静寂。台子上留下一个，一动不动的陌生至极的人。

有人在捅我的手臂，在向我说着什么。他塞了一张单子在我的手心里，接着又递过来了一支笔。我慢慢低头，看到单子上面写着五个大大的字：死亡通知单。

尖锐的痛感在瞬间被唤醒，我意识到这五个字与那台子上的人的关联，我茫然握住那只被人塞过来的笔，机械地在对方的引导下在单子上写下了我的歪歪扭扭的名字。迷迷糊糊中听到二姐的声音在旁边喃喃地求助："就这样了？没有了？不，你们，你们再帮忙继续一下，再继续一下……求你们了，再继续一下吧……不要走开……别走开……"

再继续一下？继续什么？我觉得二姐的话说得不清不楚，

听不清她在说些什么。

我开始往里面走，往手术台走过去。

手术台周围，静得离谱。台子上除了一个孤孤单单躺着的人之外，什么都没有了。没有了电线，没有了管子，没有吊瓶没有器械没有灯，什么都没有。大妹被埋在白花花的被单里，一动不动。她静静地躺在那里，合着眼，双颊沉寂，微微张着嘴，露出一副仿佛有点儿意外的表情。她的脑门上垂挂着一缕湿乎乎的头发。我走过去，把那缕头发拨到旁边，大妹的额头完整地露出来了，白莹莹的，光洁饱满，生机勃勃。我把床单揭开，看到大妹身上穿的正是我的那件粉色淡红的套头毛衣，毛衣上红色的斑斑点点的血迹，一直延伸到大妹的嘴边。血是从大妹的嘴里一路滴落下来的。我把我的衣袖扯起来，凑到大妹的脸上去擦血迹。衣袖太干，我像个粗俗粗鲁的农妇一样，把袖子塞到自己的嘴巴里找唾沫，我得把袖子蘸蘸湿，蘸湿了才好擦，我一边蘸一边擦，试图把大妹脸上的血全部都擦拭干净。

一忽儿又有很多人冲进来，我看到了三姐睁大了的惊恐的双眼。我看到了那叔那姨，那叔和我之前一样，一靠到门边就缓缓地沿着门边滑了下去，不知他是从哪里赶过来，我发现他的手里紧紧地抓着一顶草帽。那姨的声音在呼天抢地地响起。我看到门外面大姐也来了，正在和一群白大褂在交头接耳地说着什么。大姐有认识在医院工作的朋友，我一时以为是不是她找来了新的救治高手，耳朵里听到那姨的哭声，我在心里暗暗责怪她是不是哭得太早了些。果然有白大褂重新走了进来，真的走来了两个人，他们把我推开，往手术台靠过去。我的心脏霎时狂跳得厉害，我盯牢他们，热切地望着他们，我等着他们向我道歉，说是他们给弄错了，大妹，一切都好。可是，他们什么都没有做。他们只是走过去，走到手术台旁边。他们把原本搭在大妹胸前的床单拎起来往上一拉，盖住了大妹的脸。什么都没有了。

接下来的一切，就像是演电影。从此以后所有的镜头，都是电影。

他们把遮盖着白布的大妹放到了一个可以移动的台子上，他们推着台子往外走，我木木地也跟着往外走，走到外边，我看到二姐在那里哭得已喘不过气，三姐在搀着她，我也走过去搀住二姐。大姐在木呆呆地看着我们，白大褂们已老早散去。我们慢吞吞地跟在那两个推着大妹台子的人的后面，不知走了多久。我们在一处黑暗小径的树荫尽头停下来，黑黝黝的小屋内，昏暗的光线照着一排古怪的墙，墙上镶嵌着一格又一格冰冷的铁皮抽屉，有人缓缓地从最下面拉出一格抽屉，金属的摩擦发出沙哑难听的声音，空气中飘浮着古怪的气味，翻涌在冰冷三月的夜里。我看着他们把大妹放进了那格子，格子缓缓推进去，我看到半截粉嫩的毛衣露出来，卡在那一排黑乎乎的格子中间，看起来有点儿突兀。

工作人员把我们往外面拖的时候，三姐说了一句："小雅会不会突然醒来？如果她突然醒来怎么办？我要守在这里。"

我发现天真的不止我一个人。终于，我觉得我不行了。跌坐在被锁上了门的漆黑小屋门前的台阶上，我们姐妹四人抱在一起，开始号啕哭泣。

他们给大妹化了一个非常漂亮的妆。铁皮抽屉门半开着，我看到熟悉的以往的大妹，她躺在那里，有如睡着了。光洁的脸上带着淡淡的红晕，微闭的眼，嘴角似乎溢出软软的笑意，在睡梦里。

他们说："怎么样，这妆化得很不错是吧，简直跟活人一样，化得这么好，你们红包可得多给一点……"

"化得简直跟活人一样。"这是他们说的话。听到这样的话，我的脑袋仿佛又被恶狠狠地敲了一下，又疼又钝，难受极了。

这是我们最后一次看到大妹。她穿着雪白的衬衣，柔嫩的脸也最终被裹进了雪白里，大妹被抬出了小屋，被抬进灵车里，我们也坐进去，我们和大妹坐在一起，我们一起缓缓地朝着最终的目的地而去。在那个肃穆高耸的烟囱下面，在那一幢远离市区的灰白的建筑里，大妹得排队，我们跟着一起排队，排在一长串雪白的静寂队伍中慢慢往前移动，在许多个失神的片刻，我无数次地出现幻觉，我总觉得大妹要醒过来了，她很快就会从白床单下面坐起来，我不时地圆睁我的双眼，费力地打量着眼前床单的动静，我总觉得它在动，我去捕捉阳光落在床单上的光线，暖融融的阳光，会不会把我的大妹照醒过来？

队伍前方的尽头是一扇忽开忽合的门，它每打开一次我们就往前移动一次，队伍越来越短，那扇门离我们越来越近，眼前的景致越来越清晰，再一抬头，我看到那扇门就在我的眼底，那是一扇铁皮制成的黑乎乎的已然生锈的门。很快将有人从我们的手上接过推车，接过我的大妹，可是我的大妹还不肯醒来。如果再不醒来，就没有机会了。我忍不住伸出手去，去推大妹。

在手指碰触到大妹身体的那一刻，我永远也无法忘记，无法忘记指尖传来的触感，雪白床单下面覆盖着的身体有着没有任何言语可以形容的僵硬……那是没有任何一种别的僵硬可以比拟的僵硬。是那一刻的触摸里，我终于惊觉了一个再无法否认的事实：我的大妹，早已不知去向。

死亡毫无预警地找上了我大妹，在那个快乐又温柔的下午，在"那边"，沉浸在恋爱当中的大妹多么快乐。金黄色的阳光柔和地罩住了整个的村庄，早春的田野里到处是柔嫩的藤藤蔓蔓，大地散发着一波又一波美妙的清新气息。大妹和她的峰，手牵手，游荡过田野，游荡过山沿，他们沿着村庄的小路往外走，去看大妹家新建的房子。房子刚刚建成，有四层高，到处都还是粗糙空旷的静寂，大妹带着峰，从一楼参观到四楼，再到屋顶。房子能建成，其中有大妹很多的功劳，大妹很自豪，她向峰细细地描述眼前这即将丰满起来的空壳：有厨房，有卧室，有所有生活里应该具备的一切东西。在同样空旷的屋顶，大妹快活地说着未来的一切，房子的周围四处，是宽阔的山野。大妹抬头看远方，她的声音突然停了下来，她说："等等，我看到妈妈了，她到这里来了……"

楼下随即传来那姨的声音："小雅，是你回来了吗……"

为了快些回应她妈妈的呼喊，大妹急急地转身，跑在了前头，峰拉着山山的手，跟在大妹的身后。他看到大妹的身影快快地跑向楼梯方向，很快消逝在转角，然后，他接下来听到大妹的古怪的声音传来，几乎类似于尖厉的叫喊："妈妈——"

峰急急地跑到楼梯口，他看到大妹的身子如蝴蝶一般，轻飘飘地从还没有安装栏杆的旋转楼梯中间直直地坠了下去……

什么都没有了。

在大妹的小房间里，整洁的枕头边，我看到了大妹的日记。翻到最后一页，我看到大妹娟秀的笔迹写着："……日子越来越美好了，再过一个礼拜，我们的新饭店就要开张了。我将要成为饭店的主厨，我和峰一起，肯定可以想出很多各式各样的新的菜式……家里的房子终于结顶了，房子造好了，我的债还得差不多了，以后我终于可以开始为自己攒钱了。目前为止我已为自己存过两次钱，一次六百，一次八百，一共已有一千四。我希望这个数目不断地增多，然后我就可以做自己想做的事……我喜欢和姐姐们在一起，这次我们不会再分开了……我最喜欢的人是四姐，她总会在我不开心的时候陪我聊天……我想跟四姐一样，可以轻松自如地主持任何晚会的节目，四姐说我的嗓音很好，她鼓励我学唱歌，我希望有一天我可以在一个真正的舞台上唱歌，不拘束不羞涩地唱……明天，我要带峰回家，希望爸爸妈妈也像我喜欢峰一样喜欢上他……"

我的大妹，在我看来认为她一向有点儿木讷沉默的大妹，她的心里埋藏了多少东西？大妹说我常陪她聊天，我有吗？认真回想，我的脑海里并无多少与大妹促膝谈心的场景。忙碌的我对于亲情的付出是何等吝惜。不，我没有。我没有过任何一次的真真正正地陪大妹说话聊天。我没有，我没有去了解过童年的大妹，从富裕到贫困经历了怎样的足迹。我更不知道大妹在他们坠向贫穷的路上走过多少辛苦的路吃过多少的苦。我也不曾探询过，外表似乎常一副茫然状的大妹，她有着一个怎样敏感丰富的内心世界。我不知道，原来大妹在刚刚辍学的时候，曾经回过方山，然而，正统古板的父亲却坚决而违心地把她送了回去，只因养育之恩大如海，而不曾想或许有更好的途径去换回我的大妹。我不知道我的小小的大妹，从那时开始又是背上了怎样的一个包袱。她在日记里写着：我在还债。她一个人，尽她自己一个人的力量，在还"那边"对她的养育之恩的"债"。难怪她每个礼拜六都要回去，难怪她把所有我们给她的钱连一分一厘都要去交给她的父母，难怪她要每次都那样不辞辛苦大包小包地往"那边"搬东西。那是永远也还不完的债，养育之债。

因为忙碌，因为年轻，自以为总是会有大把大把的时间，在渐渐趋于富裕的生活里有的是条件去弥补以往的一切，我从未着急。我甚至未曾带大妹去坐过一次火车，当大妹看到列车跑过时追寻的目光，我却夸张地笑她没有见过世面，并自得地告诉她坐火车并不是什么了不起的事，我随时随地可以带她去坐一次。不仅要坐火车，我们还要一起坐飞机。我们在一起，以后有的是时间，去体验各式各样新奇的事物。什么都不用急。

然而，没有以后。

渐渐地，我开始羞愧地想到，柔弱的大妹不该在潮湿凌乱的厨房度过她的一生，我开始回忆起歌唱比赛那夜台下大妹闪烁的亮晶晶的双眼，她在向往，她在憧憬，可是我一点儿也看不出来。我忆起了自己许许多多信口开河的许诺，忆起了在大妹活着的短暂日子里所实现的寥寥无几的诺言，世界才刚刚向大妹掀开了一个小小的角，大妹却永远地弃了我们而去……我再没有勇气去翻阅大妹的日记，任泪水汹涌地漫过我的脸，趴在大妹曾经的余温尚存的小床上，我唯一剩下的，只能是无声地哭泣……

　　大妹被装进一只小小的盒子里。这次不需要争执也不需要愧疚了，我们把盒子抱回方山，把它和阿婆埋在一起。大妹回来了，那一年，大妹刚好满二十岁。

图书在版编目(CIP)数据

方山往事 / 木木著.—杭州：浙江大学出版社，
2017.3

ISBN 978-7-308-16600-3

Ⅰ.①方… Ⅱ.①木… Ⅲ.①故事—作品集—中
国—当代 Ⅳ.①I247.81

中国版本图书馆 CIP 数据核字（2017）第 008271 号

方山往事

木　木　著

责任编辑	卢　川
责任校对	董　唯
封面设计	周　灵
出版发行	浙江大学出版社
	（杭州市天目山路 148 号　邮政编码 310007）
	（网址：http://www.zjupress.com）
排　　版	杭州林智广告有限公司
印　　刷	杭州钱江彩色印务有限公司
开　　本	880mm×1230mm　1/32
印　　张	9.25
字　　数	200 千
版 印 次	2017 年 3 月第 1 版　2017 年 3 月第 1 次印刷
书　　号	ISBN 978-7-308-16600-3
定　　价	36.00 元
